英美主流文学研究

Research on Mainstream Literature of Britain and America

蒋小军　著

中国海洋大学出版社
·青岛·

图书在版编目 (CIP) 数据

英美主流文学研究 / 蒋小军著． -- 青岛 ：中国海
洋大学出版社，2021.7
　　ISBN 978-7-5670-2864-7

　　Ⅰ．①英… Ⅱ．①蒋… Ⅲ．①英国文学—文学研究②
文学研究—美国 Ⅳ．① I561.06 ② I712.06

中国版本图书馆 CIP 数据核字 (2021) 第 138309 号

出版发行	中国海洋大学出版社
社　　址	青岛市香港东路 23 号　　　　邮政编码　266071
出 版 人	杨立敏
网　　址	http: // pub.ouc.edu.cn
电子信箱	184385208@qq.com
订购电话	0532-82032573（传真）
责任编辑	付绍瑜　　　　　　　　　　　电　　话　0532-85902533
印　　制	青岛瑞丰祥印务有限公司
版　　次	2021 年 7 月第 1 版
印　　次	2021 年 7 月第 1 次印刷
成品尺寸	170mm×240mm
印　　张	10.75
字　　数	200 千
印　　数	1—1 000
定　　价	36.00 元

前　　言

　　优秀的英美文学作品，对于推动中华民族的现代化进程以及促进中华民族文化的振兴和发展来说有着重要的价值。笔者分别对英国和美国有史以来的主流文学发展脉络进行了梳理与分析，梳理分析之余还对重要著作、重要作家做出了客观、有学术深度的评论。涵盖的重要文学体裁包括小说、诗歌、戏剧、散文以及广播、电视文学，谈及的重要作家包括埃德蒙·沃勒、约翰·班扬、阿弗拉·班恩、威廉·威彻利、托马斯·哈代、爱伦·坡、伯纳德·马拉默德、菲利普·罗斯、安妮·贝迪等，涉及的流派也有数十个，可谓包罗万象，兼具文学格调和学术深度。

　　本书知识覆盖面广，适用于语言学科学生及相关从业人员阅读。本书在编写过程中得到了相关专家的支持和悉心指导，也得到了一些高校的鼎力支持和积极参与，得以规范、有序地开展撰写工作。笔者参考了一些相关专家的研究成果，在此一并表示感谢。虽然笔者对本书的组织和编写倾注了最大努力，但离读者的期望仍有距离，在此，也衷心希望各位读者不吝赐教，促使本书真正成为受欢迎的精品书籍！

蒋小军

2021 年 2 月

目　　录

上篇　英国主流文学

1

上篇　英国主流文学

第一章　古英语和中古英语时代英国主流文学

第一节　英国文学的开端

　　在与欧洲大陆隔海相望的不列颠岛上，很早就居住着凯尔特人。他们当中的布里顿族，在大约公元前 5 世纪进入不列颠。"不列颠"一词便来源于凯尔特人的"布里顿"一词，意为"布里顿人的国度"。凯尔特人的口头文学历史悠久、丰富多彩，内容有多神教的神话故事和英雄传说，其中亚瑟王的故事被不断流传、扩展，成为英国和西方文学创作素材的一大源泉。

　　公元前 55 年开始，罗马人由最初的侵略到逐渐征服了不列颠，把不列颠划为罗马帝国的一个省，并带入了罗马文明。他们的许多军事要塞发展成为今天的重要城市，他们修建的大道有的到 18 世纪还是交通要道。罗马的势力维持到 5 世纪初期。北欧的日耳曼人在骚扰不列颠的同时大举入侵罗马帝国，罗马人不得不从 401 年起撤回本土，专心御敌。9 年后，罗马帝国皇帝宣布放弃对不列颠的主权。罗马人在统治不列颠的 350 年中，对不列颠古语言文学没有产生很大的影响。

　　5 世纪中期，日耳曼人中的盎格鲁-撒克逊、哥特等部落从欧陆渡海来到不列颠。他们遭到了当地居民猛烈的反抗，大约 150 年后才征服不列颠南部、中部的大部分地区。一些土著凯尔特人沦为奴隶，又有一些凯尔特人被驱赶到北部、西部的山区——威尔士、苏格兰，甚至到海对面的爱尔兰、布列塔尼半岛。盎格鲁人把不列颠称为"盎格兰"，这便是"英格兰"一词的由来。盎格鲁-撒克逊人在征服过程中，氏族制度逐渐解体，封建制度渐形成，多神教也逐渐为基督教所代替。盎格鲁-撒克逊语便是古英语，英国文学史就是从 5 世纪盎格鲁-撒克逊族的征服开始的。

第二节　英国人的民族史诗

如同许多民族一般，盎格鲁-撒克逊人的诗歌来源于大众的口头集体创作。诗歌反映了远古部落人们的生产劳动的情景以及对自然与社会现象的幻想性解释。在这些诗歌世代相传的过程中，逐渐出现了以诗歌创作、吟诵为职业的游吟诗人。自己创作并演唱的诗人被称为"斯可卜"，演奏他人作品的歌者则叫"格利门"，但后来这两个名称都指自作自唱的艺人。他们在王室贵族的宴会厅上吟唱助兴，曾受到相当优厚的待遇。在他们的演唱中，民间故事和传说得以保存、增删和润饰。渐渐地，有些故事有了写本，有的写本又被保存下来。我们只能从现存的抄本中窥见盎格鲁-撒克逊时期英国文学概貌。

第一首被完整保留下来的长诗《贝奥武甫》，是英国文学中首篇伟大的作品。

《贝奥武甫》的故事是由盎格鲁-撒克逊人带到英国的，所以有浓厚的北欧气息。这部口头流传于 6 世纪的长篇叙事诗大约写成于公元 8 世纪，当时正值中国的唐朝，而现在的手抄本是在公元 10 世纪写成的。

长达 3 000 行的《贝奥武甫》讲述的是古代英雄与魔怪搏斗的传奇冒险故事。贝奥武甫是 6 世纪的一个历史人物，但在诗人们的笔下成了一位神话中的英雄人物。这位瑞典南部高特族的年轻贵族，闻知妖魔格兰代尔屡屡夜袭丹麦国王洛兹加的宴会厅，杀害并掳走醉卧酣睡的武士，便带十四勇士渡海相助。当晚，洛兹加国王在"鹿厅"中款待客人们，晚宴过后贝奥武甫与同伴们留宿屡遭血劫的"鹿厅"。突然格兰代尔闯入攫食武士，贝奥武甫便与格兰代尔展开了一场恶斗，以超人的臂力战胜了妖魔并扯断了他的一只胳膊，最后负了致命伤的格兰代尔逃走。贝奥武甫的功绩得到称颂，国王酬以厚礼。但是格兰代尔的母亲前来为儿子报仇，再次来袭，抓走了国王的亲信爱斯舍尔。贝奥武甫追踪到潭内洞穴，用洞中的魔剑斩杀了母怪，又取下格兰代尔的首级归来。这便是长诗的第一部分。

诗的第二部分描写的是老年贝奥武甫的事迹。他从丹麦凯旋回国后被立为王储，在国王去世后又成为高特人的统治者，清明治理国家 50 年。在他年老时，有一条火龙因为看守的宝物被盗而发怒，喷火焚烧，祸害乡里，年迈的贝奥武甫为解救人民，披甲执盾，率臣下前去斩杀毒龙。他在年轻勇敢的侄儿威格拉夫的帮助下，杀死了凶猛的火龙，自己也身负重伤死去。人民在哀悼中为他举行了火葬。

《贝奥武甫》中出现或提起的许多人物都是历史上的真实人物，如丹麦的洛兹加王和高特族的希格拉克王都实有其人，贝奥武甫回忆中涉及的高特人与瑞典人之间的部落战争，也大多有历史依据。而在对贝奥武甫的描写却并非如此，长诗中有大量杜撰的成分。这可能因为英国人的先祖来自北欧，在那里他们背靠森林，面临大海，时时会遇到来自自然界的未曾意料和难以抵御的危险，所以便用这种方式来表现人们在与自然界敌对力量的搏斗中对胜利的希冀。

长诗主要描写的是异教的氏族社会。在氏族社会里，个人与氏族或部落的关系非常密切，人们面临生存斗争的困难，需要集体的力量与氏族的庇护。这种强烈的集体感使他们把保护亲人和族人作为个人重要的责任。贝奥武甫把保护人民作为自己义不容辞的责任，不惜自我牺牲。他体恤民情，勇敢强壮，是人民理想的英雄。在他的葬礼上，"他们，高特人，哀悼他们的亲人，哀悼他们的王上；宣称他是世上所有国王中最善良的人，最温柔的人，对人民慈爱，最渴望得到一个好的名声"。盎格鲁-撒克逊人信仰多神教，他们以泛灵论的认识方法和比拟类推的思维方法，通过想象去解释各种自然现象和社会现象。他们把战神瓦丹看作主神，认为雷神索尔支配天空，提乌掌管阴暗，厄斯特尔是春天女神，等等。而各神还要接受可怕的万能的命运女神菲尔特的命令。《贝奥武甫》中经常提到命运，并把其认为是胜利的决定性因素。

但是，作为在向封建时代过渡时期的英国写成的诗篇，《贝奥武甫》在反映七八世纪英国风貌的同时，又带有许多封建因素和基督教色彩。在诗中宫廷生活图景中，我们可以看到封建时代推崇的封建等级观念、道德规范已经建立。国王领导和保护领主，领主、臣属们则感念主恩，忠诚于国王，勇敢无畏。贝奥武甫斗火龙时，卫士们的退缩受到指责，威格拉夫的舍命相救得到称颂。诗中对血族仇杀、僭夺尊位等行为进行了谴责。歌者有时在叙述中插话，指出上帝拥有万能的力量，哀叹异教徒不能看到上帝那种不可见力量的不幸。妖魔格兰代尔被称为受上帝惩罚的该隐的后裔。《贝奥武甫》反映了氏族社会到早期封建社会数百年中的生活风习，兼有氏族时期英雄主义和封建时期的理想，混合了异教和基督教精神。

《贝奥武甫》也代表着古英语诗的艺术特色和成就。在古英语中还比较常用"隐喻复合字"，把海称为"鲸鱼之路""水街""海豹浴场"。长诗中便是如此，对"兵士"就用了"执盾者""战斗英雄""挥矛者"等说法。诗人常用一些不同的形容词来重复描写同一事物、现象，如国王洛兹加被称为丹麦人的国王、贤明的统治者、善良的父亲、施予赏赐的恩主。

古英文诗的基本形式是头韵，即用来押韵的字都以同一辅音开始。每一行通常有四个重读音节，每行中间有一个停顿。通常头三个重读音节，更多的是头两个重读音节，都用头韵。《贝奥武甫》便是如此。我们读到这样的诗行：

Steap seanlitho—Stige nearwe

（陡峭的石级——狭窄的小路）

或是：

Flod under foldan—Nis thaet feor heonon

（地下的洪流——离此处不远）

在宴会厅里，歌者随着竖琴的拨弦声，朗诵着这短促而显单调的音节，歌颂英勇豪迈的祖先。

《贝奥武甫》反映了盎格鲁－撒克逊时代英国民族的历史和思想情感，具有史诗的广阔和庄严气概，被看作是英国人民的民族史诗。

第三节　僧侣文学

除了古英语文学的最高成就——英国民族史诗《贝奥武甫》外，还有一些较短的诗被保存下来。有的讲述的也是日耳曼民族的故事，如残诗《芬兹堡之战》记述的是《贝奥武甫》中讲到的丹麦人与弗利兰国王芬交恶的故事。《瓦地尔》只存有两个片段，叙述阿奎丹国王之子瓦地尔从匈奴王处出逃登陆，并与爱人结婚的故事。《威德西斯》则是行吟诗人自述游历各地不同的君主朝廷吟唱的经历，反映出这些对诗歌发展卓有贡献的流浪艺人的生活行状。《埃克塞特稿集》中保存有七首抒情短诗，其中《戴欧》中"斯可卜"诉说自己失宠的忧愤，在每节的尾行叹道："那场悲痛已过去，／这次悲哀也会消失。"《闺怨》中女子在独守空闺的凄苦中，还体贴远征的夫君的心："我的那人一定时常悬想／一个温暖的家。"《流浪人》发出人生无常的感慨，《航海人》则表现对大海既畏惧又向往的心情。

盎格鲁－撒克逊时期的大多数英国诗歌，或者源于北欧传来的故事，或者与基督教有关。

基督教在英国早有传播。公元597年，圣·奥古斯丁（也是后来的第一任坎特伯雷大主教）奉罗马教皇之命带四十僧侣到英国传教，可看成是基督教势力正式侵入英国的标志。信仰上帝和他独生子耶稣的基督教，在最初受压抑的300余年后，被罗马帝国视为合法宗教。从此，它对欧洲历史造成了巨大的影响。在盎格鲁－撒克逊时期，基督教教义逐步排挤掉多神教神话。公元 7 世纪，英国全国皈依罗马教会，实行了宗教上的统一。直到 8 世纪，几个大寺院成了文化中心，受过教育的僧侣往往是诗人、学者。

在基督教诗人中，又数凯德蒙和琴涅武甫最为出名。

凯德蒙是我们知道姓名的第一位英国诗人，但人们对他的生平所知甚少，生卒岁月也不太清楚，只知道他名盛于 670 年前后。据说他原是惠特比修道院的放牛人，不识字，也不会写诗。在以歌唱为乐的宴会上，当竖琴传到他的手边时，他因为不会吟唱而羞愧地躲进牛棚。后来，在睡梦中有天使唤他唱赞美上帝造物创世的歌，他开口即唱，从此成了诗人。僧人们把《圣经》的内容讲给他听，他就把《圣经》故事编为出色的头韵体诗歌。这个传说包含着古人尝试解释"灵感""顿悟"等歌创作现象的意图。凯德蒙的作品只传下一个九行的片段，半数是形容上帝的复合语："天国的维护者""光荣天父""永恒的主""神圣的创造者"等。被编在他名下的一些诗篇，被称为"凯德蒙组诗歌"，实际上并非他所作，其中倒也不乏佳作。例如，两篇根据《创世纪》改写的诗中的第二首——《创世纪 B》，详尽叙述了反叛天使撒旦的故事；350 行的片段《朱迪恩》讲了犹太寡妇朱迪恩英勇杀敌的故事；《但以理书》《出埃及记》等都取材于《圣经》故事。

我们对琴涅武甫同样所知甚少。他在《基督》等四首诗中的诗行里嵌入了他的北欧字体的签名。有些没有签名的诗，也被归属到他的名下。他不像凯德蒙和其他诗人只改写《圣经》故事，他写圣徒行传，如在《使徒的命运》里描述了十二使徒的生平与死亡。在写圣安德鲁梦中受上帝嘱咐去营救身陷蛮族的圣马太的故事中，诗人生动地描写了海景。著作权尚有争议的《十字架之梦》是首梦幻作品，让十字架向梦中诗人讲述，富有丰富想象和抒情意味，常被看作古典文诗中的优秀作品。

第四节　英国散文起源

当诗人们用古英语写作时，盎格鲁－撒克逊时期的早期散文家则用拉丁文进行写作，因为拉丁文是当时学术上通行的唯一文字。留存到今天的盎格鲁－撒克逊人最初的散文著作从 8 世纪开始出现。被称为"英国历史之父"的比德终生在雅洛修道院里研习，他用拉丁文著书四十种，涉及修辞学、诗学、天文、历史、宗教等多个领域，其中最伟大的是五卷巨著《英国人民宗教史》。这部著作完成于 731 年，详尽叙述了从罗马人入侵到比德逝世前四年之间的历史事件。他搜集了大量的资料，尽可能编纂完整的英国民族和宗教历史。他在叙述中穿插了许多奇闻轶事，比如，关于诗人凯德蒙的传说便源于此。颇有趣味的神话传说和质朴简捷的文笔，使这部著作具有一定的文学价值。

8世纪后期，丹麦人开始入侵英国，100多年间，他们不断劫掠不列颠东海岸，长期霸占不列颠东北部大片地区。丹麦人的入侵使寺院遭毁、学术凋零。9世纪后期，传奇英雄式的威塞克斯国王阿尔弗莱德，率人民抗击外侵，逐渐将入侵者逐出，将小王国统一，成为第一个统治全部被解放了的英国人的君主。他改革军队、治理内政，并致力于复兴文化、振兴学术。学术繁盛的中心由北部移到了南部。他本着教育人民的目的，召集了一批学者，主持了许多拉丁文著作（包括比德的《英国人民宗教史》）的翻译工作，向不能读拉丁文的普通人民介绍了其他国家、不同历史时期的文化。这些盎格鲁－撒克逊语的译本采用了自由译法，对原著进行了增删、变动，注重表达的明晰与连贯性，奠定了英国散文的基础。阿尔弗莱德王在撰写的一篇序中，为使用本地语辩护，论述了翻译的必要性，人们把他称为"英国散文之父"。

阿尔弗莱德主持编修的《盎格鲁－撒克逊编年史》是用英语写成的第一部散文巨著。他组织各修道院的僧侣们誊写威塞克斯和肯特王国的旧有记载和编年史，再进一步编纂。僧侣们基本上逐年记录了从恺撒入侵到1154年（也就是阿尔弗莱德逝世后250年）的英国史实，关于晚近历史的记载较为翔实可靠。僧侣们以本族语言去记载事实，有对与人民生活紧密关联的自然现象、灾害的记录，有对压迫人民的外来和本国君主的指摘。由于《盎格鲁－撒克逊编年史》是在不同地方由不同时期许多人撰写，在材料取舍、文字风格上不同，现有七个抄本。但它简朴自然的文笔对以后英国散文的发展具有重大意义，可看作英国散文文学的开端。书中还有几首记述战争的诗，如记述阿尔弗莱德王的孙子率英军作战的《伯伦南堡之战》，充满了爱国热诚，19世纪著名诗人丁尼生还曾把它译为现代英文。

这以后，还出现了两位作家——艾尔弗里克和乌尔夫斯坦，他们对散文的发展都做出了很大的贡献。艾尔弗里克除了用希腊文写过宗教著作之外，还以对话的形式写了《对话录》，里面包含了许多有趣的对话，对当时社会生活有所反映，这些拉丁文对话后来还被人逐行附加了古英语译文。他在自己写作的布道辞里，运用了对仗、头韵，散文风格接近诗体。他曾翻译了《圣经》前七卷，以古英语介绍《圣经》内容。他的散文内容主要是宗教性的，在当时很流行，不仅在人民教育上起着指导作用，还提供了清晰、灵活的散文范本。

第五节 盎格鲁–诺曼时代

一、诺曼征服对历史和文学的影响

8 至 9 世纪，居住在北欧斯堪的纳维亚半岛的北欧人在航海贸易的同时，常进行海盗式的掠夺、南侵骚扰。10 世纪初，一批诺曼人在法国西北部一片地方定居，诺曼人的首领作为法国国王的臣属，以公爵的身份领有此地，这个地方就名为诺曼底。他们吸收了被征服者的文化，在语言上逐渐与法语同化。1066 年，39 岁的诺曼底公爵威廉趁英国王位交替、形势不稳之机，率兵渡海侵入英国。最后，在哈斯丁斯附近的一战中，威廉击败了英王哈曼德的军队，进入伦敦，登上了英国王位宝座。

诺曼人的征服对英国历史和文学史都产生了很大的影响。征服者推行在欧洲大陆已十分盛行的封建剥削方式，加速了英国封建制度的发展。威廉掌握强大的王权，把从盎格鲁–撒克逊贵族那里没收的土地分封给封建领主，领主们又分封给自己的臣属，如金字塔般的封建等级制度形成，压在底层的便是实际耕种的佃农。在政治制度上，经过国王、封建主及教会间斗争，议会开始建立，等级代表制的君主封建政体在英国确立起来。

教会在封建时期英国的社会生活中占有重要的地位。教会本身就是大封建主，他们拥有全国三分之一的土地，实行教阶制，参与国家政治事务，并在罗马教皇的支持下行使宗教、政治权力。在英国国土上，矗立着众多圆拱石墙的罗马式和尖拱高塔的哥特式大教堂，教区内更是教堂遍布。教会通过它的各级组织和神职人员的活动，对人们维持精神统治。教会垄断了教育。僧侣们在修道院里闭居隐修，读经抄录，有些古代著作因此保留下来，但也有的古代文化著作由于不合教义内容而被删改甚至销毁。在社会普遍愚昧的状况下，只有教会有权解释《圣经》。教职人员在讲经布道中，向人们灌输"原罪"说、救赎说、天堂地狱说，宣传虔诚、禁欲、恭顺、服从。哲学、法学、文学、艺术等意识形态都受到神学的控制，教会文学便是为宣传宗教教义服务的。在盎格鲁–撒克逊时期的宗教中，还交错着多神教的因素，而盎格鲁–诺曼时期的教会文字已清除了异教成分，竭力宣扬禁欲主义和来世思想。例如，宗教诗歌《道德颂》《论赎罪》《良心的责备》都劝诚人们忏悔，抛弃尘世幸福，以现世的忍耐、受苦、修行来换取来世的极乐。

诺曼人带来了欧洲封建制度，也带来了英国语言文字上的变化。诺曼征服以后两百年，有三种语言并存，即本地英语、诺曼法语和拉丁语。绝大多数英国人，特别是农民和城镇商人、手艺人都讲英语，上层社会用法语，教会使用的则是拉丁语。到14世纪中叶，英语终于获得统治地位。这时的英语已与古英语完全不同。古英语为表示词与句中其他成分的关系而引起的繁复的词形变化开始消失，英语由综合性的语言渐渐变为分析性的语言，吸收了成千上万的法国词汇，增强了语言的表现力。古英语的时代结束了，真正的英国语文即中古英语在14世纪后半叶正式形成。

二、文坛新时尚的表现：骑士传奇

诺曼人为英国文坛带来了新的时尚——骑士传奇的流行。骑士是封建等级制中最低一级的封建主。最早的骑士来自中小地主和富裕农民，他们在封建战争中为大封建主效力，获得土地和其他报酬。后来随着土地世袭制的出现，固定的骑士阶层诞生了。11世纪90年代开始的十字军东侵提高了骑士的社会地位，骑士阶层逐渐形成了以忠君、护教、行侠和爱情崇尚为中心的骑士精神，这时描写骑士爱情和冒险故事、宣传骑士精神的骑士文学应运而生，并逐渐在12至13世纪的法国以至西欧盛行起来。骑士文学可分为骑士抒情诗和骑士传奇。在诺曼征服后的英国文学中，最流行的便是骑士传奇。在这种长1 000至6 000行的叙事诗里，诗人描写了骑士为了荣誉或宗教信仰，尤其是为爱情而冒险游侠的故事。能取得冒险的胜利，能赢得贵妇人的欢心，就是骑士最大的荣誉。传奇中通行的诗体也是法国古诗体的常见形式：每行八个音节或四个重读音节的两个联韵体。盎格鲁－撒克逊诗歌的头韵体逐渐让位给韵律复杂的模式。

西欧主要国家的中世纪骑士传奇在题材上有三大系统，即古代系统、法兰西系统和不列颠系统。古代系统指以亚历山大的事迹和特洛伊战争为中心的一些韵文传奇。法兰西系统写的是查理大帝和他的骑士的事迹。不列颠系统是围绕古凯尔特王亚瑟的传说发展起来的，其中主要写亚瑟王和他的圆桌骑士的故事，也是三大系统中最主要的一个。亚瑟是6世纪不列颠岛上威尔士和康沃尔一带凯尔特人的领袖，在抵抗盎格鲁－撒克逊人入侵的战斗中功绩显著，逐渐地成了民间传说中的人物。被征服的凯尔特人在追念中神化了这位民族英雄，把民族解放的希望寄托在他身上，以亚瑟和他的匡世济民的武士的事迹来激励自己。诺曼人占领诺曼底后，吸收并发展了邻近的布列塔尼的凯尔特人中亚瑟的传说，在征服英国后，又把这些传说带回英国。1137年，威尔士主教杰弗里在拉丁文的《不列颠君主史》里，奠定了亚瑟王故事的基础。不久以后，教士瓦斯用诺曼法语意译杰弗里的《君主史》，为亚瑟王故事增添了骑士传奇的色彩。他还创造了"圆桌"的方式，解决了十二骑士座次排列、尊卑高下的问题。

13世纪，亚瑟的故事首次在英语写的诗歌中出现，英国僧侣莱雅蒙在他的韵文编年史《布鲁特》的最后三分之一，记载亚瑟王的故事。从这以后，亚瑟故事在法国盛行，在英国则直到14世纪才又出现，大部分是法语传奇的改写本。

传说亚瑟是威尔士王的儿子，15岁继承王位，他靠魔术师梅林的帮助，拔出了压在大石缝里的宝剑，征服了苏格兰、爱尔兰和冰岛。后来他娶了罗马贵族的女儿——美丽的桂内维尔，在卡米洛的城堡里设下了可坐150名骑士的大圆桌，并根据骑士们的冒险故事来决定他们入席的资格。圆桌上有一个席位空着，留给找到耶稣在最后晚餐上所用圣杯的骑士。亚瑟在战场上屡建战功，远征罗马与罗马皇帝作战，当他得知代他理政的侄儿摩德瑞德企图篡夺王位和抢夺王后时，立刻与骑士高文回国。他虽然战败了摩德瑞德，但自己也受了致命伤，被仙女们送往仙界。王后桂内维尔遂出家为尼。

故事里还有位主要角色叫朗斯洛，他与王后秘密相爱，但又爱上了阿斯特洛封主的女儿艾莲。在艾莲为他痴情伤心而死后，他与王后和解。后来他与王后的爱情被发现，他与王后逃跑，受到亚瑟王和骑士们的追截。朗斯洛交出王后退到布列塔尼。亚瑟王因面临被篡位危险而回国后，朗斯洛也回英国去帮助亚瑟王，发现亚瑟已逝，王后出家，他便出家去看守亚瑟的陵墓。圆桌骑士中最有道德、最圣洁的是帕尔齐法尔，他后来还与另外两位骑士找到了作为神恩的象征的圣杯。

骑士传奇有大致的描写格式，内容上是串联骑士历险的各种遭遇，其中恋爱事件占有特别重要的地位。英勇骑士与绝色佳人的角色自然必不可少，但都缺少个性化的描写。骑士与贵妇们之间的"典雅的爱情"与中世纪的圣母崇拜有关，但也有对禁欲主义的反抗。

骑士传奇对以后文学有着相当大的影响。传奇故事情节丰富多彩、引人入胜，以一两个骑士的冒险经历来组织故事，还开始注意人们的精神世界，描写了人的情感和内心活动，对生活细节也有细致的描写，这些艺术特点使骑士传奇成为近代长篇小说的滥觞。

现在的英国中古文学中最好的骑士传奇是《高文爵士和绿衣骑士》。

2 530行的《高文爵士和绿衣骑士》记录了一位圆桌骑士高文的奇遇。亚瑟王和他的骑士们正在欢庆圣诞，一位高大魁梧的绿衣骑士闯入挑战，声言谁敢用斧头砍下他的头，明年此日就要到绿教堂接受他的同样回报。高文爵士挺身应战，砍下了绿衣骑士的头。绿衣骑士提头驰马而去。次年冬天，高文前去践约，他登山涉水，遇到蛇、狼、野人、熊等各种危险，于圣诞前夕投宿于绿教堂附近的古堡中。高文与热情的主人商定在他逗留期间每晚相互交换白日得到的物品。主人外出狩猎时，女主人便来诱惑高文。高文夜晚只能以吻与主人的猎物交换。第三天女主人赠给高文一条据说有刀枪不入魔力的绿腰带，夜晚交换时，高文隐匿了腰带。新年日，高文冒着暴风雪去与绿衣骑士决斗。决斗后他才明白绿衣骑士就是古堡主人，整个计划是由亚瑟王的敌人女妖安排的，想使亚瑟及宫廷蒙羞。高文由于暗自接受了女主人的腰带，受到了脖颈被擦伤的惩罚。

这部传奇故事完整，有悬念，有跌宕，有叙事，有写景，具备了传奇的各种成分——宫廷生活、游历冒险、风流韵事、离奇想象。对狩猎场景和高文受诱惑的场景的描写，富有人情味。而高文游历途中季节变换与景色的描写，反映出诗人对自然的感受和深情："他一早欢乐地骑马跨过山冈，/进入一片幽深、荒凉满目的森林；/两边全是高山，下临杂树林丘，/生长那巨大的古橡，上百株挤成一堆/榛木、山楂盘绕纠结的在那边垂挂，/蓬松粗皱的苔藓布满四周……"

在英国还有一些以本土为题材的传奇，如《浩恩王》《丹麦王子哈夫洛克》，都写到王子的逃亡和还乡复位。

传奇故事的叙述形式甚至还影响到教会文字，从无名氏作的《世界的测量者》中就可见一斑。

第二章 17至18世纪英国主流文学

第一节 英国文学的发展升华

一、17世纪文学

　　1603年，伊丽莎白女王去世，詹姆斯一世继位。从此，英国王室的都铎系结束，斯图亚特系国王们开始执政。詹姆斯一世从伊丽莎白女王手中接过的是一个统一而强大的英国。国家平静、稳定，经济繁荣、蒸蒸日上，英格兰、苏格兰及威尔士三位一体，政权稳固，人们安居乐业。然而，女王毕竟已从政坛消失，这对国家生活的各个领域都产生着影响。各种离心力量开始缓缓抬头，教派间的争斗重新浮出台面，王室和议会之间的权力较量愈来愈明显和严重。几乎从一开始，詹姆斯一世的王位就有些风雨飘摇，国家也随之面临着动荡、混乱的局面。

　　进入17世纪后，英国社会的经济结构发生了剧烈变化，工业，特别是纺织业日益发达，对外贸易迅速扩张。1610年至1640年，对外贸易增加了十倍，农村中资本主义关系进一步发展。然而，人民生活依然困苦，贫富悬殊相当严重。詹姆斯一世的继任者查理一世是最大的土地领主，控制了生产和贸易的专利权，征收重税，故与普通人民和新兴的资产阶级的矛盾日益尖锐。这一矛盾的特征表现为宗教斗争，以国王为首的英国国教为一方，另一方则为代表资产阶级利益的清教徒。这一矛盾引发了议会与国王间的激烈冲突。查理一世国王于1625年即位时召开的议会，贵族议员为100人，而平民出身的议员却有500人，其中四分之三是清教徒。这些平民所拥有的财富三倍于贵族。国王要课重税，议会则反对，要求节约。1627年，英国在与法国的战争中失败，财政枯竭，国王要求征税，议会则提出《权利法案》，最后国王动用军队解散了议会。接着国王在苏格兰强制实行英国国教的主教制度，引起苏格兰的不满。苏格兰仍坚持其长老会制度，结果导致了两次主教战争，英军失败。1640年，查理一世不得不再召开议会。国王与议会的斗争越演越烈，1642年8月27日终于爆发了内战。议会军队在克伦威尔指挥下战胜了国王军队，国王成了俘虏。1649年1月30日，查理一世国王以叛国罪被斩首。

1653年10月16日，克伦威尔就任"摄政"之职，从此开始了克伦威尔的摄政期。他实行军事独裁的统治，按清教原则提倡严肃的生活，甚至规定星期日店铺一律关门，禁止娱乐。克伦威尔的政权象征着英国中产阶级的得势。这期间海军力量大大加强，对外贸易更快扩张，东印度公司有了极大的发展。可惜这一时期不长，克伦威尔于1668年死于疟疾。克伦威尔指定的继承人为其子理查。理查软弱和善，受制于军方，大权落入军人约翰·兰伯特手中。他以武力压迫议会，引起局势大乱，议会拒付军饷。结果议会于1660年5月25日迎回流亡国外的查理二世继承王位，这就是英国历史上著名的不流血的王朝复辟。

复辟后的政权日趋反动。查理二世违反了自己的诺言，对他以前的敌人进行了报复，甚至把已没收的土地归还给教会和保皇派。查理二世的继任者詹姆斯二世不甘于做一个空有其名的国家元首，想要恢复专制的王权，于是公开宣布恢复天主教，将政教紧紧握在自己手中。除此之外，他还急不可待地采取了一系列旨在恢复王室威力的措施，对于一切反对派毫不心慈手软，坚决镇压和取缔。他滥用权力，干预司法，建立军队威慑伦敦，成立宗教委员会，在牛津和剑桥两所大学里安插亲信、排除异己，发布命令取消一切不利于罗马天主教的法律，审判持不同宗教观点的主教，取消一些城镇的宪章，直接征敛赋税，等等。这些措施大大激怒了议会。为保障"英国人民的权利和自由"，议会下院（或平民院）七名领袖于1688年联名邀请詹姆斯二世的女婿——荷兰共和国的元首、奥兰治家族的威廉以及詹姆斯的女儿玛丽，一同率军前来帮助保卫英国国民。詹姆斯二世大吃一惊，即刻采取和解措施，如恢复城镇的宪章，解散宗教委员会，恢复一些遭到排斥的大学教授的职位，以缓解议会的不满情绪，但是为时已晚。他见大势已去，便急忙逃亡法国。1688年，议会宣布威廉和玛丽成为英国新的国王和王后。这个事件在英国历史上被称为"光荣革命"。威廉和玛丽执政后，建立了以威廉三世为国王的君主立宪国家，国王封建统治的绝对王权被废除，资产阶级的统治逐渐巩固下来。

1689年，议会通过《权利法案》，威廉接受法案条文规定。依照法案，干预和取消法律、宗教委员会，没有议会同意的征税和建立常备军等做法，皆为非法行动；臣民有权向国王申述情况，新教徒可以拥有枪支以自卫，议员选举要自由，议会辩论要言论自由,禁止过分的罚款和惩处,议会要经常开会,等等。《权力法案》进一步削弱了王室,使之基本上处于无权的地位,而议会则把国家的财政、军事、宗教等大权牢固地掌握在自己手中。至此,议会和王室的权力斗争基本告一段落。中产阶级实际上已把权力从贵族阶级手里夺了过来,成为了国家无可置疑的统治者。王室对议会的实权也再未进行过有分量的挑战。

从查理二世到17世纪末这个时期,可以说是以政局和思想的混乱而著称。社会历史在变化,价值观在变化,新旧观念交错,人们意识含糊,无所适从,对未来、信仰以及随之而来的自尊等方面,都觉察到一种严重的失落感,因而惶惶不可终日。这也是人们产生理智矛盾的时代。既然对未来毫不确定,人们就努力寻找可使思想得到安定的因素。由于价值观念不明确,人们就转向暴力、色情以及琐碎的事务,以发泄内心的烦闷与不安。这在很大程度上决定了这一时期文学的走向,即描写关于寻求安抚、暴力等题材。文学作品里弥漫着低沉、悲观、颓废、轻浮的气氛。

17世纪的英国文学可谓承上启下。它继承了伊丽莎白时期的文学传统,也为18世纪的文学发展奠定了重要的基础。17世纪前期的文学虽然在内容上表现出明显的不同,但是从精神层面看,伊丽莎白时期的浪漫主义精神贯穿在这个时期的作品中。这在约翰·弥尔顿、约翰·德莱顿、约翰·班扬,甚至这个时期的戏剧里,都有不同程度的表现。可以说,伊丽莎白的精气直到王政复辟时才最后消散。到17世纪后期,有些人开始回顾前面一个世纪以来的文学创作,对伊丽莎白时期进行思考,觉得当时的文章里情感抒发较多,缺少理性,觉得文学创作自由较多,缺少必要的文学原则和规范。于是,17世纪的文坛开始发生了重要变化。伊丽莎白时期的一些文学类别开始"失宠",如寓言或神话性长诗、十四行诗系列及田园诗。作品倾向于短小、精悍、语言朴实。同时,一些新的类别的作品开始出现,如爱情挽歌、讽刺诗、诗歌式书信体、沉思型宗教诗歌及"别墅诗"。

在这种历史交替时期,社会生活出现混乱,人们无所适从,反映现实的文学作品于是出现多元现象。一边是描写暴力、色情以及琐碎事情,一边是坚持基督教理想和清教革命精神,此外还有冷静的哲学思考以及对自我和个人生活的高度重视与深刻剖析等,不一而足。英国内战也引起文坛的论争。有坚决的保皇派诗人,有对立的清教诗人和作家,还有针对当时人们的疾苦而出现的乌托邦式作品和宣言。从内容上来说,17世纪的文学相当丰富多彩。

从伊丽莎白后期到王政复辟时期,诗歌和戏剧作品的总体质量并不是很高,尤其是戏剧。1642年至1660年,即清教徒势力占据整个英国政治版图的时期,戏剧只能选择销声匿迹。清教徒们认为所有的娱乐都是罪过,他们出于对道德的严格要求，关闭了所有的剧院，甚至把一些演员关进监狱；他们取消了所有的公共假日，连圣诞节也不放过；他们认为那些衣着华丽的人都得受到谴责；他们撕毁图画，砸掉雕像，认为这些对于人来说都是罪恶的奢华。如果说当时还有什么戏剧形式存在的话，那就只剩下简单而原始的假面剧、木偶戏以及一些取自还没有被禁止的剧目中的闹剧场景。王政复辟以后，查理二世的王朝整日灯红酒绿、骄奢淫逸，朝廷的堕落影响了英国人的生活方式，大大降低了社会道德水准，严重地影响了文学创作。这个时期的戏剧反映出腐朽和堕落已经成为时尚。当时的戏剧迎合朝廷的口味和部分观众对清教掌权时期的极端措施的逆反心理，把一切道德败坏现象都搬上舞台。其中喜剧所发挥的作用尤其恶劣。舞台上充满赤裸裸的暴力和色情，突出表现出人性最恶的一面：尔虞我诈、言行不一、爱财如命、男盗女娼、亵渎神圣，等等。这些剧作用幽默机智的对话代替崇高感情的发泄与表达，把严肃的人生困境轻描淡写，只为博得观众的一笑。这些引起了社会的反弹。敏感的宗教界人士对当时的剧作家提出了严厉批评，指责他们利用舞台宣扬违背道德与伦理规范的言行。不过，从历史角度看，这大大影响了英国喜剧的发展。

17世纪诗歌领域也经历了巨大变化。许多诗人属保皇派，受到严重冲击。他们当中有人入狱，有人遭流放，有人失去职位和地位。一些人身处异地，却继续写作，在17世纪50年代仍有抒情诗问世。在这个时期也出现一些内容极不健康的诗作，把美德、真理和诚信当作笑料。与此同时，也有一些清新的诗歌出现，这就是"抑扬（或英雄）对偶式"诗歌。这种诗歌形式早已存在，但使它成为人们喜爱的诗歌形式的诗人是埃德蒙·沃勒。后来又经德莱顿和亚历山大·蒲柏的改善，这种形式在18世纪成为英国诗歌的主要表达媒介。当然，17世纪的诗坛上最值得一提的就是弥尔顿。在王政复辟以后，革命派虽处于逆境，但是他仍坚持创作，写出了永恒不朽的作品。

17世纪，散文一直在朝着健康的方向发展。因此，这一时期的散文成就是相当大的。说理文、抒情文、政论文、文论以及日记等，各领风骚，展现了蓬勃的生机和无穷的活力。从弗朗西斯·培根的杂文，到艾萨克·沃尔顿的人物素描，到托马斯·布朗的巴洛克式散文，到杰里米·泰勒的宗教文学，再到塞缪尔·佩皮斯的日记等，散文的创作一路长足发展，英国散文逐渐成熟，成为一种表达准确、思想深刻的语言。

在散文发展的基础上，英国小说也开始日渐成型。在英国小说的形成上做出过重要贡献的是约翰·班扬和阿弗拉·班恩。他们的创作实践有力地扩大了英国小说的社会影响，对英国小说的规范化和健康发展产生了重要的影响。这一时期的小说尽管在谋篇布局、人物塑造和艺术手法方面还不尽如人意，与现代小说不可同日而语，但所具备的重要意义是无法抹去的，为 18 世纪英国小说的全面崛起奠定了重要的基础。

二、18 世纪文学

18 世纪英国经历了深刻的社会变革，"光荣革命"推翻复辟王朝，确立君主立宪制，建立由资产阶级和新贵族组成的政权，资本主义制度在英国逐步建立。贵族土地所有制向资本主义生产方式过渡，金融投机在政策的保护下迅速崛起，政府以殖民、保护关税等制度促进工商业和航海业的发展。为了扩大海外市场，掠夺更多财富，英国连年进行殖民战争，疯狂攫取他国资源，为工业革命提供经济基础。与此同时，从 15 世纪开始的圈地运动到这时已结束，大批失去土地的农民，有的成为农场主的雇工，有的进入城市成为廉价的产业工人，成千上万的劳动力为工业革命提供了人力资源。在这样的社会背景下，18 世纪初期，英国启蒙作家开始以理性为武器反对封建残余，批评资本主义的某些弊端。伴随着英国工业革命的发展，文学中的古典主义开始向表现中产阶级内心情感变化的感伤主义发展。同时随着工业革命发展暴露问题的增多，现实主义也逐渐成为当时文学创作的一个重要类型。

18 世纪可以截然分为上下两个时期，各自都有非常明显的社会、经济和文学特征。上半叶基本上是欣欣向荣、蒸蒸日上的局面，各种力量协同发展，形势显得很好。在内战和王政复辟以后，英国国势逐渐强大，版图开始扩张。1707 年英国议会通过"联合法案"，把苏格兰与英格兰和威尔士连接在一起，英国自此成为"大不列颠国"。英国对外侵略和扩张，成为"日不落国"，统治着世界上四分之一的人口，掌控着世界的全部海域，从殖民地掠夺了大量财富。在经济上，英国越来越富有，各种工厂开始建立，贸易十分繁荣，国内生产力剧增。随着贸易和生产的发展，商业体制开始形成，尽管国家尚未放松对商业的控制，但通商操作业已走上轨道，一切都在发展变化之中，人民生活水平有所提高，衣食住行显著改善，各个方面都显示出一种乐观情绪，到处是一派繁荣和康乐景象。与此同时，英国本身也在发生巨大变化。人民的日常生活、他们与国家的关系、他们之间的关系等方面，都在经历着空前的变迁。所有在这个时期的文学作品里都有明显反映。总的说来，人们感到，局面既然一切顺利，国家的所作所为必然是顺和天意与民心的。

在这一时期，英国处于一种微弱但仍可维持的平衡状态中。首先，在经济领域里，对于通商和贸易的封建性限制已经放松或基本解除，商业营运空前发展，一场商业革命正在进行中。但是不论变化多么剧烈，改变国家经济基本操作模式的工业革命尚在酝酿阶段，还要等上几十年才会发生。农村开始科学种田，使用化肥；城市里中产阶级日益富有和强大。但是旧的生产手段、生产关系、运作环节仍然安然无恙，社会各个领域尚未出现严重或大面积的脱节现象。新旧事物依然保持着某种平衡。其次，在政治领域内，各派力量之间也还存在着一种脆弱的平衡。一方面，"光荣革命"爆发后，王权就大大地削弱了，待到安妮女王之后，王位传到从德国请来的汉诺威王朝的乔治一世时，国王终于完全放弃了执政企图，退到了傀儡的地位上，因为这位讲德语的君王对英国事务远不如对德国事务感兴趣，他连内阁会议都常常缺席。逐渐，英国的首相便成为真正实权在握的人物。另一方面，在"光荣革命"之后的很长一段时间内，平民百姓并不了解这种变化的本质和影响，就连王室和国会也都没有充分意识到权力业已转移这个事实。所以国王仍在行使权力，阻止法律的通过，而中产阶级仍然认为他们不具备足够的权力，不能完全按照自己的意志行事。但是由于《权利法案》的作用，世态也已随之变化，尽管乔治三世对国务的影响相当巨大，但是王室和贵族的大势已去，他无力回天，他努力的结果并未恢复昔日王室的绝对权力。国家政治生活的大趋势依然是贵族继续丧失权力，而中产阶级则日渐强大。新旧两种力量的较量仍然不相上下，以土地为基础的贵族和以通商与贸易为根基的中产阶级，两者相互争斗又相互依赖，时分时和，英国政治这台戏，哪一边也似乎唱不了独角。18 世纪上半叶英国政坛的情况大体如此。

随着资产阶级政权的确立和巩固，工业及社会经济获得了迅猛发展。18 世纪下半叶出现的英国工业革命，对英国和世界产生了无法估量的巨大影响，深入到每一个英国普通百姓的生活之中。然而，工业革命在开辟了广阔的生产力发展图景的同时，其残酷的资本积累却造成了无数的人间悲剧。

一个法国人提出，一个国家的财富流通就好像人体的血液流通一样，要按照一定的自然法则运作。他所代表的就是古典政治经济学中的重农主义学派。他们认为财富根源于土地，所以政府首先应该鼓励农业发展，免去农业税，让农民自由出售他们的物产，农民的个人财富的增值就会带来国家总体的富有。基于此，国家对农民获取私人财富不应有任何干预，否则就是破坏经济的自然法则。这个理论被后人简称为"自由放任主义"或"不干涉主义"。魁奈的理论通过苏格兰哲学教授亚当·斯密流传到了英国。在访问了法国经济学家之后，亚当·斯密写了一部经济学专著《国民财富的性质和原因的研究》，简称《国富论》。在这部著作中，亚当·斯密没有简单地模仿和附和法国人的理论，如他反对把农业看作所有财富的起源，提出要工农业并重。不过，在自由贸易和自由经营方面，他完全支持魁奈的观点。由这些政治经济学家推出的理论得到新兴资产阶级的热烈欢迎，产生了巨大的影响。政府不得不放宽对企业和贸易的控制，使英国资本家得到了最大限度的经营自由。他们可以自己制定工资水准和产品价格，自行雇用和解雇工人，并在海外享有自由贸易和投资的权利。这一切都加速了早期资本积累，但在促进工业和贸易迅速发展繁荣的同时，造就了一支深受剥削压迫的工人阶级队伍。

事实上，家庭手工业和小作坊被资本主义企业吞噬后，一大批手工业者失去了赖以存身的职业，挣扎在贫困线上。工厂为牟利，廉价雇用了大批女工和童工，他们在恶劣的劳动条件下每天工作 16 小时之多，过着非人生活。这些矛盾在 19 世纪更为激化。在资本主义上升时期的 18 世纪，政府对内鼓励金融商贸，用课税制度和关税保护促进本国工商业发展；对外则加强了海外贸易和投资，殖民主义的海外扩张很快就使得英国成为世界第一强国，产品无缝不入、无处不到，英国于是被人们谑称为"世界的制造车间"。

另一个不可忽视的现象就是农村的逐步解体和以大城市为中心的经济文化体系的形成。随着现代工业的迅速发展，农业的资本主义经营破坏了田园式的农牧生活，农民被迫离开了土地，农村逐渐荒废，人口大量流入城市，新的城市不断涌现。比如，曼彻斯特在一个世纪内便发展成 10 倍于先前的棉纺冶金重镇。1700 年至 1850 年，英国的人口也从不足 600 万剧增到了 1 800 万之多。"城市之最"伦敦成为世界级的大都会，集中了英国政治、经济和文化的精华。但是同时伦敦充斥着贫民窟，衣不蔽体的穷人比比皆是，犯罪现象严重，各种犯罪团伙形成了一个地下伦敦。于是，社会开始动荡不安。如果说 18 世纪前期的英国形势大好，人们可以对一些社会问题采取忽略态度，那么后期的形势不容乐观，人们不得不面对现实了。到 18 世纪下半叶，社会动荡，动乱蔓延，英国整个国家危机四伏。破产的农民涌入城市，和城市的穷人一起为生存而挣扎。于是无产阶级产生了，劳资之间旷日持久的矛盾冲突从此拉开了序幕。劳苦大众越来越不满，造反的呼声此起彼伏，响彻云霄。法国大革命正在酝酿之中，美国独立战争也即将爆发。英国统治阶级意识到种种危机业已迫在眉睫，他们进一步加强了高压统治的力度。在这种情况下，理性时代开始退出历史舞台，逐渐让位于气势磅礴的浪漫主义。

18 世纪以推崇理性著称，用理性批判封建社会遗留下来的政治及宗教专制，以及各种陈旧的陋习和迷信思想，这被称为启蒙运动。在欧洲大陆，启蒙运动以孟德斯鸠、伏尔泰、狄德罗、卢梭等人为主要代表。而在英国，洛克、沙夫茨伯里伯爵三世、牛顿和达尔文都是启蒙思想的先驱。

在启蒙思想和理性至上的影响之下，英国兴起一股新古典主义的潮流。新古典主义顾名思义是指模仿和推崇古代文学大师们的创作和美学原则，在英国是从约翰·屈莱顿开始的。他的文学理论、他所锻造的诗歌语言以及他的诗歌韵律，在很大程度上决定了18世纪英国的古典主义标准和文学创作走向，即注重形式的规范化，忽略个人的感受与独创精神。从屈莱顿开始，英国文学界突然变老了许多，它的天真烂漫逐渐消失，而显得深思熟虑起来。

德莱顿深感形式的重要，在他看来，前一个时代的诗歌缺欠很多，他没有怎么感觉到那种诗歌所表现出的真诚和热情。在德莱顿后，亚历山大·蒲柏、乔纳森·斯威夫特和塞缪尔·约翰逊等人站了出来，他们强调作家要具备拉丁文学和文化修养。在文体上，仿古罗马的文学家，如贺拉斯、维吉尔和奥维德，追求用理性驾驭作品，讲究行文条理清晰、对仗工整、运用巧智、自然和谐。它实际上是对17世纪巴洛克和18世纪洛可可这类艺术派别的浮华、矫揉、雕琢和滥用情感的纠正。正因为这些新古典主义作家推崇并模仿了贺拉斯、维吉尔和奥维德等古罗马奥古斯都大帝统治时期的文学家，所以后来的文学史又称18世纪的上半叶为奥古斯都时期。

其实，这个以蒲柏等人为代表的英国新古典主义并不是18世纪的专利。早在复辟时期，对理性的追求就已经开始，它可以说是资产阶级在革命的激情过去后，进行反思时寻求到的一种准则。蒲柏之前的文人和思想家，如乔治·萨维尔、威廉·邓波尔和约翰·洛克都可以说是新古典主义先驱人物。光荣革命没有破坏和中断复辟阶段已经初见端倪的崇尚理性的倾向，而是进一步促成了它的蓬勃发展。18世纪初，上层中产阶级进入了统治阶级行列并与贵族联起手来。这些大商人和金融巨头多半是克伦威尔清教共和国公民的后代。他们在获取了巨大财富之后开始追求过去只有贵族阶级垄断的典雅文化，接受了古典文学的价值观，同贵族汇成一体，并逐渐也变得保守起来。就这样，在上层中产阶级的支持下，古典文艺理想在安妮女王和乔治一世的统治期间得到了全面的体现。但是，资产阶级终归有其自身的利益和特殊的品位，他们又都是十分现实的，因此在吸收兼容贵族文化的同时，他们也给原有的古典文学艺术添加了实用性和活力，并且对古典文学里的道德模式和由理智驾驭的秩序非常认同。理查德·斯梯尔和约瑟夫·艾狄生就是很好的代表。他们开创了寓教于优美文学的先河，由他们主办的《旁观者》周刊是当时文化和社会生活里的一缕温柔清丽的和风，优雅朴素的作品除了提供信息、普及知识、滋养情操以外，还起到缓解生活压力及社会矛盾，以及统一并规范社会言行的重要作用。

尽管新古典主义的欣赏趣味以及蒲柏和约翰逊的价值取向统治了18世纪的大部分时间，但情感的火花并没有被强大的理性完全扑灭。从一开始就有一股潜流朝着相反的方向运动，正是这股潜流最终导致了浪漫主义的爆发。在18世纪下半叶，诗歌与自然和社会更加靠近，关系更加密切。18世纪敏感的人们，尤其是作家，都会情不自禁地、深切地感到，一切都在变化当中。17世纪的望远镜、18世纪的显微镜，使时空顿时出现爆炸性扩张。新生活、新科学及新发现让当时的人们激动不已，给他们提供了无限的新意象、新可能、新的探讨方向。如果说昔日宫廷生活的方式与品位在一定程度上曾影响文学艺术的走向，到18世纪，情况就大不相同了。生活的新品位标准开始改由人民大众来决定。宫廷被买票便可入内观赏的市内花园所代替，文学艺术开始和商业联手。

同时，随着社会教育程度的提高和空闲时间的增加，人们开始渴望阅读更多的文学作品。于是新的文学（广义上的文学）形式应运而生，以满足人们的需求。报纸、杂志、百科全书、词典以及语法书，所有这些都得到了人们的认可和接受。其中最重要的还是小说的快速发展。可以毫不夸张地说，18世纪以理查逊和亨利·菲尔丁为首的小说界百花齐放的繁荣局面，为后来整个英国小说的发展奠定了坚实的基础，其世界影响也是不可估量的。

在这一时期，以古典主义原则为本的文学创作因无法准确而多视角地反映当时社会的剧变及人们社会生活、心态的日趋复杂等，已前途惨淡。而无论是从亚瑟王传奇故事中发展的记事兴趣，由锡德尼的牧歌传奇《阿卡狄亚》、纳什尔的《不幸的旅行者》中生发的传奇流浪冒险因素，还是在田园诗中存在的描写和对自然的鉴赏，或者是班扬的《天路历程》中关于道德意义的广泛记叙，以及日记和日志的历史作用，速写和传记中出现的刻画人物的热情，乃至传说和中世纪传奇中关于悬念的技巧，都使18世纪的创作者从中汲取了丰富的营养，从而使小说这种文学样式得以迅速发展。除本国的文学优良传统培植下的沃土外，欧洲大陆丰富的文学创作经验也为英国小说发展提供了难得的借鉴，如曾产生重大影响的西班牙的传奇文学作品塞万提斯的《堂·吉诃德》、法国拉伯雷的《巨人传》。可以说，18世纪的英国作家汲取了国外优秀文学的经验，并与本土作品的记事特性等结合，孕育出了小说这一能较好地反映当时社会生活的文学形式。

此外，18世纪小说之所以能迅速兴起还有其他方面的原因。首先，中产阶级读者消费群的成长壮大是小说得以迅速成长的主要推动力。读书的中产阶级包括随着该世纪及稍后的工业革命成长壮大起来的工商业人士及其附属的职员阶层。此外读者群还甚至延伸至中下层的男女仆佣、工人以及为实际生活需要而学会识字阅读的其他人等。他们有一些钱可以作为购买书报的支出，而小说正好满足了他们的这一需求。其次，女性读者群的增加对小说的兴起有着特殊的意义。18世纪工业革命带来的商品使许多女性摆脱了旧日烦琐的家务，如纺纱织布，制作面包、蜡烛、肥皂和酿酒，她们得到了比以前更多的闲暇。此外，随着家庭教育的发展，女性群体中能读会写的人数已日益扩大，文化水平不断提高，这也使得她们能自由选择符合自己口味的书来读。再次，报纸杂志的发展也与小说的兴起与发展关系密切。随着1695年出版物审查法的废止，各种报纸、文学杂志在18世纪争相出现，为小说的刊载提供了一个平台。最后，商业性流通图书馆的出现为小说的普及起了一定的推波助澜作用。由于受经济能力限制，不少中下层阶级便通过既便宜又方便的新型租赁书籍业务来选读自己喜欢的小说消遣。自1725年第一个这种图书馆在爱丁堡出现后，仅5年间，流通图书馆的数量便增加了80多个。1745年开始出现图书俱乐部，后迅速发展成类似现代模式的图书馆。私人图书收藏渐渐流行，其中小说则是读者和藏书者的主要喜爱所在。

在创作方面，这个时期的小说家有强烈的使命感，他们深知自己的社会责任和艺术使命。这些人在有意识地提高自己的艺术感召力，为社会服务。他们一边创作，一边探讨小说创作理论，有些人则进行了大胆的技巧革新试验，为完善英国小说艺术做出了杰出贡献。诚然，也有一些作家比较自我放任，以让自己有更多的回旋空间。但是，他们的作品的主旨也很少离开社会道德范畴。

另外，18世纪的戏剧也发生了戏剧性变化。戏剧作家们对17世纪下半叶的戏剧状况记忆犹新。他们似乎接受了教训，开始在选题和剧作的效果上做出努力，以吸引层面更加宽广的观众，做到娱乐和警世两不误。在这个时期的前半期从事戏剧写作的作家，如约翰·盖伊为18世纪的戏剧创作定下了基调。感情戏成为当时剧作家们的所爱。这些作品宣传"善有善报"的思想，颂扬美德面对逆境而显示出的坚韧不屈。这些作品对观众动之以情，剧里所呈现的悲剧场面常常让观众泪流满面。观众对宏观场面和特殊效果极感兴趣，他们的感情投入程度是空前的，戏剧的社会教育效果也随之剧增。18世纪下半叶出现了英国戏剧史上很著名的两位作家——理查德·布林斯利·谢里丹和奥立佛·哥尔德斯密斯，他们的创作努力重新恢复了英国喜剧的尊严，他们的剧作展现了永恒的魅力。

第二节　英国小说日渐成型

17世纪上半叶，罗伯特·格林和托马斯·迪罗尼等作家的现实主义小说在英国备受青睐，小说的读者群也随之从贵族阶层扩大到受过教育的普通百姓。其间，尽管英国小说尚未告别雏形期，也没有形成一定的小说理论，但是，它已从过去的萌芽状态变成了一棵嫩绿的幼苗，充满了生机。托马斯·戴克继承了格林和迪罗尼的现实主义传统，以更加暗淡的画面展示了英国社会的冷酷现实。在《美妙的年代》中，戴克以辛辣的笔触描述了伦敦遭受鼠疫侵扰的状况。而他在《伦敦的七大罪》等作品中又无情地揭露并抨击了这座城市中的各种邪恶行径。

此外，当时英国还出现了一些所谓的"性格特写"。这些作品大都生动地描绘了社会上形形色色的人物形象，详细地剖析了各种人物的性格特征。其中，约瑟夫·霍尔的《善与恶的性格》、托马斯·欧佛伯利的《二十一种散文肖像》和约翰·厄尔的《小宇宙志》等作品是极为优秀的"性格特写"。这种"性格特写"的描写手法十分巧妙、入木三分，通常抓住人物的一个特征穷追猛打，甚至狂轰滥炸。无疑，"性格特写"对英国小说的发展起到了推波助澜的作用。

资产阶级革命和随后的斯图亚特王朝复辟虽然使整个英国长期处于混乱无序、动荡不安之中，但英国小说还是在当时呈现出勃勃生机的散文创作基础上向前发展了。以下主要对约翰·班扬和阿弗拉·班恩的小说创作进行论述。

一、约翰·班扬的小说创作

班扬出生在贝得福郡附近一个名叫埃尔斯托的村庄，他祖父和父亲都以补锅为生。早年，他在一所农村小学读书，不久便继承父业。16 岁时，他应征入伍，参加了内战。其间，他结识了不少清教运动的领袖和社会各阶层人士，为他以后从事小说创作收集了重要的素材。当清教徒获得胜利之后，班扬退役还乡，并重操旧业，补锅为生。与此同时，他对宗教事业情有独钟。1653 年，班扬加入新教并开始传教。由于无证传教触犯了英国当时的教规，他于 1660 年遭逮捕，并被关押了 12 年之久。在狱中，班扬奋笔疾书，完成了 9 部作品，其中包括一部具有浓郁的宗教色彩的自传《公德无量》。1672 年，班扬获释，并担任地方教会的牧师，继续从事传教活动。1675 年，他的执照被吊销，次年，他因无证传教再次入狱。其间，他开始起草《天路历程》。6 个月后，他获准出狱，随后继续写作、传教和补锅。班扬一生坎坷，年轻时一贫如洗，中年时代在狱中度过，而晚年则风尘仆仆。1688 年 8 月，他因在传教途中被大雨淋湿而发高烧，10 天后便离开人世。

班扬虽然没有受过良好教育，但他为英国小说早日告别雏形期并步入一个新的发展阶段做出了积极的贡献。班扬一生著作等身，其中最重要的是三部小说。除了《天路历程》外，他还创作了对话体现实主义小说《败德先生传》和宗教讽喻小说《圣战》。这些小说不仅以讽刺的笔触描绘了 17 世纪下半叶英国的社会弊病和道德腐败，而且还集宗教寓意和现实描写于一体，具有很强的讽喻性、启示性和时代性。

《天路历程》是英国文学史上极为重要而又十分流行的一部小说。这是一部具有梦幻色彩的宗教寓言小说。作者生动地描述了自己在梦中遇到的情景。他看见一个衣衫褴褛的人，背着一个沉重的包袱，手中拿着一本《圣经》，在路上徘徊。此人名叫基督。他从传播福音的人口中得知，他的家乡城市将要被大火烧毁。于是，他将这一可怕的消息告诉家人和邻居，并劝说他们赶快离开。但他们却将他视为疯子。无奈之下，基督决定独自一人去天国寻求救赎，从而开始了他的"天路历程"。刚开始，一个名叫"易变"的朋友愿意与他同行，但陷入困境后，"易变"中途退却，而基督则义无反顾，勇往直前。后来，他得到了"世智""传道"等人的帮助和指点，并在一位名叫"尽忠"的朋友的陪伴下，克服千难万险，遭受种种磨难，路经"名利场""羞辱谷""困难山"和"死亡河"，终于到达"天国城"，获得了不朽的生命。

这部小说的创作意图主要是通过对主人公基督去天国寻求救赎的旅程的描写向读者宣传正统的宗教思想，从而达到说教的目的。班扬是一位尽心尽责、坚贞不渝的传教士，毕生致力于宗教事业，他在创作小说时也不例外。作者将小说设计成一个寓言，使整部作品的情节建立在主人公去天国朝圣的旅程之上。基督身上褴褛的衣衫和沉重的包袱代表着人类的罪过和尘世间的烦恼。这无疑传达了基督教的原罪思想。因此，主人公的"天路历程"不仅是物质意义上的跋涉，而且是一次精神上的旅程，具有深刻的道德启示和宗教意义。作者将人比作朝圣者，将人生道路比作前往天国朝圣的"天路历程"。他试图告诉读者，人们只有像基督那样对上帝坚信不疑，强化原罪意识和赎罪心理，才能完全摆脱罪孽，悔过自新，到达美好和永恒的境界。

《天路历程》也是一部优秀的现实主义小说。班扬通过主人公的"天路历程"真实地描绘了 17 世纪英国的社会现实和生活气息，将斯图亚特王朝复辟时期英国社会的混乱局势和腐败风气充分地展示了出来。作者在描述基督和"尽忠"在"名利场"的经历时，对当时英国的社会现实做了含沙射影般的揭露和讽刺。

> 在这座名利场上出售这样的商品：房屋、土地、手艺、地位、荣誉、升迁、头衔、国家、王宫、色欲，还有各种欢乐与享受，如妓女、鸨母、妻子、丈夫、孩子、主人、仆人、生命、血液、身体、灵魂、白银、黄金、珍珠、宝石。在这里还可以看到偷盗、凶杀、通奸、伪证，而这一切都带有鲜红的血色。

可以看出，班扬正是通过对名利场的生动描绘，将英国当时的社会风尚真实地展示了出来。事实上，在小说中，诸如此类的现实主义镜头有很多。作品的现实性和时代性毋庸置疑。

从艺术特征上看，《天路历程》创作技巧纯熟，至少表现出了两个鲜明的艺术特征。

第一，小说巧妙地将梦境与现实交织一体，通过一个虚构的梦幻世界来反映现实社会，并以此折射出深刻的道德含义。尽管班扬不是第一个在文学作品中表现梦境的作家，但他成功地创作了英国文学史上第一部梦幻小说，对如何巧妙地使用梦境来反映现实生活做了有益的尝试。值得一说的是，《天路历程》采用的是第一人称叙述，从头到尾叙述了作者在梦境中的所见所闻。关于这一点，小说的副标题已明确无误地告诉读者："从这个世界到未来的世界：以梦境的形式加以表现。"小说一开局作者便向读者展示了一个梦幻世界。

> 当我在荒野中行走时，我来到了某个地方，那儿有间房屋。于是我便在那儿躺下来，很快睡着了。当我沉睡时，我做了一个梦。我梦见自己看到一个衣衫褴褛的人站在一个地方，背对着他的小屋，手里拿着一本书，背上驮着一个沉重的包袱……

班扬在叙述过程中，不时采用"现在我梦见""然后我梦见"或"正如我刚才所梦见的"等解释性词语，以此来不断提醒读者。在小说的最后，作者又以从梦中醒来结束。在今天的读者看来，这种叙述笔法也许俗不可耐，然而在一个小说尚未告别雏形期的时代，班扬的艺术构思及其对小说的驾驭能力无疑体现了某种前瞻性。读者发现，班扬不仅充分地发挥了梦境的艺术功能，而且还成功地使其成为折射现实世界的一面镜子。

第二，小说采用了象征主义手法。尽管象征主义作为一种艺术流派和文学思潮是 19 世纪下半叶法国文学革新的产物，但班扬在小说中创造性地运用了象征主义的手法，使作品富于深刻的含义。小说中的许多人名其实代表了各种抽象的概念或品质，如"易变""尽忠""世智""传道""无知""希望""绝望""恨善先生""马屁先生""爱钱先生"和"饶舌先生"。显然，这些姓名暗指同时代人的性格与品德，代表了十分具体的人物形象。小说中还有不少地名也具有象征意义，如"名利场""困难山""羞辱谷"和"死亡河"，这对铺垫小说的气氛起到了一定的辅助作用。不仅如此，班扬在小说中对人物的描绘也具有浓郁的象征主义色彩。例如，主人公褴褛的衣衫象征着人类的罪过与烦恼，他背上那个沉重的包袱代表着深重的罪孽，而他所走过的艰难曲折、险象环生的"天路历程"则象征着人类赎罪的困难与痛苦以及追求美好未来的艰难历程。客观来说，班扬的象征主义手法虽然不够成熟，但确实对烘托小说主题、渲染小说气氛发挥了重要的作用，影响了英国早期小说艺术的发展。

从语言上来看，《天路历程》成功地采用了《圣经》的语言风格，以简洁朴实的语体来叙述引人入胜的故事，细节描写生动有趣，人物塑造鲜明具体，使作品产生了极强的艺术感染力。

这部小说获得巨大成功之后，班扬便着手创作它的下集，并于 1684 年正式完成与出版。下集主要描述基督的妻子克里斯蒂和她的四个孩子的"天路历程"。他们不顾众人的反对，在邻居"仁慈先生"的陪同下，战胜了巨人"绝望"及其他怪物，最终到达了天国。客观地说，《天路历程》的下集在艺术上造诣确实不如上集，因而两者的文学地位不可相提并论。

《败德先生传》是班扬的另一部现实主义小说，以讽刺的笔调描绘了复辟王政时期英国社会的腐败与罪恶。小说通过"智慧先生"和"关注先生"之间的对话描绘了一个名叫"败德先生"的一生。"败德先生"是 17 世纪末英国奸商的典型形象。他从小作恶多端，后采用种种卑劣的手段发了横财。作为一个投机商人，他囤积居奇，哄抬物价，横行市场，鱼肉百姓。最后"败德先生"暴病而死，算是得到了报应。班扬通过这一不法商人的形象详尽地描述并无情地揭露了当时风行于英国社会的贪婪、狡诈、欺骗和腐败等丑恶现象。作者似乎告诉读者，英国社会到处都是"败德先生"这样的坏人。在这部小说中，作者的现实主义手法继续得到了充分的展示。

从艺术形式上看，《败德先生传》出现了新的变化。尽管这部小说依然具有寓言的特征，但它不再以梦境的形式由第一人称进行叙述，而是通过"智慧先生"和"关注先生"两人之间的对话来揭示刚死不久的"败德先生"的恶劣行径。"智慧先生"承担了叙述故事的任务，而"关注先生"则扮演了评论者的角色，两人分工明确，各司其职。然而，他俩之间的对话有时显得冗长和乏味。这不仅反映了凭借"对话形式"叙述长篇小说的难度，而且表明英国早期的小说在谋篇布局和叙述形式方面还不够成熟。

二、阿弗拉·班恩的小说创作

班恩出生于肯特郡，早年曾在南美洲圭亚那地区的苏里南生活过一段时间。1663 年，她返回英国，并嫁给了一位商人。在第二次英荷战争爆发前夕，她受英国宫廷派遣到比利时北部港口城市安特卫普从事情报工作。战争结束后，她回到英国，但不久因债务问题而坐牢。几年后，班恩获释出狱，开始从事文学创作。她早年在苏里南的生活以及后来的坎坷经历为她提供了宝贵的创作素材。从 1671 年起到 1689 年她去世为止，班恩创作了 15 个剧本，其中较为著名的有《流浪者》和《城市女继承人》，前者描述了几名英国浪子在那不勒斯和马德里的浪漫经历，后者以喜剧的形式表现了伦敦的现实生活。然而，班恩的创作成就主要建立在她的长篇小说《奥隆诺科》之上。这是继《天路历程》之后又一部具有较高艺术水准的英国小说，在 17 世纪末的读者中引起了一定的反响。由于她在文学创作中成绩卓著，她去世后被葬在西敏寺的东院。

《奥隆诺科》是英国文学史上第一部描写黑人的悲惨命运的长篇小说。奥隆诺科是非洲一个国王的孙子和王位继承人，他与一位名叫英姆埃达的将军的女儿相爱。不料，老国王早已被英姆埃达的美貌所着迷，当他得知这对青年男女的恋情时，不禁醋意大发，怒火中烧。他立即下令将英姆埃达卖到国外去当奴隶，而奥隆诺科则遭到一名运送奴隶的英国船长的诱捕，被押往英国的殖民地苏里南。不久，奥隆诺科在苏里南找到了英姆埃达，两人重新团聚，后来，奥隆诺科因鼓动其他奴隶逃跑而遭到当局的追捕。在绝境中，奥隆诺科为了不让英姆埃达落入虎口，不得不先将她杀死。英姆埃达面带微笑迎接死亡。然而，奥隆诺科却自杀未遂，被当局抓获。他宁死不屈，最终被残酷地杀害。

这部小说生动地描述了一对非洲青年的悲惨命运，同时无情地揭露了英国殖民主义者的残暴行为。主人公奥隆诺科是一位正直、善良、勇敢和浪漫的热血青年。他尽管出身高贵，却沦为"皇家奴隶"，最终成为腐朽制度的受害者。即便连他这样一位王孙公子也未能幸免于难，其他奴隶的境况也就不言而喻了。显然，奥隆诺科是一个悲剧性的人物，他热情浪漫、才华出众，却成为邪恶势力蹂躏的对象。作者详尽地描述了那些自称是基督徒的英国殖民主义者残酷压迫奴隶的情况，对统治者和殖民主义者的血腥暴行进行了深刻的揭露。小说充满了现实主义的描写镜头，常常使读者感到身临其境。

从艺术形式上看，《奥隆诺科》的情节生动曲折，人物形象有血有肉，框架结构清晰合理，体现了作者较强的谋篇布局能力。此外，作者还在小说中掺入了不少近似于学术论文的篇章，深入探讨了作者本人对诸如宗教之类的抽象问题的认识与思考。

阿弗拉·班恩是英国小说的开拓者，也是英国历史上第一位女小说家。除了《奥隆诺科》之外，她还创作了其他几部长篇小说，其中较为出色的有《美丽的薄情女郎》。总的来说，班恩的创作是具有一定的实践意义的，因为其不仅使小说这一新的文学体裁在公众眼中变得更加体面与可敬，还首次表明女性也能和男性一样很好地运用小说这种文学样式。

第三节　风俗喜剧独树一帜

17世纪的英国王朝复辟时期，舞台上最有影响同时也是最有争议的剧种是风俗喜剧。这种剧早在17世纪20年代末30年代初就被搬上了伦敦的舞台，但是直到王朝复辟时期才达到了发展的全盛时期。风俗喜剧与法国喜剧的关系密切，受法国喜剧的影响很大。它贴近现实生活，对王室及其附庸的生活做出了大胆、直接、毫不掩饰的描写，讽刺色彩极浓，是反映当时骄奢淫逸的社会生活及其风尚的一面完美的镜子。风俗喜剧的代表人物有乔治·艾瑟里奇、威廉·威彻利和威廉·康格里夫。

一、乔治·艾瑟里奇的戏剧创作

艾瑟里奇并不是一位职业剧作家。他的创作生涯只延续了十几年，一共只写了三个剧本和几组小诗。他出任过外交官，但绝大多数时间身份只是一名宫廷才子。他的前两部剧作《喜剧性的复仇》和《她但愿能如意》虽然很有意思，但使他成名的还是他的最后一部剧作《风流人物》。

《风流人物》于1676年推出。显然，艾瑟里奇吸取了《喜剧性的复仇》和《她但愿能如意》两个剧演出时的教训，做了比较充分的准备工作。宫廷诗人卡·斯克罗普爵士为《风流人物》写了开场白，德莱顿写了收场白，查理国王则出席了3月11日的首演式。

在《风流人物》中，全剧的中心是多里曼特，即剧名所指的"风流人物"。剧中所有情节的发展都是围绕着他进行的。同前两个剧和同期许多喜剧的剧中人物相比，多里曼特——包括钟情于他的三位女子被描绘得更加栩栩如生。他们不再是喜剧中常见的、代表社会上某种类型式的人物，而是各有明显的个性，每个人的举止言谈都和其特定的身份相互吻合。连剧中的一些次要角色也被剧作家刻画得活灵活现。在第一幕第一场，我们听到鞋匠的一段话。

> 我敢说，这个城里没有一个男人和他太太相处得比我更像一位绅士了。我从来不过问她的行踪，她也不打听我的。我们两个讲起话来客客气气，但打心眼里讨厌对方。因为夫妻俩睡在一起、在一起喝酒太粗俗，太没有档次了，所以，我们各自有几张高背靠庆。

短短的几句话就勾画出一个粗俗无比却又总想高攀的酒鬼的嘴脸。像这样的例子在这个剧中真是不胜枚举。

当然，如果单独用道德标准来衡量，《风流人物》则比前两个剧更难为现代观众所接受，因为和前两个剧相比，这个剧更露骨地描写性和不道德的婚外恋情。在第四幕第二场开头的舞台指示中，甚至出现了多里曼特和贝琳达一夜温存之后仆人进来整理弄皱了的床单的安排。这个变化恰恰反映了这几年间英国社会风尚的变化，同时也是观众口味变化的一种体现。

艾瑟里奇常被称作王朝复辟时期风俗喜剧的奠基人。应该承认,他的成名作《风流人物》在喜剧语言和结构上都为他的同代剧作家树立了一个榜样,而这恰恰是《风流人物》在英国戏剧发展史中占有一个重要位置的主要原因。

二、威廉·威彻利的戏剧创作

威彻利出生在英格兰一个属于保皇党的贵族家庭。对他早年的生活很少有可靠的资料。据说他年轻时曾被送到法国读书,王朝复辟前几个月返回英国,进入牛津大学的女王学院。他在牛津就读的时间很短,几个月后就进了内殿律师学院,但他是否完成他的法学学业,至今仍是一个谜,而且他似乎从未从事过律师这一工作。他可能参加了 1665 年英国与荷兰的海战,但直到 1669 年他的第一首诗歌匿名发表,我们才开始拥有其关于剧作家创作生涯的资料。

《林中之恋》是威彻利的第一个剧作,于 1671 年首次上演。这部剧使威彻利一举成名,并使他在一种非常独特的条件下结识了英王查理的情妇。威彻利的第二部作品是《绅士舞蹈教师》,于 1672 年 2 月 6 日首演,并出版了三个不同的版本。虽然剧情很简单,剧中人物也缺乏个性,但《绅士舞蹈教师》是一出比较典型的喜剧,因此评论家在讨论王朝复辟时期的喜剧时常常提到它。

威彻利最重要的剧作是《乡下女人》和《光明磊落者》。

《乡下女人》主要描写了玛格瑞特怎样从一位天真无知的乡下女人变为一个淫妇,与他人通奸,让她丈夫皮其怀夫戴绿帽子的过程。与玛格瑞特通奸的正是该剧的中心人物霍纳。霍纳为了改变他在伦敦社交界的恶名,请他的朋友夸克医生到处散布谣言,说因为在巴黎所做的一次手术的影响,他已丧失了性功能。于是,一些绅士放心地委托霍纳在他们有公务时陪伴他的夫人和其他贵妇人。其实,霍纳是想借此更好地与这些女人通奸。而玛格瑞特就是上钩的人物之一。事实上,本来玛格瑞特没什么想法,但皮其怀夫过分的警告引起了玛格瑞特的好奇心,最后一步步走上那条道路。在第三幕的第二场中,皮其怀夫对妻子玛格瑞特说的话就可以看出这一点。

> 玛格瑞特:别理我,我不舒服。
> 皮其怀夫:噢,如果就是这个原因的话。亲爱的,什么事让你难过了?
> 玛格瑞特:说实话,我真不知道。自从你告诉我看剧时有个时髦的小伙子爱上了我,我就一直感到不舒服。
> 皮其怀夫:哈!
> 阿丽西尔:我的情况也是这样!

皮其怀夫：不，如果你就是因为一个下流的家伙碰巧说了一个谎，说他喜欢你，你就感到不舒服，就变得这么关心这件事，你会让我感到恶心的。

玛格瑞特：为什么感到恶心？

皮其怀夫：那比瘟疫还要可怕，那是妒忌。

玛格瑞特：呸，你在开玩笑！我敢打保票在家里的账簿上没有这种病。

皮其怀夫：不，你从没得过这种病，天真可怜的家伙。

［旁白］如果你让我戴了绿帽子，那全是我自己的过错，因为奸妇的丈夫和私生子的命运是由他们自己造成的。

很显然，皮其怀夫的百般阻挠反而增强了玛格瑞特的好奇心。

在《乡下女人》中共有四组平行的情节：霍纳散布谣言以期更自由地接近那些贵妇人；皮其怀夫和玛格瑞特之间的控制和反控制之战；阿丽西尔挨弃旧友，另选哈克特做自己的郎君；贾斯珀爵士和那一群自称"苛守贞节的女士"纠缠。

在这四个情节中，除了阿丽西尔在自己的婚事中所做的抉择还有一点积极意义外，其余的都是在某种面具的遮盖之下干着见不得人的勾当的伪君子：霍纳"性无能"的面具与菲捷特夫人的"贞节"一样虚伪；而皮其怀夫所捍卫的丈夫的"名誉"也同样没有任何价值。皮其怀夫根本称不上是一位丈夫，因为他既不相信、尊重妻子，也不保护妻子。在他眼里，妻子犹如一份私人财产，仅供他一个人享用。从这个意义上讲，他只是一个得到法律认可的"妓女"的保护人。而他的妻子玛格瑞特，起初确实单纯天真，但当她爱上了霍纳，"天真"也成了她的一个面具。显然，威彻利在剧中鞭挞的就是这批伪君子。

《光明磊落者》是威彻利最后一个剧本，也是最成功的一个讽刺剧。剧中的主人公曼力船长是个愤世嫉俗、自称光明磊落的人。他憎恨惯于阿谀奉承的小人，从不当面夸奖一个人，也从不在背后诋毁任何人。由于在最后一次航海时损失了他的所有货物，他空手回到伦敦，跟随他的仅有船上的大副弗里曼和一位名叫菲戴利亚的青年水手。曼力常常嘲笑菲戴利亚懦弱，殊不知这是一位痴情的女子，因为爱上了曼力船长而女扮男装，随其左右。在最后一次航海之前，曼力托他的朋友弗尼什照顾他的女友奥莉维亚，并把自己的所有钱财交给奥莉维亚保管。没想到弗尼什背弃了朋友的信任，秘密地与奥莉维亚结了婚。曼力返回伦敦后奥莉维亚拒绝见他。当曼力找上门来质问时，奥莉维亚毫不掩饰地告诉他，她已经结婚了。注意到奥莉维亚对菲戴利亚所表现出来的浓厚兴趣，曼力让菲戴利亚去追求她，以便为自己报仇雪恨。在安排好的一次幽会中，曼力听到了奥莉维亚在黑暗中向菲戴利亚令人作呕的求爱。曼力把这一切都告诉了弗尼什。直到这时他才意识到菲戴利亚是一位女子以及她对自己的一片深情。从她的身上曼力看到了自己的愚蠢。他正式向菲戴利亚求爱，把从奥莉维亚那里夺回的财产交给她，并称她为自己的知心朋友。

> 我现在可以相信世界上
> 还有好心的朋友……
> 漂亮的女人也可以成为朋友，
> 任何人都不应该相信眼泪、山盟海誓、缠绵的恋情或未经考验的伙伴。

在用书信形式为《光明磊落者》所写的献辞中，威彻利嘲笑了当时流行的献题的做法，称它们空洞无物、废话连篇。他也攻击了那些企图在前言中向观众解释自己写作意图的作家，并把那些无法接受他的前一个剧《乡下女人》的人称作伪君子。正是因为威彻利犀利的文笔，他被同代人冠以"曼力·威彻利"的美称。

三、威廉·康格里夫的戏剧创作

康格里夫出生于英格兰的巴德西。由于他的父亲是爱尔兰驻军的军官，康格里夫在爱尔兰就读中学，后来又进入都柏林的三一学院。英国著名讽刺作家乔纳森·斯威夫特是他中学和大学的同学。1689 年，康格里夫返回英国，并开始了他的创作生涯。他的第一部剧《老光棍》使他在伦敦舞台上一举成名。在两部喜剧《两面派》和《以爱还爱》之后，他写了一部题名《悼念的新娘》的悲剧。这几部剧在伦敦产生了轰动效应，不仅得到了公众的好评，还得到他的朋友德莱顿、斯威夫特、蒲柏和理查德·斯梯尔的赞扬。康格里夫最有影响的剧作是《如此世道》。这部剧在很大程度上代表了风俗喜剧创作的巅峰。

《老光棍》在伦敦一炮打响，并被誉为是多年来未见过的最好的剧作。其实，这部剧仍未脱离王朝复辟时期风俗喜剧的传统，还借用了威彻利的《乡下女人》中化装成牧师主持婚礼这一情节，但是康格里夫巧妙地给这些观众所熟悉的剧中人物注入了新的活力。

《以爱还爱》包含着很深刻的道德说教。剧中的女主人公安吉列卡显然是对传统的男性社会的挑战。在恋爱和婚姻问题上，她没有消极地等待男士为她做出抉择，来决定她的命运，而始终把主动权把握在自己手中。通过安吉利卡这个人物，康格里夫塑造了王朝复辟后期女性的一种新形象。在这个剧中，我们还发现许多人物的姓名或含有道德的寓意，或具有讽刺的味道，如多情的男主人公瓦伦丁（"情人"）、他的朋友斯干德尔（"丑闻"）、安吉利卡的父亲福塞特（"预见"）。

这种源于中世纪道德剧的做法更加深了剧本的道德说教性。

　　《如此世道》的戏剧情节错综复杂，全剧的中心是一场围绕着威士弗特夫人的财产控制权的争夺战。康格里夫借一对才子佳人恋爱成婚的故事推崇了严肃道德。康格里夫说"这部剧中仅有很少的一点适应现在主流的观众品位"，其中的讽刺意味浓厚。从情节上来说，这部剧确有不少独到之处。剧中人物之间的关系纵横交错，剧情发展扑朔迷离。剧中悬念甚多，有些关键情节直到剧终时才有一个明确的结果，此时再回过头来看剧中人物的一些对白，才明白话中有话。而康格里夫在结构和技巧方面这一特长是其他同代剧作家所不具备的。

第四节　英国散文

　　17 世纪中叶，英国散文开始进入形式讲究、体律丰满的境地，古典主义的创作原则逐渐促使散文在文体上规范化，形式上追求典雅完美，但内容上无大的突破，充斥了脱离实际、无病呻吟或矫作自恋的感受与情调。到 18 世纪中叶，散文出现了一次自觉繁荣的高潮，理查德·斯梯尔、乔纳森·斯威夫特、约瑟夫·阿狄生等作家，他们把新的语言、韵味注入各自的散文体中，使其面向生活，走向朴素、诚实和自信。其中，对普通人民的关心、对周围实际生活的观察使作家的观念得以解放，精神得以自由，思路得以活跃，风格得以创新，最终使散文从 16 至 17 世纪那种源于自我、归于自我的意境走向更高的境界，摆脱了清高虚泛、远离实际的古典主义阴影，使散文在火热的生活实际中不断发展，为思想的自由驰骋提供了有效的载体和工具。

一、理查德·斯梯尔的散文创作

　　斯梯尔出生于爱尔兰的都柏林的一个律师家庭，少年时代在卡特豪斯公学就读，后进入牛津大学深造，但他中途从牛津大学辍学，转而从军，后发现自己并不喜欢军旅生活，又开始从事文学创作，先后创作了几部戏剧。从 1706 年开始，斯梯尔先后得到不同贵族人物的垂青，因此步入政坛。1714 年英王乔治一世登基，斯梯尔被委任掌管朱瑞街剧院，第二年被封为爵士，后又担任国会议员。但是，1717 年之后，随着一系列的家庭、事业和政治变故，他隐退至妻子在威尔士的家乡，在那里度过余生。1729 年斯梯尔去世，葬于圣彼得教堂。

　　斯梯尔的文学创作带有很强的社会目的：他希望通过自己的作品向他的读

者——中产阶级灌输一套社会和生活准则，帮助他们成为有教养的阶层。《基督教英雄》便体现出这样的创作目的。遗憾的是，这部著作没有产生足够的社会影响。于是，富有道德使命感的斯梯尔转而创作戏剧，希望通过这种比较大众化的娱乐形式实现自己的目的。他的剧作多为伤感喜剧。它们不同于王政复辟时期的轻佻喜剧，而是在对婚姻、爱情的描写中表现出中产阶级的道德观念，体现出作者净化文学、使舞台道德化的创作意图。不过，斯梯尔为强调道德教化而编写的戏剧情节很生硬，缺乏令人信服和深入人心的力量，因此也没有取得成功。

在这之后，斯梯尔发现 18 世纪的英国伦敦中产阶级经常光顾咖啡馆，而报纸杂志的大众性特征使得它们成为咖啡馆里主要的知识传播工具。如果说过去的贵族是在剧院、大学和沙龙里接受知识及社交礼仪等方面的教育，那么 18 世纪初的英国中产阶级则是在遍布伦敦的咖啡馆里完成这一切的。斯梯尔于是投身报纸杂志行业，创办了《闲话报》，发表雅俗共赏的报刊散文。斯梯尔本人也曾在《闲话报》的各个专栏中发表过特写，或是揭露混杂在伦敦市民中形形色色的骗子、恶棍和坏蛋，或是嘲笑上流社会荒淫无度、空虚乏味的寄生生活，或是讨论日常家庭生活的话题。例如，他在第 25 期中发表了《"决斗"》一文，驳斥了上流社会已经流行多时的决斗之风。在他看来，决斗根本是毫无理智的愚蠢行为，是好勇斗狠的花花公子为坚持自己的看法而进行的一种残杀行为，而且"一个人要获得一个光荣的名声，好斗绝不是一种得体的办法……决斗不能显示相互憎恨有确实的理由和可靠的根据，它仅仅是为一个养成懦怯、虚伪与丧失理智的人设下的骗局"，因而他强烈希望能够消除这种决斗之风。又如，他在第 75 期发表的《美满婚姻》的主旨是宣扬婚姻生活的美满和必要性。文章开篇斯梯尔便借伊萨克·毕克斯塔夫之口指出，人们往往忽略自己拥有的快乐和幸福，结婚的人尤其如此。他们往往用痛苦的眼光看待婚姻生活，在抱怨中一天天消耗掉自己的生命。因此，斯梯尔认为很有必要提醒人们，婚姻是神圣的，幸福的家庭生活是需要珍惜的。接着，他用细腻感人的笔触叙述了老朋友一家人的幸福婚姻。这个家庭里有相敬如宾、恩爱有加的夫妻，还有活泼可爱的孩子，尤其是夫妻二人的感情令人称羡。妻子美丽大方，有幽默感，对丈夫照顾得很周到，对孩子调教有方。丈夫对妻子所做的一切心怀感激。琐碎的婚姻生活并没有淡化他们的爱情，却使他们更加相互珍爱。离开这幸福的一家人后，毕克斯塔夫忍不住把老朋友的幸福婚姻和自己的单身汉生活进行比较，然后不无凄凉地回到自己的家，家里是他的仆人、他的狗和猫。在斯梯尔看来，在婚姻中牺牲自我，懂得感恩，不仅是保障家庭幸福的准则，也是保障社会秩序的准则。文章中的家庭是他心目中幸福家庭的样本，也是他心目中的祥和社会的缩影。

二、乔纳森·斯威夫特的散文创作

斯威夫特生于爱尔兰的首府都柏林的一个下层家庭，由于自小父亲去世，斯威夫特不得不多年接受亲友的微薄、不甚情愿的周济，得以完成在都柏林大学三一学院的学业。毕业后，他往来于伦敦和爱尔兰为生计奔波，期间他饱尝人生的酸甜苦辣和世态炎凉。1697 年，在退休的英格兰大臣邓普尔爵士的授意下，他写成了第一部作品《书战》。翌年，他又完成了另一部著名的讽刺作品《一只桶的故事》，对基督教各个派别间的争执进行无情鞭挞。这些讽刺作品的发表使得斯威夫特名气大涨，并被艾狄生称为最伟大的天才。正当斯威夫特踌躇满志地准备大展宏图之际，英国女王和托利党上层惧怕斯威夫特日益增长的威望，将他派遣到都柏林做教长，他在那里见到了爱尔兰民不聊生、盗匪横行的社会现状，开始为这个苦难深重的民族鸣不平。他将关心与笔锋转到为爱尔兰人民争取独立自由和对英国统治者的批判方面，继而发表了《关于普遍使用爱尔兰纺织品的建议》《一个麻布商的信》《一个温和的建议》等政论文。在这一时期，斯威夫特完成了他唯一的小说《格列佛游记》。10 年后，斯威夫特身染重病，不久去世。

18 世纪的英国文学在散文上的成就颇丰，而斯威夫特是这个世纪上半叶散文名家中的名家，《书战》《一只桶的故事》等作品中的讽刺意味使其在众多散文作家中别具一格，获得"斯威夫特式讽刺"之称。他的讽刺文章无一例外地影射现实，对英国的君主政体、司法制度、殖民政策和社会风尚等诸多社会问题进行了无情揭露。作为典型的讽刺作家，斯威夫特的故事总是有所指的。在他的笔下，丑恶人性的表现不胜枚举：背信弃义、无知浅薄、为非作歹、政治腐败。这一切的症结皆在于人类道德的堕落。同时，他表达了普通百姓的痛苦和对他们的热爱，运用讽喻手法寄托了自己对理想人性和道德的不懈追求。他的作品里不乏荒谬、丑陋、无情、悲观等主题，令人在尴尬的笑声中遍尝社会、政治、人类本质等方面的苦涩滋味。斯威夫特式的讽刺宛如一针清醒剂，让在混沌中苟且偷生的世人幡然醒悟，回归对人类自身弊端的客观认识。伟大的讽刺作家就在于激发人们的笑声，在笑声中超越个人的种种不满和对社会的抨击，最终认识到人类自身的价值和美好的一面。这就是斯威夫特式讽刺的旨意所在。

在散文的语言上，斯威夫特的散文语言以简单为主。只在非常必要时，他才在文中使用暗喻等修辞手段。他的句子从不过长或过短，即使是长句，也不会有表达上的漏洞、连接上的间断或转折上的突兀等现象。他的语言简明易懂，但寓意深刻。他的文字没有繁杂的矫饰，不会卖弄学问，不用华丽手段增加效果。斯威夫特的语言风格和他的思想相辅相成，而他的散文总是立足于现实。

《书战》将矛头直指当时贫乏的学术、浅薄的文学批评和各种社会恶习，批评学究式的烦琐考证和脱离实际的学术研究，提出文艺与科学应为人民服务的观点。书里描写战争的情节细致入微，包括具体某位作家与他的后继者和评论家们的论争。这场争论不仅存在于古典作者和现代作者之间，还存在于作者和评论家们之间。文章全部以模仿性史诗的形式写成。斯威夫特在《书战》中将书籍划分为两个阵营：古典派和现代派。战争就在由书籍构成的这两大阵营间轰轰烈烈地展开。斯威夫特没有明确表明自己的取舍态度，但文本显然暗示，古典派书籍在战争中占有更大优势。他的讽刺散文以娴熟的技巧、貌似中立的态度，避免直接告诉读者哪方获胜，而是在描述某阵营时故意让文本出现残缺，让读者自己去想象战争的结果。

在《一只桶的故事》中，一位父亲（象征基督）有三个儿子，大儿子彼得代表罗马天主教堂，二儿子马丁代表马丁·路德和英国国教，小儿子杰克象征持不同观点的异教分子。父亲临终前在病榻上赐给每个儿子一件外衣（寓意基督信仰），并告诉他们不能对衣服做任何改动，衣服会随着孩子们的长大而变大。遗嘱象征着《圣经》，衣服则代表基督教精神的执行。然而，父亲死后，大儿子和小儿子渐渐违背了父亲的遗愿，找到各种借口，在衣服上施加点缀，或改变衣服的形状，只有二儿子几乎没有改动衣服的原样。斯威夫特创作这部作品的目的在于反驳和讥讽17世纪作家托马斯·霍布斯的著作《利维坦》的影响。霍布斯是西方近代国家学说史上第一个在国家问题上自觉反对神学体制的人，他的国家学说建立在人性论的理论基础之上，认为君主专制是最好的国家政体形式；他反对宗教神权和封建割据，主张国家主权来自人民。霍布斯在王朝复辟运动中颇受争议，斯威夫特对他的言行多有讽刺和挖苦。他在解释这本书的题目时说，国家的大船被一只鲸鱼威胁，也就是霍布斯这只"巨兽"。斯威夫特把自己的书看作一只木桶，国家的舵手们（显赫贵族和大吏们）可以把木桶扔到水中，以吸引那些对政府统治权力表示怀疑的人的注意力。当然，从历史唯物主义的角度看，最后的结果是，这部书反而加剧了霍布斯言论所带来的危机，未能使人们镇定下来，更理性地思考问题。

三、约瑟夫·艾狄生的散文创作

艾狄生出生于英国西南部的威尔特郡的一个乡村牧师家庭，幼年曾在私立学校查特豪斯学校接受教育，并在那里结识了斯梯尔。之后他进入牛津大学女王学院就读，毕业后在牛津大学莫德林学院任教。他精通古典文学，尤其擅长写拉丁文诗歌。凭借这些诗歌创作，他获得了一些贵族的资助，并于1699年到欧洲各国游历，同时研究政治，为从事外交工作积累知识和经验，后因资助中断回到英国，进入政府工作。辉格党执政后，艾狄生被任命为副国务秘书，并随从出使汉诺威。1708 年他当选国会议员，之后被派往爱尔兰，在那里担任要职。1709 年回到英国后，艾狄生与老朋友斯梯尔交往密切，积极为后者创办的《闲话报》投稿。《闲话报》停刊后，艾狄生创办《旁观者报》并风行一时。在办报的同时，艾狄生坚持戏剧创作，写出《卡图》《击鼓者》等文章。1718 年，艾狄生与斯梯尔因为政治意见发生分歧而反目。1719 年艾狄生去世，被埋葬于西敏寺。

艾迪生的散文精悍、清晰、典雅、有文采，涉及的内容非常广泛，既有城乡琐闻、官场趣事，也有礼仪风俗、历史掌故、道德风尚、园艺服装、文学艺术等，如《国王十字街》。这是一篇刊登于《旁观者报》第 69 期的散文。在文章里，作者声称国王十字街是他最喜欢的地方。国王十字街位于伦敦市中心，在 18 世纪初已是英国的金融和商业中心。在英国海外贸易兴盛的时代，那里可以说是全球贸易的一个象征和缩影。在这里，来自不同国家的商人摩肩接踵，从事各种商业活动。国王十字街好似一个全球会议的大会场，而英国则是全世界的中心。他为自己身为英国人而自豪，也为各种贸易的顺利进展而高兴。他很兴奋地走在这些背景迥异、操不同语言的人中间，"有时我在一群亚美尼亚人中穿行，有时我消失在一群犹太人中间，有时又成为荷兰人的一员。在不同的时刻，我分别是丹麦人、瑞典人和法国人，我想象着自己和古代的一位哲学家那样，在被问及自己的国籍时，回答说自己是世界公民。"接着，他感叹，不同地域出产不同农作物和商品，简直就是大自然的奇妙安排；而贸易使得人们可以交换和享受大自然的种种恩赐。商人们"把人类集合在一起，互通有无，传播大自然的恩惠，使穷人就业，使富人更有钱"。总之，他赞扬贸易给人类带来的幸福，而且"没有谁比商人对一个国家更有用"。这篇散文表现出艾狄生对中产阶级所发挥的社会作用的赞许。他从对商品经济的肯定升华到对全人类融合的肯定，艾狄生并不保守，他有积极融入时代潮流的意识。

第五节　感伤喜剧日渐衰微

18 世纪对于英国戏剧来说并非一个辉煌灿烂的时代，英国小说在这一时期的迅猛发展和所取得的耀眼夺目的成就更使戏剧的创作显得黯然失色，相形见绌。17 世纪王政复辟时期，风俗喜剧的衰落似乎从科利尔的《略论英国舞台上的不道德和亵渎》开始，尽管科利尔所攻击的那种表现骄奢淫逸、追求声色享乐的戏剧并未完全从 18 世纪初叶的英国舞台上消失，但是那时的英国剧院及其观众与复辟时期相比发生了相当大的变化，舞台上也出现了与此前淫逸放荡大不相同的感伤主义戏剧。查理二世时代，剧院基本上从王党人士或国王的亲朋好友的控制转入职业剧院人士，特别是演员之手，这种转变致使为舞台撰写剧本的人员的性质也发生了相应的变化。王政复辟时期，喜剧一般由绅士或自认为是绅士的人创作；18 世纪的剧作家们不得不屈尊附就，他们将自己的作品交给未受过良好教育的经理或演员，由他们任意修改后上演，而那些绅士们通常都是风俗喜剧所讽刺的对象。与此同时，伴随着风俗喜剧的猥亵和俏皮越来越受到规避，感伤主义戏剧渐渐昂起头来。"感伤可以解释为感情""它模糊了理智，以悲怆哀婉取代悲剧，并把较严峻的生活问题掩盖在温情脉脉的迷雾之中。它在文学上的影响是多方面的，而在喜剧上的影响是灾难性的"。感伤主义喜剧疏于简单的说教，致力于道德的改造，热心于让人类的心灵同美德的原则相和谐，但这些戏剧中无论正面或反面人物性格都单薄透底，一览无余。18 世纪下半叶，随着奥立佛·哥尔德斯密斯和理查德·布林斯利·谢里丹两大戏剧家的出现，英国戏剧的舞台才有所改观。

一、奥立佛·哥尔德斯密斯的戏剧创作

哥尔德斯密斯出生于爱尔兰的一个宗教家庭，由于家庭环境的影响，他就读于都柏林的三一学院并主修神学和法律，但以后并没有从事神职工作。他后来转到爱丁堡大学和莱顿大学攻读医学，随后游历于欧洲各地，后返回英国定居伦敦，并找到一份做药剂师助理的工作。此后，哥尔德斯密斯从事了许多不同的工作，其中包括教书和为出版商工作。他靠替别人写文章来谋生，并出版了许多作品，包括译著、儿童读物，还有为报纸杂志撰写的文章。这些匿名作品描写生动，语言优美。其中较著名的是一些以一位中国游客的名义书写的伦敦游记。后来哥尔德斯密斯将这些游记结集出版并取名为《世界公民》。由于他出众的文学才华，哥尔德斯密斯得以结识当时的大文豪塞缪尔·约翰逊、著名画家约书亚·雷诺兹爵士、演说家埃德蒙德·伯克及其他英国文学艺术界名流。后来他与约翰逊等人组建了"俱乐部"——一个文人、艺术家们聚在一起高谈阔论的社会团体。在创作诗歌、小说和戏剧的同时，哥尔德斯密斯还继续为出版社撰写了许多有关罗马、希腊及英国历史方面的书籍。1774 年，哥尔德斯密斯死于肾感染。

《屈身求爱》是哥尔德斯密斯的一部浪漫喜剧。从 1773 年问世以来，这部喜剧一直受到广泛的欢迎，并被许多学校作为英国文学课程的教材使用。它是有限几部至今依然能吸引观众的 18 世纪戏剧。此剧也曾多次被拍成电影。

《屈身求爱》是一出经典戏剧。这出趣味盎然、热闹非凡的喜剧蕴涵了多重情节误解：哈德卡瑟尔先生想把女儿凯特嫁给老朋友查尔斯爵士的儿子马洛，而

他的妻子又忙于撮合她前婚的儿子托尼与她的监护对象康斯坦斯。可是托尼并不喜欢康斯坦斯，还对来拜访哈德卡瑟尔的两位客人——马洛和他朋友、爱上康斯坦斯的哈斯汀开了个玩笑。托尼把他们领入家中，告诉他们这是一家小旅馆，他们得在这里暂住，以免迷路。这两个年轻人误以为哈德卡瑟尔是旅馆老板。马洛还把凯特认作"服务员"，后来真正爱上了她，而凯特也觉得马洛是个品德高尚的绅士。在凯特未揭露自己的真实身份时，不知情的马洛对这位"服务员"表示爱慕之心，哈德卡瑟尔听到了这些话，就相信了女儿称赞马洛的话。故事的结局皆大欢喜：两对年轻人喜结良缘，托尼也奋力逃脱了母亲的控制。

《屈身求爱》也反映了哥尔德斯密斯的戏剧创作理念。在本剧中，他对当时盛行的两种喜剧风格都进行了修改，并将它们加以融合。他在摒弃了复古喜剧中过分欢快的成分的同时，又减少了感伤喜剧中过多的伤感因素。例如，复古喜剧往往颂扬都市中的精于世故而贬低乡村中的淳朴天真。根据这样的风格，到伦敦来的乡下人往往被塑造成无知可笑的傻瓜。而哥尔德斯密斯的做法却与此相反。剧中的托尼在自家门口略施小计就把两个伦敦来客骗得丑态百出。因为在作者眼中，英国的乡村虽然不是喜好时髦的人趋之若鹜的地方，但它是传统道德和精神的所在。他笔下的哈德卡瑟尔一家展现出了浓厚的温暖之情，虽然他们之间会有争吵，但彼此依然是相亲相爱。哥尔德斯密斯实际上是在通过此剧宣扬一种传统的家庭观和道德观，而传统观念在当时英国的历史环境下已经开始被逐渐削弱了，人们更多的是注重追求财富和学习高雅的举止。《屈身求爱》在情节安排上自然流畅，独具匠心。它的喜剧因素使该剧在传播价值观的同时令观众忍俊不禁。

二、理查德·布林斯利·谢里丹的戏剧创作

谢里丹生于爱尔兰首都都柏林，父亲既是演员又是戏院经理，还擅长演讲；母亲写了两部小说和三个剧本。由于家庭条件优越，他自小受到很好的教育，为后来的戏剧创作打下了基础。青年时代的他和著名演员大卫·盖里克多有来往，常年经营一家很有名的剧院。后来，他加入当时名士云集的文学俱乐部，并开始从事戏剧创作，发表了一系列戏剧作品。可惜他的戏剧创作生涯持续不长，刚过而立之年就积极投身于政治舞台，被选为议员，并在政府多个部门担任重要职务。他政见激进、言辞犀利，处处体现他民主自由的思想。比如，他在议会演讲反对同独立后的美国作战，猛烈抨击英国第一任驻印度总督压迫印度人民的暴行，还反对与雅各宾派专政下的法国作战，主张捍卫言论自由，于政坛受挫。谢里丹晚年由于挥霍无度且经营不善贫病交加，死后葬于戚斯敏斯特教堂。

18 世纪下半叶的英国戏剧充满感伤主义色彩，戏剧多以喜剧为主。喜剧正好满足了当时生活富足、无所事事的上层社会的绅士、太太、小姐们附庸风雅的嗜好，因此成为上流社会的宠物，而远离了社会的其他阶层。18 世纪英国最伟大的戏剧家谢里丹正是在这种社会背景下成长起来的。他的生活经历，尤其是追求爱情的过程，就是这一社会风俗和时尚的范例。总的来说，谢里丹的创作没有超出感伤主义喜剧的范围，但是他以独特的戏剧手法和剧情设计，推出哥尔德斯密斯在一篇文章里说的"笑喜剧"，以替代当时风行的"哭喜剧"，这使他在这一时期独树一帜。他的《情敌》与《造谣学校》和哥尔德斯密斯的《委曲求全》在 18 世纪末十分火爆，直到现在，这三部剧仍为世界剧坛上的经典之作，不时在不同国度上演。

《情敌》是一部轻松活泼的喜剧，讲述的故事并不特别新颖出众，但情节的安排十分巧妙和娴熟，通过描写女主人公丽迪亚沉湎于感伤情调的恋爱，对当时受小说影响而在社会中盛行的感伤主义风气和各种不切实际的浪漫思想进行了无情的讽刺与嘲弄。

年轻漂亮的女主人公丽迪亚喜读感伤主义小说并深受其影响，于是决定找一个有着和自己完全相反的身份的男子作为丈夫。依据这一标准，丽迪亚爱上了一个自称是恩西恩·贝弗利的贫穷海军少尉。实际上，恩西恩是一个海军少校，原名杰克·艾伯瑟鲁特，而且是艾伯瑟鲁特爵士的儿子。他是为了追求到丽迪亚不得不将自己化妆为贫穷的海军下级军官，以满足丽迪亚过浪漫的贫穷生活的思想。不过，丽迪亚的姑妈马拉普洛普太太坚决反对她嫁给恩西恩，原因是恩西恩太过贫穷，而且曾在给丽迪亚写信时将她称为母妖。而且在此时，艾伯瑟鲁特爵士宣布自己已经给儿子选好了结婚对象，并威胁杰克说，如果他敢拒绝，自己将会取消他的继承权。恰巧的是，艾伯瑟鲁特爵士为杰克所挑选的结婚对象正是丽迪亚。不过，当杰克不得不与父亲选中的未婚妻见面时，他假装贫穷的谎言便不攻自破了。这使得充满浪漫幻想的丽迪亚大失所望，于是拒绝和他结婚，并决心彻底将他忘记。但到最后时，丽迪亚还是放弃了私奔他乡的浪漫幻想，接受了杰克的求婚。

在该剧中，谢里丹把讽刺的主要矛头指向了当时盛行的感伤主义文学（包括戏剧），通过丽迪亚这个人物的塑造，嘲笑了社会上不少沉迷于感伤情调的人。谢里丹对剧中其他一些人物也做了精彩的描绘，如胆小如鼠却偏偏好吹牛的乡绅艾克斯，喜欢搬弄漂亮词句以卖弄学问、却常因用词不当闹出笑话的马拉普洛普太太。

王政复辟以来，剧作家们就爱为剧中人物起暗示其个性的名或姓。谢里丹不但继承了这一传统，还将它运用得非常巧妙，更增添了这部风俗喜剧的情趣和喜剧效果。比如，女主人公——深受感伤主义文学影响的丽迪亚姓"兰贵希"，这在英文中原意为"愁思伤感""憔悴""呻吟"或"脉脉含情"。谢里丹刻画塑造的丽迪亚·兰贵希小姐真是"姓如其人"！

在《造谣学校》中，谢里丹大胆地揭露了温文尔雅的上层社会造谣蛊惑、无事生非以及虚伪自私的特性。剧中的主要人物之一约瑟夫·萨费思是其着力刻画的一个伪君子。他看来仪表堂堂，循规蹈矩，实则道德败坏，虚伪自私。他一方面私通富孀史尼威尔夫人，勾结监护人的妻子梯泽尔夫人，同时又为着财产追逐着弟弟的恋人——纯洁少女玛丽娅。全剧的高潮就是借"屏风场面"来揭开这一肮脏的内幕，彻底暴露出这一邪恶贵族青年的真实面目。约瑟夫常在自己家中与梯泽尔夫人秘密幽会，拉她下水。梯泽尔夫人向他抱怨丈夫彼得爵士听信谣言怀疑她与查尔斯有私；他就循循善诱地劝梯泽尔夫人牺牲贞操来回敬丈夫。正当约瑟夫"指示"梯泽尔夫人"去犯一次小错误"时，她的丈夫赶到。慌忙之中，梯泽尔夫人躲入屏风后。彼得爵士被约瑟夫冠冕堂皇的外表与言词所蒙蔽，把他当作道德高尚的正人君子。他一面指责查尔斯，一面诉说自己对妻子的深情，并问及约瑟夫追求玛丽娅的情况，而这一切被屏风后的梯泽尔夫人听到，于是她恍然大悟，又惊又气。恰在这时，查尔斯到来，彼得爵士决定请约瑟夫盘问查尔斯是否与他妻子有私，他则躲起来偷听。他本想躲进屏风，可又发现屏风后有人，约瑟夫连忙告之屏风后躲着一个"法国女裁缝"。于是彼得爵士躲进壁橱。查尔斯自然否认他与梯泽尔夫人之间的私情，反而提到约瑟夫和她来往密切，约瑟夫只好提醒他彼得爵士正在偷听，查尔斯于是将彼得爵士从壁橱里拉出来。等到约瑟夫到楼下去会刚刚到来的史尼威尔夫人的时候，彼得爵士又告诉查尔斯屏风后还躲着一个"法国女裁缝"。最后，约瑟夫上楼来，查尔斯推倒屏风，露出了梯泽尔夫人，约瑟夫还谎称他约梯泽尔夫人来此是为商量怎样向玛丽娅求爱，而已醒悟的梯泽尔夫人则予以当场揭穿。至此一切真相大白，伪君子原形毕露。谢里丹笔下的"屏风戏"让我们联想到莫里哀《伪君子》中奥尔恭躲在桌底听答尔丢夫表演的精彩场面。约瑟夫也被人称作"英国的答尔丢夫"。这部喜剧场景的安排精心巧妙，充满意趣横生的戏剧性场面，人物对话机智简洁，非常便于演出。作为一位杰出的社会讽刺家，谢里丹强烈地讽刺嘲弄了英国上流人士的道德虚伪。《造谣学校》是一部反映同时代人生活的风俗喜剧，但摒弃了复辟时期喜剧中的粗糙、不道德的因素，同时也与当时戏剧中感伤主义情调形成鲜明对比。全剧悬念迭出，充满滑稽可笑的场面，倒置手法的运用常常使观众出乎意料。全剧充满轻松愉快、亲切而浪漫的气氛，有人认为它具有莎士比亚戏剧的流风遗韵。

《造谣学校》的主题为针破上流社会的一大恶习——造谣中伤。从这一点上看，它更接近于英王詹姆士一世时期一些剧作家所写的社会讽刺喜剧，如本·琼生的《狐狸》《炼金术士》。"造谣学校"的成员们不仅中伤自己的敌人，也中伤自己的朋友；不仅中伤自己认识的人，而且也中伤自己不认识的人。他们不仅传播谣言，而且还模仿他人笔迹写假情书来进行挑拨离间。他们断送了不知道多少女人的名声、多少家庭的幸福，而这些竟成了他们引以为自豪的资本。他们自己讲的一个故事足以说明谣言的威力：在一次社交聚会上大家说起某种羊的繁殖有多困难，其中一人说她表妹养的这种羊生了一对仔；此时一位耳背的老太太喊到"你表妹生了一对双胞胎？"当时满座哄笑；然而一周之后社交界竟盛传这位表妹真的生了一男一女，还有人绘声绘色地说着谁是孩子们的父亲、孩子是在什么地方出生的等。与此事相比，他们自己所造的谣言恐怕是毫不逊色的："屏风"一场戏之后，"造谣学校"的几乎所有干将都像苍蝇逐腐肉一样来到了彼得爵士家，一个声称彼得爵士和约瑟夫决斗了，另一个声称他是和查尔斯决斗的；这个说他在决斗时受了剑伤，那个说受的是枪伤，而且还"精确"地描述了他受伤的部位。直到安然无恙的彼得爵士本人露面把他们轰走时他们还在喋喋不休。剧作家对这些造谣中伤者的刻画真可谓入木三分。

第三章　19 至 20 世纪英国主流文学

第一节　英国文学走向繁荣

一、19 世纪文学

19 世纪上半叶，整个欧洲社会都处于纷乱的状态，阶级矛盾尖锐，各种冲突加剧，英国也不例外。英国政府对人民的镇压愈演愈烈。在这种社会背景下，英国的文学发生了很大的变化，取得了很大的发展。

在英国及欧洲的社会和政治历史上，19 世纪上半叶是一个社会纷乱的阶段。在此之前，北美脱离英国，在承认人的天生权利的基础上建立美利坚合众国。"人人生来平等"这一口号立刻流行而传遍世界各地。1789 年，法国革命爆发。当时法国正在分崩离析，富有的阶层——贵族阶层拒绝采取任何措施以改善局面。于是三个阶层——教会、贵族、平民开始直接冲突，平民阶层自做主张开始行动，坚持自己组建议会。这种行为实际就是造反，但是国王只得默认。同年 7 月 14 日，人们猛攻巴士底狱，释放关押在那里的所有政治囚犯，国民大会批准通过《人权宣言》。当时人们都有一种强烈的感觉，即法国正在爆发一场革命，人们对国家事务将会拥有更多的发言权，将会过上更好的生活。人们在胸中郁积的不满情绪顷刻间全部宣泄出来。自由、平等、博爱等理想立即成为人们的战斗口号，激励人们展望更加美好的未来，憧憬一个全新的世界。这些给法国统治阶级带来极大恐慌。他们也清楚地预见到，更大的麻烦还在后面。1793 年，国王路易十六被处死，雅各宾派上台执政，恐怖时期到来，人头落地，血流成河。法国军队出面帮助其他国家闹革命，这招致了欧洲各国统治者的愤怒和仇恨。之后，罗伯斯庇尔派上台，走中间道路的中产阶级接过政权。他们推翻雅各宾派，开始实行后来历史上所说的思维"白色恐怖"，局面开始混乱，军队出面斡旋，最后导致拿破仑将军上台，自立为国家的独裁者。这标志着法国革命的共和阶段已经结束。拿破仑在开始阶段为法国革命的左翼势力效力，后来他逐渐掌握了越来越多的控制权，最终宣布自己登基为皇帝。长达十几年的"拿破仑战争"自此拉开序幕。1814 年，法国军队在滑铁卢被以英国为首的欧洲神圣同盟的军队打败，拿破仑最终被发配到大西洋中的圣海伦娜岛上。法国革命到此结束。从那时起，在一段漫长的时期里，整个欧洲陷入强力镇压的统治时期。

　　所有这些对英国的局势都产生了巨大影响。英国政府变得更加保守，对人民的镇压行动愈演愈烈。在这一时期的开端，世人已看清楚，18 个世纪的平衡格局已被打破，世界已经不再平安无事了。政治骚动已经出现，革命的思想在四处流传。此外，伦敦已不再是英国唯一的社会和经济活动中心。一场激烈的劳工冲突在国内发展起来。一方面，贸易及制造业繁荣发展，工厂体系获得全胜。工业化城镇在全国各地蔓延，诸如曼彻斯特、爱丁堡及利物浦等城市都开始大幅度地扩展。英国保持着治海权，统治了世界上近四分之一的人口，成为所谓的"日不落帝国"，抢夺他国，聚敛了大量财富。另一方面，这些财富只给现存的贵族阶层及上升的中产阶级带来益处，给他们锦上添花，使他们更为富有。而与此同时，社会问题却变得更为严重和紧急。工人阶级没有受到保护，没有任何权利，人们越来越穷困，生活每况愈下。城市无产阶级在难以名状的悲惨环境中为生存而斗争。政府的自由贸易政策损害工人的利益。工厂主和经理们苦心孤诣地用最低廉的工资从工人身上榨取最多的利益。工人们长时间工作，每日长达 16 个小时，但工资却变得越来越低。女性劳工的工资更低，许多妇女还被迫卖淫。矿工所受到的打击最重，他们在极其恶劣的环境下拼命劳作。总的说来，工人阶级的生活状况呈现出持续下降的态势。工人阶级生活在贫民窟里，人民处于水深火热之中。

　　政府的镇压性统治日益严重。所有的法律都是按照中产阶级的利益制定的。1800 年颁布的集会结社法案把所有的劳工集会都视为违法，政府中止人身保护令的做法给予政府随意逮捕人的自由。但要求变革的力量仍在积聚。工人逐渐开始走到一起，集体进行思考与行动，各种各样的社会团体不断涌现；最初被视为非法的商会开始建立起来。兰开夏郡制造场的机械化使大部分织布工人失业，人们认为自己的不幸是由机器造成的，开始捣毁它们，于是爆发了一场骚乱。政府坚持将破坏机器的人处死或遣送到澳大利亚。

滑铁卢战役后，英国开始陷入第一个现代经济萧条时期。小麦价格跌落。高压性的法律，如谷物法获得通过，用以禁止谷物的进口。与此同时，人们明显地感到，变化在出现，世事在更新，一股强大的要求变革的能量在释放出来。人们开始努力着手解决当时所面临的问题。最终，英国政府出于对法国革命的反应，强化了它的反动统治，把一切旨在实行人文主义的积极做法都无情地加以扼杀。此后，英国开始了长达 25 年的高压统治。

这一时期与 18 世纪不同。18 世纪是"向心"时期，所有力量都朝一起聚拢。它重视平衡、中间事物、中间阶层、理智、合理、常识、传统形式与价值、自然神论、克制。社会中最常见的用语是"我们""服从""合理"。当时存在着一种平衡的状态，这种平衡的基础从本质上讲在于经济方面。人们越来越富裕，稳定感越来越强，人们普遍觉得世道不错。18 世纪的时代精神在当时的文学作品里清楚地反映出来。但是，浪漫主义时期是一个"离心"的时期，所有的力量都四分五裂，飞离中心。这是一个在多方面进行探索的时期，有些像伊丽莎白时期的情况。这一时期人们普遍认同的概念是"热情""直觉""崇拜""灵感"以及"我"这个代词。亚历山大·蒲柏倘若在世，一定会觉得这些概念都十分古怪离奇、难以接受。这一时代的动荡证实了一个事实，即评论家埃蒙顿·威尔森所说的，以"神权"为基础的英国与欧洲的同盟已被削弱，与此同时，一个新的、以个人和个体价值观念为基础的价值观在出现，取而代之。强调个人的价值与努力成为新时期的主要特征。

这一时期的文学界异常活跃。首先，英国诗歌的成就达到登峰造极的程度，成为英国文学史上仅次于伊丽莎白时期的第二个重要时期。这个动荡的年代显示出诗坛存在的巨大能量。浪漫主义诗人们宛如"八仙过海"，个个都显示出自己独特的、卓尔不凡的才华，在诗歌创作中都取得了宏伟的成就。他们当中的一些诗人，提出了一种自然神秘主义思想。另一些诗人，认同了一种感性的唯美主义。这些诗人的作品，从总体上说，代表了英国诗坛对于法国革命以后所出现的变化和新鲜感以及在感情和思想方面所做出的敏感反应。

在小说创作方面，这个时期也人才济济，而且不拘一格。沃尔特·司各特声名最响，他早年写诗，后来转向小说创作。在两个重要的文学领域内，他都是佼佼者。他的想象属于典型的浪漫主义性质。和他同时、他给予很高评价的一个女作家——简·奥斯丁在小说创作中运用的却是典型的现实主义手法。她的故事动人肺腑，她的人物栩栩如生，她坚持了英国文学中的现实主义传统。

在这个时期，还要说到几位英国文学史上著名的散文家。他们以独特的写作方式丰富了英国散文的创作传统。这几个人包括查尔斯·兰姆和托马斯·德·昆西等。兰姆写的有关莎士比亚的论文至今仍是治莎学者的必读篇目：他讲述的莎士比亚作品的故事大大提高了莎翁的知名度。昆西将文学作品的表达领域扩展到人的灵魂的黑暗面，加上他的写作技巧，对后来的作家产生了非同小可的影响。上面所说的这些作家都在历史上留下了自己永恒的印迹。除了小说的繁荣、诗歌的兴盛和散文的崛起，这个时期诗剧的创作也呈现出繁荣的景象。

19 世纪 50 年代到 70 年代是英国资本主义社会历史上比较稳定的时期。英国资产阶级鉴于 40 年代以来的经验，做了一系列的局部改革，废除了社会制度中极端令人愤怒的恶习。政治阶级尤其力图瓦解和分裂工人运动。资产阶级在从剥削殖民地人民的进款中，扔出些小恩小惠给工人阶级中的个别阶层。工人当中形成了自己的工人贵族，这个贵族处在更有利的物质情况中，甘心让现行的制度保留下去。完全处在资产阶级思想影响下的这一部分工人，对于生活较少保障而工资收入更微的兄弟工人起了变节的作用。这时已很有力量的英国工会处在不是维护工人利益，而是维护资本家利益的工会官僚主义的支配下。

到了 19 世纪 70 年代，由于澳大利亚的棉花和美国小麦的倾销，英国农业走到了彻底破产的地步，而美国和德国工业的飞快发展和有力竞争，使英国在世界各地失去了以前所拥有的垄断地位。工农业的衰落导致了 70 年代末至 80 年代初英国经济危机的发生。工人阶级与资产阶级的矛盾更加尖锐。由于第一共产国际的建立和马克思主义的传播，工人运动空前高涨，1881 年成立了"社会民主同盟"。同年还有两个进步的具有社会主义思想的组织宣告成立，一为"社会主义联合会"，一为"费边社"。其后各种工会相继组成，1893 年，这些社会主义派别合并组建为"独立工党"，又于 1900 年更名为"32 党"。这一切组织，都没有足够地和工人阶级相联系。但是它们所进行的社会主义思想宣传对于工人运动的发展仍然是有影响的。在 19 世纪 80 年代里，英国各地掀起大规模的罢工浪潮。在许多大罢工里，工会达到了它们自己要求的满足。就在这个时候，在工人运动中，资本家的各色各样的"走狗"已经出来活动，力图把运动扭转到社会改良主义道路上来。

随着经济、政治、社会各方面的迅速变化，思想意识上的斗争也变得日益界限分明。一方面，工人阶级、劳动群众和他们的代表明确主张社会主义，反对资本主义；另一方面，资本家、统治阶级及其代言人则为资本主义以及帝国主义辩护。这一时期主要有四种不同的十分鲜明的哲学思想派别。第一种为社会主义的热烈拥护者，不过其中夹杂着费边主义、无政府主义等改良主义以及机会主义的思想。第二种是对英国当前的政治经济现状不满，反对社会缺乏公正的批评家。第三种虽然也批评资本主义和帝国主义，却是持悲观、逃避态度的颓废派。第四种则是资本主义、帝国主义和殖民主义的辩护者。

由于这一时期教育的日益普及，书籍和报纸杂志价格的降低和发行量的增大，读者数量大大增加，通过写作来赚钱谋生的机会也就随之扩大，于是文学似乎变得更民主化和商业化了。面对复杂的社会现象和各种问题，作家们在自己作品中选择的主题也变得极为广泛而庞杂，兴趣也显得多面而分散。虽然浪漫主义的影响仍在继续，然而作家们越来越关心的是所面对的社会问题，从想象转向现实，从浪漫主义转向现实主义，以至发展为批判现实主义。浪漫主义强调主观的想象，而现实主义则注重客观的观察。现实主义力图用忠实于现实生活的方式来描述人的生活环境和人的思想行为。按照恩格斯的解释，现实主义意味着详细地真实记述典型环境中典型人物的所行所为。它忠于事实，包括自然的、社会的以至心理的事实。因此，细致的观察、严密的逻辑性、客观的态度和叙述的精确性成了现实主义作家最宝贵的品格。他们的注意力不是集中在英雄人物身上，而是转向中产阶级以至受剥削、受压迫、受蹂躏的劳苦大众。这在批判现实主义作家的作品中体现得尤为明显。他们对现实社会的不公与邪恶采取批判的态度。

然而由于这一时期的文学作品的多样化和巨大的数量，要想明确进行分类是十分困难的。到了19世纪末期，与上面分析的四种哲学思想相应，作家们大致也可分成四类。第一类是十分进步甚至激进的作家。他们不仅揭示了劳动人民的苦难，公开反对社会的不平等，更号召工人阶级起来斗争，通过革命的手段来争取自身的权利，为实现社会主义和共产主义而奋斗。他们对于光明的未来充满信心和乐观主义精神。他们笔下的人物是一代新的觉醒者。其代表作家为威廉•莫里斯。遗憾的是，这一类的大多数作家或诗人都名声不大，从艺术角度来看，其作品也往往有严重的缺陷。第二类为批判现实主义的作家，以乔治•梅瑞狄斯和托马斯•哈代为代表。他们对劳动群众表示极大的同情，揭露他们所受的残酷剥削和压迫，并严厉地批判资本主义和帝国主义的罪恶。第三类范围较广，包括自然主义、新浪漫主义和唯美主义的作家，有的提倡"纯艺术"和"为艺术而艺术"，如以奥斯卡•王尔德为代表的唯美主义派作家。他们实际上是躲于象牙塔中的遁世者。以罗伯特•路易斯•史蒂文森为代表的新浪漫主义作家继承19世纪初期浪漫主义的传统，写的是遥远的异域或过去的时代中神秘的传奇或怪诞的故事，既娱乐读者，也表示对现实社会的不满。而自然主义却是现实主义的极端的发展，以乔治•吉辛为代表。他们十分真实地面对社会的丑恶现实，着重细致地描绘贫民窟和其他令人触目惊心的悲惨景象，却不知道造成这种现象的根本原因，甚至将其归之为人自身的堕落。但是所有这些不同类型的作家虽各有其不同的倾向，都对社会的现状提出了哪怕是温和的抗议，但他们的态度大多是消极、悲观和失望的。第四类作家则是那些公然宣扬帝国主义和殖民主义的人，他们把亚洲和非洲殖民地的人民看成是劣等民族，把白人的殖民说成是去教化当地未完全开化的野蛮人。其代表作家为鲁德亚德·吉卜林。然而今天看来，尚不应对吉卜林做出绝对的结论，因为他也有同情贫苦人民的另一面。

上面所举的四类作家都是小说家，但许多人认为，更能体现 19 世纪下半叶文学繁荣的当数这一时期的散文家和他们数量惊人的散文作品。有人甚至称这一时期为散文时代。这是因为随着英国政治、经济、社会形势的变化，英国文学也踏进了思想自由发展的新境界，代表各个阶级、各个阶层的思想观点和意识形态都体现在文学作品中，尤其是更直接而明确地在散文中表达出来。这些散文作家包括多方面人才，既有历史学家，也有政治家；既有科学家，也有宗教界领袖；既有艺术家，也有文学家。他们的作品既反映了这一时代英国的政治、经济的繁荣与扩张，也记录了英国国内日益尖锐的阶级矛盾和思想意识上的激烈冲突。其内容之广泛，思想之深刻，风格之多样是英国以往任何时代的散文难以相比的。

二、20 世纪文学

20 世纪英国文学面临的问题是：如何应付一个变动中的世界？

变动是明显的。1897 年，伦敦举行庆祝维多利亚——英国女王兼印度女皇登基 60 年大典，大英帝国达到了力量的巅峰。但是败象也已呈露。布尔战争说明英国军力由盛而衰。在工业上，德国和美国正在迅速超过英国。在英国国内，有无数使统治阶层感到困惑的问题，其中两个最为棘手：一个是人数众多的工人群众形成一股新的力量崛起于政治舞台，"伦敦东头的觉醒"（恩格斯语）[①]导致了日渐频繁的罢工和游行；另一个是爱尔兰人民对于英国殖民统治的反抗越来越激烈，围绕爱尔兰自治法案所进行的斗争成为几届英国内阁倒台的直接原因。

经历了将近 90 年的人世沧桑后，这两个问题仍然没有得到解决。工人罢工仍然是使资本家和当权者头痛的事，撒切尔政府虽然使工潮暂时低落，但是威胁并未解除；北爱尔兰的枪声，炸弹和街道上的弃尸又说明在南爱尔兰独立已经半世

---

① 马克思，恩格斯．马克思恩格斯全集：第 2 卷 [M]．北京：人民出版社，1965：380—381．原文："但是我认为，比资产阶级圈子里这种卖弄掺了水的社会主义的短暂的时髦风尚重要得多的，甚至远比社会主义在英国一般所获得的成就也更重要的，是伦敦东头的觉醒。……虽然过去和现在他们犯过各种各样的错误，而且将来还会犯错误，但是伦敦东头的觉醒仍然是这个世纪末的最伟大最有成果的事件之一。而我能活到现在，亲眼看到它，实在感到高兴和骄傲。"

纪之后，爱尔兰问题仍然严重存在，而且越来越复杂了。

这些问题不是突然产生的。它们不仅有后果，而且有前因。大量穷苦劳动者是自古就有的，而爱尔兰问题则是从克伦威尔率军入侵、大肆屠杀之日就已产生。只不过，在 20 世纪初年，随着大英帝国的太阳越过了中天，它们也就投下了更浓厚的阴影。

然而这也仅是表象，还有更深刻的变化在起着作用，这就是迅速发展中的科学技术所带来的社会和思想上的变动。英国一直在科技发展上居于世界前列：从 17 世纪的牛顿，其后的皇家学会和众多的发明家，一直到 20 世纪初以卢瑟福为首的剑桥大学凯文迪什实验室里的青年科学家，都做出了非凡的贡献，其顶峰之作是 1919 年原子核的发现。英国天才不仅长于理论探索，而且善于应用新的科技成果，因此英国最先受到工业革命的震撼，而英国文学也对此做出了敏锐的反应：18 世纪下半叶感伤主义作家慨叹田园被夺，18、19 世纪之交雕版匠兼诗人布莱克谴责"魔鬼的磨房"，19 世纪初青年浪漫主义诗人济慈憬然于"饥饿的世代的脚步声"，19 世纪中期桂冠诗人丁尼生对物质世界的变幻生惶惑之感，转而更加坚信上帝之道，一直到 19 世纪 80 年代先拉斐尔派成员威廉·莫里斯提倡用手工业和"劳动的愉快"来抵抗机器文明对人的心灵所加的奴役和腐蚀，都表现了英国作家对于变动中的世界不仅感受深刻，而且试图提出对策。

科技发展所带来的变动的深刻性，还见于思想文化领域。物理学带来了关于时间和空间的新概念，相对论打破了绝对观。哲学走向数理化、符号化，F.H. 布拉德利的绝对唯心主义受到罗素等人的逻辑实证主义的有力挑战。生物学和心理学的研究深入到人的潜意识和下意识中，弗洛伊德的性心理学用"恋母杀父情结"之类的观点来解释行为，一下子消除了正常与不正常的界限。人类学从另一角度动摇了传统信念，像詹姆斯·乔治·弗雷泽的《金枝》那样的大部头著作说明，基督教的堂皇仪式不过是从野蛮部落的祭祀典礼演化而来，今天宗教取代了"魔法"，明天理智又将取代宗教。社会学也像自然科学那样着重数据的收集，社会调查越来越详尽，其成品如查尔斯·布思的《伦敦人民的生活与劳动》和悉尼·韦布的贫民法委员会少数派报告都用大量事实揭开了资本主义社会里贫困的真相，从而推进了社会改革运动。

这些新学说和新思潮都影响了英国的文学创作和理论。

更何况，在文学的姊妹艺术部门里，欧洲大陆上早已变动频繁，音乐、建筑、雕刻、室内装饰、绘画无不如此。首先是绘画，自从法国印象主义用新的光影、色泽、形体、感觉使欧洲的画廊突然明亮起来，绘画上的新流派汹涌而至：后印象主义、表现主义、原始主义、马蒂斯的野兽主义、毕加索的抽象主义。代替了古典主义学院派的刻板式形似的是一种新的真实感，这当中包含了潜意识和幻觉，也包含了新的时空观。

新流派还打破了艺术部门之间的界限，形成一种新的综合。这见于世纪之交的"新艺术"（Art Nouveau）。它风行在建筑、建筑材料、楼梯与窗户设计和书籍插图之间。英国阿瑟·比尔兹利为王尔德等人作品所作的插图，线条简洁而形式怪诞，人物的姿势带有残酷和性感的暗示，便是"新艺术"的表现之一。

多种艺术的新综合还见于迪埃格列夫领导的俄国芭蕾舞团，它集中了各方面的人才之长：马辛、福金、巴兰钦的舞蹈设计，尼津斯基、帕夫洛娃、卡萨文娜的舞蹈，德彪西、普罗科菲也夫、斯特拉文斯基的音乐，毕加索、鲁奥、布拉克的布景和服装设计，而提供舞剧情节的则是古今文学家。一时间，最动人的舞姿、最诱人的音乐、用最奇特的染料染出来的绚丽服装，一同出现在巴黎、伦敦等地的舞台之上，用来表演最老和最新的故事。

贯穿于这些新流派、这些"前卫运动"之中的，是对传统方式和理论的厌倦与不满，是对新的表现方式的追求和探索，而目的是为了表达20世纪的新现实和新感觉。

英国文学本身也出现新潮处处露头的情景，但是传统势力还是强大的。

应该是最为敏感的诗人在19世纪与20世纪之交并不都对变动中的时代反应敏捷。有的还表现冷漠。A.E.豪斯曼的《什罗普郡一少年》传达的是这样的情调。

> 他穿过闪烁的草原，
> 和幽静冷落的平冈，
> 他拾上高在叠嶂间
> 牧羊人寂寞的方场；
> 他登山，穿林，过村；
> 村落，人家和果园
> 俯眺着转动的风车
> 和远方历历的乡县……

> ——四十二
> （周煦良译）

绿色的英格兰并未消灭，田园感兴也仍然动人。当然，这个漫步乡野的少年也有他的悲欢离合、他的人生忧患和无可奈何的命运感，然而这位诗人用了拉丁文式的简洁（也许仅次于中国文言的简洁）来抒写的却是所谓"永恒的真实"，除了有时出现"雇佣军"字样和乡下人的戏谑之外，情调同18世纪格雷的《墓园挽歌》相差无几。

就在这个时候，已经从法国彼岸传来了象征主义诗歌。英国作家对此表现浓厚兴趣的，前有斯温伯恩，后有"诗人俱乐部"（Rhymers Club）诸人，阿瑟·西蒙斯的论著《文学中的象征主义》也刚在 20 世纪前夕出版。然而这时英国诗人取自法国象征主义的却只是它的情绪上的忧伤，而不是它的精神上的痛苦。属于"诗人俱乐部"的诗人欧内斯特·道森表达的正是一种忧伤情调。

> 火焰已消亡，它的残灰也已散尽，
> 这正是一切诗人最后的歌词。
> 金酒已饮残，只剩下些微余沥，
> 它苦如艾草，又辛如忧郁。

——《残滓》
（戴望舒译）

拿《恶之华》里的片段同它相比。

> 看睡在涵洞下垂死的太阳，
> 我的爱，再听温柔的夜在走路，
> 就好像一条长殓布曳向东方。

——《入定》
（戴望舒译）

我们就看出：同样是哀悼逝去的年华，同样是表示死亡的临近，一个是宣告式的，用的是传统词藻，只写出了浮面的情绪；另一个则是用把"长殓布曳向东方"那样令人吃惊的形象来传达深刻的感受。这一分别是明显的。

可见象征主义虽已传入英国，作家们并不了解它精神上的深刻性和表现上的新颖性。要等到 20 年后，在艾略特的诗作和文论里，波德莱尔的撒旦主义才同拉弗格等人的城市式嘲讽口吻一同出现，人们才憬然于其力量的巨大和颠覆性的强烈了。

在英国诗坛内部，并非没有静极思动的人。但是这些人——记者吉卜林、水手梅斯菲尔德、桂冠诗人布里吉斯——虽然引进了新题材甚至新技巧，却还没能脱出后期浪漫主义的传统范围。只有一个天主教教士霍普金斯在做着真正有创新意义的诗歌实验，但是他的"跳跃节奏"（Sprung Rhythm）也要等他的第一部诗集在 1918 年出版之后才受到世人注意。

同霍普金斯一样已在写诗，但是一开始并未受到重视的，还有两个更伟大的诗人，即哈代和叶芝。他们都将对英文诗歌做出巨大贡献，但是在世纪之初，他们还暂时地处于诗坛的边缘。

在戏剧方面，同样有传统与创新的对立。

在这里，传统的势力更为强大，因为它有商业资本作为后盾。诗歌可以不管读者的反应，诗集的销路总是小的；剧本则需要巨大投资才能演出，而伦敦西区的众多剧院无一不是彻头彻尾商业化了的，只有 J.T. 格林在 1891 年创立的独立剧院才是例外。剧院观众大半是中产阶级人士，他们也习惯于传统剧里的传统题材——在当时就是有钱人家的财产纠纷、贵族男女之间的三角恋爱、通奸、遗弃等等，而剧本的写法则是效法法国的沙杜和斯克里布的"妥帖剧"，为了追求章法、线索、伏笔和结构上的完整，不惜矫揉造作，无视真实。其代表人物是阿瑟·皮尼罗，其代表作是《第二个坦克莱夫人》。

但是并非没有新的戏剧力量在抬头。英国出现过一代又一代的优秀演员，在演技上形成了一个独特传统，在 19 世纪之末出现了亨利·欧文、艾伦·泰莱等名角，不时举行的莎士比亚剧本的盛大演出不仅把莎剧的演技和舞台设计提高到了新的水平，而且推进了对莎士比亚剧中人物和情节意义的研究。这两者都对 20 世纪新的莎学的形成起了重要作用。在话剧方面，托马斯·威廉·罗伯逊的《门阀》一剧已经开了社会问题剧的先河，而王尔德的《认真的重要》则被公认为 18 世纪以后的最佳喜剧，剧作家把俏皮谈吐提到了纯粹艺术的高度。

另一方面，吉尔伯特和沙利文两人合作的一系列喜歌剧——《陪审员判案》《魔法师》《军舰辟纳福号》《忍耐》《天皇》《船夫》《大公爵》等等——又展示了英国戏剧艺术在群众性上的发展。吉尔伯特的略带俗气的挖苦笔调，配之以沙利文的城市节奏的动听曲子，形成一种纯然英国风的音乐戏剧。它以小市民为迎合对象，含有对上层社会和时髦人物的讽刺，即使本人以讽刺见长的王尔德也在《忍耐》一剧里受到了这样的讽刺。

> 让俗气的人们去拥挤吧，你倒能成为高雅的美学使徒，
> 只要把一束罂粟或百合拿在你中古式的嫩手里，
> 迈着花步沿皮卡迪利大街走来，
> 大伙儿准会说：
> "如果他只需要我绝对不需要的那种吃素的爱情，
> 他可真是一个纯而又纯的纯洁青年！"

这是真俗气对假清高的嘲笑，表现了有趣的伦敦世态，却不引起情感上的大波动。

带来大波动、大震撼的是另一种形式的戏剧，即北欧的新戏剧。两位巨匠——易卜生和斯特林堡在 19 世纪 80 年代写了一系列奇特的剧本——前者的《群鬼》《人民公敌》《罗斯默主》，后者的《父亲》和《朱丽小姐》——对传统的道德、

伦理观念进行了猛烈爆破，也遭遇了传统势力的坚决反抗。1891年3月13日，易卜生的《群鬼》在伦敦上演,受到了伦敦各报一致的攻击,其措辞的激烈与粗野（称剧作家为"专找大粪的狗"还算是最文明的）显示英国绅士们被激怒得失去了常态。

然而这是戏剧的希望所在。易卜生和斯特林堡不仅锐利地剖析社会，而且带来了新的美学信息；两人既是现实主义的大师，又是诗人，对于象征的运用各有特长。这就增加了他们作品的深度，使它们更加丰富，剧中有剧，话外有话，而不是像普通时事题材的剧本那样一览无余，过眼即忘。这也就使它们真正成为一个评论家所赞美的那类戏剧，即"思想的工厂，良心的提示者，社会行为的说明人，驱逐绝望和沉闷的武器，歌颂人类上进的庙堂"。这番话把新戏剧的重要性强调得无以复加了。说话的不是别人，乃是从爱尔兰来到伦敦不久的失业者和费边社会主义者萧伯纳。他是一个真正的"前卫派"。凭借着作为戏剧评论员所占有的《星期六评论》的篇幅，他大扬易卜生，大抑"妥帖剧"，同时自己参加马克思女儿伊林诺导演的《玩偶之家》的业余演出，不久又运用他那犀利无比的文笔写起易卜生式的剧本来，一种在思想和艺术上崭新而锐利的戏剧产生了。也正是在这个关键时候，萧的故土都柏林的阿贝戏院中有叶芝、辛格等人在进行着与爱尔兰文艺复兴运动相结合的戏剧创新，取得了巨大的成绩。这些力量合在一起，使英国戏剧百年不振的局面彻底改观。

在小说方面，同样主要由于读者群习惯性的趣味，传统的势力仍异常强大。狄更斯等人创立的现实主义传统还在继续，但像任何文学传统必然经过由盛而衰，由纯到杂的过程一样，这时的现实主义小说呈现出一种停滞状态：在题材上失去了锐利的批判性，在技巧上也无多新意，所剩下的只是有趣的情节，而这后者倒是多数读者喜欢的。

然而新的小说也在酝酿。

两个在政治上对立的作家引进了新的内容。相信"白种人的担子"的吉卜林写了大英帝国在印度的军威，同时也对那里的官僚制度进行了嘲弄。他主要是通过英国士兵的视角来看事物，在异国风光里掺杂了讲伦敦土话的英国小市民的庸俗空气。在写法上，他那讽刺笔调和快速的转接手法是颇具匠心的。另一方面，一度是费边社成员的H.G.威尔斯引进了科学幻想小说。他利用所学到的生物学等知识，加上他对于社会改革的热望，写出了《时间机器》《隐身人》《星际战争》等一系列科幻作品，他在时间上晚于法国的凡尔纳，在社会意识上却又强过他。对于不喜欢科幻小说的读者，他的几本写伦敦小店员生活的现实主义小说也许更有吸引力。由于他自己做过店员，熟悉伦敦下层生活，这些小说不仅写得真实、生动，而且能够针砭时弊，像《托诺·邦盖》那样的坚实作品是至今可读的。然而在技巧和语言的运用上，威尔斯却没有多少创新。

同样，与威尔斯齐名的高尔斯华绥和本涅特也没有大的创新，虽则两人都另有建树。阿诺德·本涅特的《老妇人的故事》中有绝好的英国小城生活的描写，在那里一对姊妹成长起来，然后各奔前程，妹妹去了繁华都会巴黎，却遭遇了普军围城和巴黎公社的动荡年月。然而作家所着力描写的，只是那位妹妹开公寓的生活细节，他的现实主义由于缺乏历史想象力而成了自然主义。约翰·高尔斯华绥会讲故事，论可读性一时无两，继初期的人道主义的小说和剧本之后，他写了《有产业的人》。这是三部曲《福赛特世家》的第一部。他把一个传统主题——金钱与艺术天才争夺美人——放进一个 19 世纪与 20 世纪之交的市侩气的伦敦，在索姆斯·福赛特的写照上创造了一个坚实可信的英国型的资产者。这位财主硬逼着妻子与他同房，认为这是他在行使对私有财产的神圣权利。三部曲的后来两部显然缺乏第一部的魅力，而等到续集和再续集出来，故事一代代地讲下去，内容却一本本地单薄起来，《白猿》已经无力，到《河那边》真是成了强弩之末。

对于这些文坛巨子，一位正在另辟蹊径的青年女作家做了这样的评论。

> 这些人写的书可以一言蔽之，即他们都是物质主义者。这话的意思是：他们写的全是不重要的事情，他们的技巧很高，也很勤奋，却只竭尽全力要使一些琐碎的、临时性的东西显得是真实的、永久的。……当前流行的小说形式纳不下我们所寻找的东西，它溜走了，不愿再被包藏在人们所提供的不合适的衣服之内。……生命不是一溜整齐排列的街灯；生命是一个明亮的光轮，一个半透明体，它会把我们包在里面，从我们有知觉之时起一直到知觉终止之日。小说家的工作难道不是传达这种变动不已的、未知的、不受拘束的精神，不管它会变得怎样怪僻、复杂，而尽量少掺一些异己的、外来的东西么？[①]

她认为已经有几个年轻作家在写这种新小说，"其中最著名的是詹姆斯·乔伊斯先生"，即《尤利西斯》的作者。

她进而阐明说，真正的"现代作家的兴趣中心，很可能是在人的心理中的黑暗角落"，而他们学习的模范则是契诃夫的短篇小说《古塞夫》一类的作品。"即使是最粗浅地谈现代英国小说，也不能不谈到俄国人的影响，而一谈俄国人，我们就不能不感到：讨论小说而不提俄国小说，那就是白费时间。"

当时赞美俄国小说和俄国人的不止于说这话的弗吉尼亚·伍尔夫，而且不限

---

① 弗吉尼亚·伍尔夫.普通读者 [M].伦敦：霍加斯出版社，1984：148-150.

于俄国小说。另一个日后将享大名的英国作家 D.H. 劳伦斯赞美契诃夫的戏剧，说他自己最初试写的一个剧本受到了契诃夫的影响，而不屑于学高尔斯华绥等"像数学家那样拿尺来量距离的一伙"。契诃夫之外，屠格涅夫的影响也是巨大的，而且早已出现在两个已有创新成就的作家的小说里，即亨利·詹姆斯的《未成熟的少年时代》和康拉德的《在西方的眼睛下》。到了 20 世纪 20 年代，小说家 E.M. 福斯特还在剑桥大学向听众宣告：俄国托尔斯泰等人的小说是"巨厦"，而相形之下，英国小说只是"平房"。①

这也就可以说明，俄国的文学家们在 20 世纪英国文学的革新里起了连他们自己也不曾料到的作用，因为上述几个英国作家都不是等闲之辈。美国出生的詹姆斯和波兰出生的康拉德已经用新内容和新技巧的小说打开了英国文坛的大门。E.M. 福斯特同弗吉尼亚·伍尔夫属于布卢姆斯伯里的文人集团，他们都已经或正在写能够传达那种"变动不已的、未知的、不受拘束的精神"的小说。劳伦斯这个工人家庭出身的作家更是即将崛起文坛，用火样的愤怒来写出工业文明下被扭曲了的人性，而他对于所憧憬的人的完美生活——包括有丰富感情的纯真性爱生活的描绘则将激起两大洲绅士们的激烈反对和 40 年的官府禁令。

这是一群新人，他们各不相同，但是他们殊途同归地汇合在一个新的文学潮流之中，这潮流就是现代主义。然而现代主义不是文学的全体，经过若干年，甚至不是文学的主体。传统的现实主义仍然强大有力，但也在变化，不断出现新的优秀作家和优秀作品。同时，还有大作家不属于任何流派而屹然独立于文坛，如哈代。他跨越两个世纪，在小说和诗歌两方面都做出了有持久意义的贡献。

如果我们将眼光更向前伸，我们将看见随着 20 世纪 50 年代福利国家的出现和英帝国的解体，以及更后的欧洲一体化和英国内部的变动，文学也有了更多的变动。更新的文学形式将在地平线上出现。这回又是科学技术的进展带来的变化。无线电广播、电影、电视、录音带、录像带相继出现，带来了广播文学、电影文学、电视文学。它们将从小说和戏剧——更不要谈从诗歌带走大部分读者，也带来新的社会问题。

这样，站在 20 世纪的门坎上，我们已经约略看到本世纪英国文学发展的大致格局，那就是在面临一个剧烈变化的世界的情况下，为了表现新的现实，汲取了法国、北欧和俄国的文学精华，创新力量要突破传统，而传统则对它有拒有迎，于是形成新传统，直到口头文学和声像文学又起来突破它，向一个更加广阔的天地前进。

---

① E.M. 福斯特. 小说的几个方面 [M]. 伦敦，1927：8.

第二节　诗歌创作的创新

一、多样化的诗题和诗风

20 世纪的头 20 年，哈代是最杰出的诗人之一，他的多卷诗表达了与他小说相似的主题。大诗人叶芝在 19 世纪 90 年代开始诗歌创作。两位桂冠诗人罗伯特·伯立杰斯和约翰·梅斯菲尔德写出一些著名诗篇，而伯立杰斯对英国诗歌主要的贡献是介绍了已故诗人霍普金斯的诗作。霍普金斯是维多利亚时代的诗人，他的作品在生前从未出版过。他是天主教耶稣教会神父，深为艺术美感所诱惑，把自然美看作神的实体的反映。他努力表达人或物的独特性质，在诗的技巧上百般出新，诗的节奏仅以重音为基础，音步的音节数字不断变换，又杂以内韵和头韵等手法，形成"跳跃性的节奏"，还使用盎格鲁－撒克逊古字、杜撰的词语、复杂的比喻，遣词造句往往含有好几层次的意义，一般读者感到晦涩难解，而现代诗人极为欣赏。1918 年，在他死后 30 年，他的朋友布立杰斯编辑出版了他的诗集，诗风影响 20 世纪诗人（如艾略特、奥顿）很深，有人把他看作 20 世纪现代诗的开山祖师。

1910 年，爱德华的儿子乔治继位，开始一个似乎和平繁荣的"乔治时期"。但这个时期只维持四年，第一次世界大战很快就爆发了。一批年轻诗人在这时期创作大量诗歌，1912 至 1922 年出版了题为"乔治诗派"的五部诗集。大多数"乔治派"诗人遵循 19 世纪传统形式写作，技法并无创新。他们努力使诗歌避开现代文明这种颠覆力量，诗风雅俗共赏。他们的诗题多关于自然美或逃逸到奇异幻想中。第一次世界大战降临，越来越多的青年诗人死于战争，幸存者感到幻灭。布鲁克表现了战前短暂的黄金时代。他喜爱乡间美景，以维多利亚诗歌风格写作，讲求韵律优美。大战刚开始，加入英国海军的布鲁克便病死军中。他的《士兵》充满年轻人保卫祖国的理想热情，以古典的十四行诗体写就，似乎成了现实的一种嘲讽。而像奥文、沙逊这样的士兵诗人开始从自身悲惨的体验出发，怀着同情、悲伤和反讽写作"战壕诗歌"。奥文在大战中阵亡。在战争中他改变了济慈式的浪漫主义诗风，表达了对残酷的战争的愤慨、对受战争之苦的人们的同情，情感感人至深，技法新颖，他的诗被公认为第一次世界大战中写得最好的，深深地影响了 20 世纪 30 年代的诗人。奥文的朋友沙逊在战争中受伤并得过勋章，但他逐渐认识到战争的残酷性，发表了反战诗歌，在诗中表达普通士兵对战争的诅咒、停战的愿望和祈祷。战后一些诗人继续以"乔治式"诗风写作受自然启示的冥想诗，但诗歌的主流则向相反的方向发展。后来评论界以"乔治式"指"陈腐的""枯燥无味的""落后的"诗风。

"意象派"是 1908 至 1918 年间英美一些年轻诗人组成的诗派。1913 年，美国诗人庞德和英国诗人休姆·弗林特发表意象主义宣言，提出直接表现主客观事物，删除一切无助于"表现"的词语，以口语节奏代替传统格律。英国的"意象派"诗人还有奥尔丁顿等。他们重视用视象、意象引起联想，表达一瞬间的直觉和思想，一般用自由体写作短小篇章。意象派诗歌主要兴盛于 20 世纪头 10 年，它的影响在艾略特的早期诗歌中还能感觉到。这一诗派对于英美现代诗歌采用口语、自由体和铸造意象方面很有影响。

二、从唯美主义到象征主义：叶芝的诗歌

这时期独步诗坛的当推爱尔兰诗人叶芝。他出生于都柏林一个画师家庭，母亲是爱尔兰西部斯利哥郡一个富有商人的女儿。斯利哥群峦叠嶂，俯临大海，保留了古老的爱尔兰生活方式和民间传统。叶芝幼时随父母去伦敦上学，到母亲家乡度假，培养了他对古凯尔特文化的热爱。他 15 岁时，全家搬回都柏林。都柏林、斯利哥、伦敦三地对叶芝产生了终生的影响。对于叶芝，都柏林代表爱尔兰盲目的、追求金钱的中产阶级，斯利哥保留爱尔兰真正的文化，伦敦则是英国文学和艺术的中心。

叶芝进入都柏林艺术学院学画，但不久就弃学埋头创作诗歌。他来到伦敦，遇见当时一些重要作家如王尔德，与唯美主义者交往。1891 年，他与一些诗人组织了"诗人俱乐部"，主张诗的语言要含蓄和超俗，他还接受了法国象征主义诗派的影响。这时期叶芝的诗作表现出脱离商业文明社会的唯美主义倾向，带有浪漫主义梦幻色彩，富有音乐美感。诗作的爱尔兰题材和语言运用表现叶芝的独特的诗风。

24 岁时，叶芝遇见并狂热地爱上了美丽的女演员莫德，她是爱尔兰民族自治运动的领袖人物。叶芝积极参加民族自治运动，既出于对自己民族的热爱，也由于对莫德的爱恋。他领导了爱尔兰文化运动，这场运动后来以爱尔兰文艺复兴而著称。他研究爱尔兰历史、民间传统和语言，鼓励其他作家转向民族题材。1896

年，叶芝与爱尔兰剧作家格雷戈里夫人相识，结为终生朋友。他们建立了爱尔兰文艺戏院，1904 年改名为阿贝戏院，赢得了世界声誉。叶芝为戏院写了 26 出戏，努力将精致的贵族文化与民间文学结合，以创造精美的爱尔兰艺术。1908 年，年轻的美国诗人庞德来向叶芝学习写诗，这时，43 岁的叶芝已名誉天下，发表了百余卷诗歌、戏剧、散文等著作。庞德的现代诗风感染了他，他开始在选材、处理手法及选词用字方面表现出浓郁的意象派新诗的特征。他最好的诗成于他生命最后的 30 年间。1923 年，叶芝获得了诺贝尔文学奖。他始终保持旺盛的创作精力和高水准，直到 74 岁逝世前几天才辍笔。

在哲学和历史观上，叶芝认为人类历史和个人生活呈盘旋上升状，一切在重复中提高。希腊罗马文明结束了巴比伦的时代，基督的降生结束了希腊罗马的文明，20 世纪代表一个 2 000 年螺旋的结束，将要出现新的盘旋，这就是为什么现代充满喧嚣和骚乱，"一切都四散了，再也保不住中心，/ 世界上到处弥漫着一片混乱，/ 血色迷糊的潮流奔腾汹涌，/ 到处把纯真的礼仪淹没其中。/ 优秀的人们信心尽失，/ 坏蛋们则充满了炽热的狂热。"（《基督重临》）他不信仰现有基督教，但信仰超自然的力量，他在《幻想》里表达了他的思想。

叶芝的文学声誉主要建立在他的诗名上，他的诗歌创作生涯从 19 世纪 80 年代持续到 20 世纪 30 年代。《茵纳斯弗利岛》代表他早期抒情诗诗风："我要动身走了，去茵纳斯弗利岛，/ 搭起一个小屋子，筑起泥巴房；/ 支起九行芸豆架，一排蜜蜂巢，/ 独个儿住着，荫阴下听蜂群歌唱。/……"表现出"拉斐尔前派"的唯美主义的影响。他的大量抒情诗是为莫德所写。《当你老了》是一首构思新颖、情感真挚的动人情诗。诗集《苇中风》中的许多诗、《在七森林中》中的《亚当的罪孽》及《特洛伊不再》一诗，都叙述了叶芝一生苦恋莫德的内心痛苦，爱情中理智与情感的交织，颇有邓恩"玄学诗"的风格，这标志着他逐渐脱离了唯美主义时期，转向 20 世纪 10 年代和 20 年代的现代主义诗歌。

后期，叶芝从感官世界转向永恒的艺术世界，在两首诗《驶向拜占庭》和《拜占庭》里记录了他的感情。诗人想象中有两个世界：一个是生生死死的人间尘世，"他们都迷恋于种种肉感的音乐，忽视了不朽的理性的杰作"；另一个是理想的永恒世界。拜占庭即今之伊斯坦布尔，原为东罗马帝国首府，东正教的圣城，叶芝用这历史名城象征他理想的所在。诗人想象着航海来到拜占庭，呼唤教堂壁上金色瓷砖嵌镶显示的圣徒来接引他进入永恒的境界，把他"纳入永恒那精巧的艺术。/ 一旦蜕化后，我再也不肯 / 向任何物体去乞取身形，/ 除非希腊的金匠所制成的那种，/ 用薄金片和镀金，/ 使欲眠的帝王保持清醒；/ 不然置我于金灿的树顶，/ 向拜占庭的贵族和贵妇歌咏 / 已逝的，将逝的，未来的种种"。诗歌表达了他对情欲、现代文明的厌恶，对理性、古代贵族文明的向往，他把拜占庭看作是个人与社会、精神与物质、政教与文艺得到了和谐统一的理想世界。他晚年的诗常将青年与老年、感官与精神生活、变化的物质力量与永恒的艺术智识作比。他许多诗作的题材都有关于迷人的艺术品：《丽达与天鹅》以米开朗琪罗的画为意念，再现希腊神话中的场景，以神话暴力和性色彩著称，引发政治、性别、历史、心理等多维度的探究、解读。

象征主义是欧美古典文学和现代文学的分界线，是现代派最早的流派，也是影响最大的流派之一，强调刻画个人的感受和内心世界，强调用有物质感的形象，通过暗示、对比、烘托和联想来表现。这个流派起源可追溯到 19 世纪中叶，在 20 世纪 20 到 40 年代盛极一时，世称"后期象征主义"。叶芝是后期象征主义在英国的代表人物。他中后期诗歌用洗练的口语和复杂的象征及富有质感的形象来描写现实生活，表达抽象哲理，色彩明朗，含义丰富。从他一生诗风的变化，可见出英国诗歌从 19 世纪末唯美派向 20 世纪 30 年代期间现代派的演变。

第三节　盎格鲁威尔士文学

威尔士——大不列颠西部地区，在这个剧变的世纪中为了保持自己的民族特性在进行着日益艰难的斗争。对英格兰的经济依赖、城市化在这个曾以农业为特征的社会里的扩张以及传达工具所达到的深远效应汇成了浩浩潮水，冲刷着威尔士的民族传统。从 6 世纪行吟诗人塔利辛就已开始的威尔士文学传统已经暗淡下来，威尔士语言的优势明显地被英语所代替，极少量仍用威尔士语进行的创作缺乏生气，不是冗长沉闷，就是矫揉造作。在这种情况下用英文创作是获得广泛承认和国际声誉的最佳途径，因此而有盎格鲁威尔士文学。它的作家们大都出生于南威尔士、东部英格兰，以及一些英格兰化最彻底的城市和工业区。他们虽然大多数生长于讲威尔士语的家庭内，或多或少地受过威尔士传统文化的熏陶，但是为了寻找出路，不少人离开了生养自己的故土，迁徙英格兰以求创作事业的腾达。诗人迪伦·托马斯这样陈述他离开故土的原因。

> 我是威尔士人，但并不居住在自己的国家里，这主要是因为我要吃饭、喝酒，要穿衣，还要有栖身之地，可是在威尔士一个作家搞不来面包黄油……

在 20 世纪初脱颖而出的作家中，最突出的是阿瑟·梅琴。他不仅是位小说家和散文家，也是 20 世纪哥特式科幻小说的先驱。他的作品大都是对在威尔士度过的童年时光的回忆。像托马斯·哈代一样，梅琴对精神的力量和农村的传统遗风最为敏感，他的幻想往往盘旋在中世纪的英格兰和威尔士的古堡、郊原的上空。他的自传体幻想作品《梦岭》常在读者心中勾唤起古罗马的堡垒和威尔士的神秘传奇，甚至他的一些以伦敦为背景的作品也具有浓重的浪漫色彩和对工业革命以前那些岁月的怀恋。他的重要作品还有《恐惧》《往事》等。

另一位世纪初的盎格鲁威尔士作家是出生于威尔士蒙马斯郡的威廉·亨利·戴维斯。这位诗句简洁悦耳的盎格鲁威尔士诗人一生放浪形骸，浪迹天涯。他的诗歌集有《灵魂的毁灭者和其他的诗》。他最优秀的散文作品是由萧伯纳作序的《超级流浪汉的自传》，作品生动地描写了他做流浪汉和乞丐时的生涯。

20 世纪前叶，已经成名的盎格鲁威尔士作家还有爱德华·托马斯、卡拉多克·埃文斯等。他们大都在早期对威尔士持有一种冷漠感，常常用讽刺的语言挖苦威尔士的传统。

盎格鲁威尔士文学创作的鼎盛时期是 20 世纪 20 至 50 年代，在这一时期，威尔士的本土上出现了两个有助于文学繁荣的期刊《威尔士》和《威尔士评论》。这两本期刊持有共同的信念，力求描绘出南威尔士的工业以及农村生活的衰朽没落。第二次世界大战的爆发用硝烟和炮火造就了一批杰出的作家，他们无暇用小说这种形式来表现战争的残酷、发泄他们的愤怒；他们写诗，诗行间浸透了他们有些绝望的泪水。阿伦·刘易斯便是这些战争诗人中的一个。他的全部作品都是关于他在第二次世界大战中的经历，包括诗集《破晓进攻》和《哈！哈！吹起军号》等。这个时期英国文坛上出现了一名怪才，他的诗歌作品同他的言行一样惊世骇俗，很快便在诗歌界中取得了先导地位，在很大的程度上影响了和他同期以及在他以后的一大批作家。这就是迪伦·托马斯。他的诗歌是"从黑暗走向光明的斗争的记录"，充满了对生与死、人类与自然、爱情与宗教这一系列重大问题的痛苦的探索。

第二次世界大战结束后，人们的信仰早已在战火中毁灭，今天和明天都意味着混沌茫然，越来越多的人开始回顾童年时的日日夜夜，童年时畅游过的山岗和草地都成了他们作品中绝好的题材。R.S. 托马斯和格温·托马斯成为继迪伦·托马斯之后最负声望的盎格鲁威尔士作家，前者是诗人，后者是小说家。他们把作品的背景放在威尔士，写的是当地人的思想感情，格温·托马斯进而描述威尔士工人阶级的斗争，威尔士文学这才重新显示了生气。

迪伦·托马斯着重写毁灭，又将毁灭与创造相统一："时光赐我青春与死亡。"

他的作品大都围绕着死亡与生命、衰老与成长、自然与人类的有机结合。托马斯不同于莎士比亚，为了能够洞察人生及社会，他立足于"现在"的峰巅去透视"过去"，又站在"未来"的绝顶去了察"现在"，假借这种超然的距离感，来滤去无论是"过去"还是"现在"所积存下的一切杂物，将人生和社会的意义披展开来。托马斯的影子倒是和19世纪英国浪漫主义的先驱威廉·布莱克重叠交合了，他们各自隐居于自己的作品中——其作品本身便是人类生存的状况，力图用字母符号再现具体形象的人生、社会及自然，并于其中的纷繁中寻找自我，从而来最终完成并实现自我。他们把莎士比亚的那种超然的距离感留给了不同时代的读者，任由他们去过滤，撷选精华。

如果说数千年来，诗人们不断地努力为了将肉体的感觉升华到灵魂，那么托马斯的诗歌所表现的是灵魂的印象转化为肉体感觉的全部经历。这一经历包括子宫里胎儿粉红色的潜意识、人的性欲冲动以及享乐主义的所有实践。

托马斯受到了超现实主义的影响。20世纪初，伴随着传统主义在欧洲的衰落，超现实主义的风尚渗透了西方文学的各个领域。在超现实主义的显微镜里，所有传统的逻辑连贯成了人们认识最原始价值的障碍。人们只能用自身所具有的最善辨别的直觉去透视周围整个宇宙的存在。弗洛伊德的潜意识学说和对梦的阐释为超现实主义提供了理论依据。人们开始认识到人的本性隐藏在各种复杂现象的背后，人在清醒时的思维只能停留在这些复杂现象的表面，被其纠缠，根本无法解释被复杂性所掩盖住的所有事物之间秘而不宣的统一。然而梦的潜意识以及人们毫无遮掩的内心独白却能披露人与宇宙、生存与死亡、成长与衰老之间的内在秘密。于是，梦中不再受理智束缚的性冲动、死亡的迫近感，以及万物瞬息即逝感都成了超现实主义创作中不衰的主题。

对于20世纪初的诗人来讲，他们的宗旨便是跳出习俗与惯例的阴影，奔向新奇、细微的经验世界。在这个经验的世界里，高悬着一轮只有调动视觉、嗅觉和听觉——人所具有的所有感觉系统才能感受到的太阳。托马斯的诗歌道路正是循着这轮太阳的无形轨道向前延伸的。

1934年，20岁的托马斯出版了第一部诗集《诗十八首》。在这些他的早期诗歌里，在字句的隐晦中我们已经可以透视其超现实主义的特征，以及乔伊斯、弗洛伊德和《圣经》对他的影响。这18首诗的主题并不复杂，大都是关于生命、死亡、性以及三者的统一。常使读者困惑的是他对词句独特的排列组合以及乍看起来荒诞却含深意的句式。诗人采用这样的语言无疑是在声明任何传统的、在人们头脑中根深蒂固的语言习惯都难以表达感觉世界反复无常、无从预测，甚至是反传统的经验。传统的语言模式只会给人们的头脑以一些旧的观念，而诗人所感受到的一切却是崭新的。托马斯用恶梦一般时而舒展、时而跌宕的语言描写在母亲子宫里胎儿的潜意识，揭示隐藏在"性"这块面纱后的人类生存的真理，又用他别具一格的反语言的语言来探索语言所难以表现的宇宙兴衰与人类生死的奥秘。这些主题所铺展的天地的确狭窄了些。然而，真正的托马斯并没有被自己作品中主题的狭窄所限制，他所关心的并不是作品的广度，而是主题的深度，是透过这些简单的主题去捕获更为透彻的思想。

> 我看见夏日的男孩在毁灭
> 荒秽了金色的田野
> 无意收获，将沃野沦为冻土
> 他们于僵硬的爱的冬流口
> 趁着热情引诱着姑娘
> 又将负重的苹果沉溺在潮汐中
> 这些愚蠢日光的男孩是凝结剂
> 使沸滚的蜂蜜变得酸腐
> 在蜂巢里拨弄着极寒的冰棱
> 阳光下他们的神经餐食着
> 一线线寒冷昏黑的疑虑
> 皓月在他们的空虚中化为乌有
> 我看见母胎中夏日的男孩
> 撕裂了子宫肌体的天气
> 虚幻的拇指分出白昼黑夜
> 冥冥中他们用太阳和月亮
> 季节的阴翳涂抹着他们的大坝
> 就像阳光染绘着他们谷壳般的头颅

——《我看到夏日的男孩子》

在这首诗里，诗人体验到无所不在的死亡，然而他笔下描写的不是来世，而是实实在在的宇宙。他对死亡这个主题的偏爱并非为了死亡本身，而是因为死亡才可能复苏生命。这首诗中蕴含着这种相互对立的力量，它们的相互作用产生了积极的因素。所有事物都反映了宇宙间创造与毁灭、生长与消亡轮回的规律：毁灭是不可抗拒的，而生长和创造灵是处处萌芽。诗中夏日的男孩就是这两种力量的统一。

托马斯以超现实主义的细腻且奇特的笔锋打破传统的诗歌中的逻辑连贯，组合了一系列象征来表现生命与死亡的矛盾统一。诗中渗透着两组平衡而又对立的意象:"夏日"("金色的田野""收获""沃土""热情""苹果")象征着温暖富有的季节以及生长和收获;而"毁灭"("荒秽""无意""冻土""沉溺")却象征着与"夏日"相悖逆的因素。

在托马斯看来,世界上所有毁灭的力量都是相同的,是同样的力量摧残并毁灭了花朵及人类的生命。然而,正是这种具有毁灭性质的力量在不断加强人类与自然之间的纽带,使两者交融而不可分割。

> 通过绿色的茎管催动花朵的力
> 也催动我绿色的年华;使树根枯死的力
> 也是我的毁灭者。
> 我却无言奉告伛偻的玫瑰
> 同样的寒冬热病也压弯了我的青春。
>
> ——《通过绿色茎管催动花朵的力》

生命与死亡是互相依赖的两个极点,它们不仅相互作用,而且相互转化。个人的生死与宇宙的兴衰息息相关,生和死都是一瞬间发生的。时间的本身是无时间性的,所以人类及万物的生命既是有限的,也是不朽的。

在诗集《诗十八首》里,尽管托马斯偏重死亡的主题,却并没有为死亡的无所不在而哀叹。虽然生命的成长意味着向死亡的迈进,但生命毕竟是生命,孕育生命的那一部分在完成了创造后已经积极地转化了。人活着就是为了更好地生活。

> 因为我们会像公鸡那样啼鸣,
> 吹还苍老的死者;而我们的霰弹
> 将猛击碟中飘出的意象;
> 我们在生活中将成为强者。
> 存活的人又将在热恋中成熟
> 歌颂我们不息的心灵。
>
> ——《阉人梦》

诗集《诗十八首》发表后,有人注意到托马斯对性主题的偏爱。他是否受到当时风靡欧洲的弗洛伊德的影响?对此托马斯的回答如下所述。

> 我受过他的影响。所有被遮隐住的都应该赤裸裸地暴露出来。消除晦暗是为了净化……诗歌,作为对消除个人晦暗的记录,无疑要将阳光投在被遮隐已久的事物上,这样一来,便可以净化赤裸裸地暴露出来的东西。弗洛伊德投光照明了他所暴露的部分晦暗,诗歌已从那光明和暴

露中获益甚多，然而这就更应该深入那些被净化了的裸露中去，深入依旧被遮隐着的因果中去。弗洛伊德没有认识到这一步。

托马斯承认了，同时否认了弗洛伊德对自己的影响。承认是因为他接受了其对性与梦的阐述，否认则是因为他在诗中所描写的一切并非是对弗洛伊德加以形象的诠释，而是在自我欲望的基础上对性及性与生命之间的关系做了进一步的探寻。他的探寻绝不是沿着弗洛伊德指定的方向展开的，而是和托马斯本人的肉体经历息息相关的。在此经历中，一切都是随欲望的高涨和跌落来决定的，"性"是人类生命的一大重要因素，是催动生命的力。

> 大腿间的一根蜡烛
> 温暖着青春精子又燃烧暮年的种籽；
> 那儿没有种籽游曳，
> 而星际人类的硕果永不衰老，如无花果一般灿烂；
> 那儿没有蜡，而蜡烛生遍毛发。
> ······
> 而那圆圆孔穴里的黑夜
> 有如松脂的月亮，球体的极限
> 昼日点燃了骨骼；
> 那儿没有寒冷，而裂肤的狂风
> 脱去冬日的袍罩；
> 春天的薄雾垂悬在眼睑上。

这首《那儿没有太阳而日光喷薄》很好地运用了复杂的象征语言，从艺术的角度来表现性冲动的力量。为了表现青春与衰老以及"性"在其中所起的重要作用，托马斯铺陈了黑夜与白昼、冬天与阳春之间的对比，认为必须消除层层紧裹着灵魂的黑暗，让所有的一切都彻底地暴露在光天化日之下。在圆圆孔穴的里面是不可知、无意识的昏月，而外面却是悬在骨骼上的真理和光明。托马斯的"性"的意象大都是围绕男性的，尽管这些意象非常雄壮、坚强，却难免染上一丝悲剧的色彩。

胎儿出生前在母亲子宫里的潜意识是托马斯在其《诗十八首》中另一热衷的主题。他认为人类的传统观念绝对不会给人类带来任何真知灼见，反而只会造成错觉和误解。心理意识的压力和理念的阻碍全部被抛弃以后，人类才能真正地开始寻找自身存在的方式。《在我胎动前》便是一首描写潜意识的作品。

> 在胎动形成血肉以前，

　　　用液态的双手敲击着子宫，
　　　我飘荡无形如同柔水
　　　那柔水凝成我家毗邻的约旦
　　　我是麦尼莎的兄长
　　　是生息蠕虫的姊妹。
　　　……
　　　我生自血骨鬼魅，
　　　非人非鬼却是人之鬼。
　　　我被一根死亡的羽毛击倒
　　　我是生者活至最后
　　　一丝呼吸，而这呼吸带给
　　　我的天父他垂死基督的口信。

　　　你俯拜于十字架和祭坛上
　　　纪念着我又怜惜着他
　　　他以我的血肉筋骨为盔胄
　　　又出卖了我母亲的子宫。

　　"所有被遮隐住的"确实被彻底地暴露了：降生前，在母亲的子宫里胎儿还处于意识的前庭，还没有进入"意识"阶段，所以此时他的本能冲动还没有受到压抑，所感觉到的一切都是最为真实的。母胎中基督凭着自由自在的本能冲动，用"液态的双手"和感觉预示他从出生到被钉上十字架的未来生活的全部经历。

　　这种把生理学、心理学和基督神话糅而为一是托马斯的拿手好戏，这样写出的诗视野较小，语言比较晦涩，产生不了传统悲剧的那种崇高壮观，但无论是其意象还是其稍嫌晦涩的语言皆在读者心中生成了落地惊人的感觉：理念消失了，本能的冲动化为脱缰的野马，来去狂奔，把过去、现在和将来这根漫长的弧线彻底地粉碎，然后又将碎片聚集，填补进感觉世界的各个角落。

　　托马斯曾称自己的诗歌是他个人从黑暗走向光明的斗争的记录……他的诗歌对别人来说应该是有益的，因为它记录了其他人同样熟悉的有关个人奋斗的经历。

　　1936年托马斯出版了第二本诗集《诗二十五首》，此集所收的作品大都为1934年后所作。诗人在这期间所迷恋的依旧是宇宙万物及生命的兴衰生死，不过此刻宗教色彩较以往更加浓重。《圣经》里的许多典故成了诗人创作的素材：创世记、亚当和夏娃的伊甸园、原罪、该隐以及基督和圣母马利亚的传说。但是托马斯这位染有宗教色彩的诗人却是具有反叛特征的，而非因循宗教的旨意，歌颂万能的上帝，以求得灵魂的超脱。他笔下的《圣经》是个残酷、疯狂的传说，其旨意无情地破坏了生死兴衰的平衡："你俯拜于十字架的祭坛上／记念着我又怜惜着他／他以我的血肉筋骨为盔胄／又出卖了我母亲的子宫。"基督在泣吟，上帝用基督的血肉做成了保护自己的盔胄盾牌，而让他当替身去承受自己犯下的罪恶。最可恨的是他出卖了圣母玛丽亚的子宫，让这么一位伟大的母亲怀上生来就要死亡、倍受尘世折磨的胎儿。

我们称托马斯为宗教诗人，主是因为他的诗中渗透着宗教的敏感。但是不同于其他的宗教诗人，他并不十分虔诚，诗中也没有多少玄学和神秘的成分。他通过宗教表现了渎神的存在感，有时他强烈地感受到宇宙万物乃是统一的整体存在，但这种统一并非归根于万物之灵——上帝及其圣子基督。托马斯并不是通过上帝来解释宇宙的，他无视基督教徒眼中上帝的万能的力，认为万物的运动、生成、毁灭的原因是在于潜意识的情况下性的一切活动。他在诗中所颂扬的是万物的创造，特别是人类的生存。他从世界和人类的身上窥见到比世界和人类更为神圣的爱的力量和创造，同时也看到了比世界和人类更为可怕的死亡的力量和毁灭。冥冥宇宙中，死亡的力量和爱的力量汇合交织，从这个统一体中新的生命经历过苦难折磨后相继诞生。

托马斯的宗教诗中最为著名的是《耶稣被钉死在十字架上》。

> 这是山顶的磔刑，
> 时间的神经浸在醋中，绞架的坟冢
> 涂满鲜血有如我泣哭的闪亮荆棘；
> 世界是我的创伤，上帝的马利亚在忧伤，
> 像三株树样弯躬着，小鸟一样的乳房
> 长长伤口的女人带着扣针垂泪。
> 这是天空、杰克基督，每一个快乐的角落
> 在迫于天命的铁钉中驱赶着
> 直到从我们的双乳间，从极点到极点
> 三色虹环绕着蜗牛催醒的世界。
> ……

爱的生命是基于性的死亡，圣母玛丽亚承受着一切对夏娃的惩罚：不仅要遭受孕育生命的痛苦，还要为后代的死忍受巨大的折磨。玛丽亚不仅是耶稣也是上帝的母亲，是生命创造的源泉。世界的创伤、儿子被钉死在十字架上的惨景都是她心头永不能愈合的伤口。基督被钉死在十字架上后，玛丽亚便完成了自己俗世

的形象，不再是生殖力和创造力的象征。玛丽亚促使人变为神，有限转为永恒，在她的悲剧中"性"升华为一种永恒荣耀的象征。

1937年左右，托马斯渐渐远离《圣经》的典故和背景，也许是因为诗人发现过多的圣经典故会毁坏诗人的想象力和构思吧。《诗二十五首》里《死亡也一定不会战胜》和《那只签署文件的手》皆是语言明快、意象清晰而宗教色彩浅淡的好作品。

> 他们虽然疯狂却定会清醒，
> 他们虽然沉沦却定将复生，
> 情人虽然会泯灭但爱情一定长存；
> 死亡也一定不会战胜。
>
> ——《死亡也一定不会战胜》
>
> 那只签署文件的手毁了一座城市；
> 五个大权在握的手指扼杀生机，
> 把死者的世界扩大一倍又把一个国家分成两半，
> 这五个王置一个王于死地。
> ……
> 那只签署条约的手制造瘟疫，
> 又发生饥馑，飞来蝗灾，
> 那只用一个潦草的签名
> 统治人类的手多了不起。
>
> 五个王数死人但不安慰
> 结疤的伤口也不抚摸额头；
> 一只手统治怜悯、一只手统治天；
> 手没有眼泪可流。
>
> ——《那只签署文件的手》

这是诗人对于在那法西斯势力横行、英国统治阶级对希特勒之流大搞绥靖政策的年头《慕尼黑协定》之类的"文件"的抗议。他那特有的意象和韵律使得这抗议异常地醒目有力。

《诗十八首》和《诗二十五首》两本托马斯早期出版的诗集代表了他诗歌创作的峰巅。他的一些最优秀的作品都是在这个时期完成的。评论家认为，只有处于青春期情绪极度波动的青年人才能如此形象生动地渲染出感官的感受。在这个时期，肉体经验的诱惑力要远远地超出理性的经验。往往创作的主题和围绕主题的意象的选择和铺陈都是以这种青春期的情绪波动为中心的。在这种波动中，诗人又糅合进宗教和哲学的冥想。托马斯无意中为读者设立了一道道障碍，他的肉体感官的经历都是独特的，非他莫属的。他要求读者彻底地遗忘自己的感官经历，赤裸裸地走进诗人的感官世界去体验他那令人沉醉又令人迷惑的情绪。

第二次世界大战爆发后，托马斯由于身体欠佳，没上前线服役。这期间他生活在伦敦，为英国广播公司服务，当播音员。残酷的战争在很大程度上影响了托马斯的创作。虽然他没有像与他同期的战争诗人那样，翻滚浴血在硝烟炮火的战场上，亲身体验血肉飞溅的屠戮，但后方发生的一切——空袭、火灾，像魔鬼一样张着獠牙啮噬着他诗歌敏感的神经。面对这种残酷的现实，托马斯开始借助诗歌发泄他的怨怒，战争成了他诗歌的主题。

1941年7月，托马斯创作了《拂晓空袭中的百岁死者》，1944年完成了《空袭后的追悼》，第二年又完成了另一首著名的哀诗《拒绝为死于伦敦大火中的孩子哀悼》。

这些诗作各从侧面反映了诗人对战争以及战争带来的灾难的态度。战争这个主题拥有众多的读者，托马斯在表现这一主题时，诗风更易，令人耳目一新。《拒绝为死于伦敦大火中的孩子哀悼》是托马斯最优秀的作品之一。

> 孩子之死的威仪和炽烈。
> 我不会去屠杀
> 相伴着严峻真理的人类
> 也不会再为
> 天真和青春悲悼
> 去亵渎呼吸的驻地。

"我直到死也不会为这个死去的孩子说一句哀悼的话，流一滴悲伤的泪。"而诗人在拒绝为这个死去的孩子悲伤的同时，却用了激动的语言，悲伤哀吟不已。这首拒绝哀悼的诗成为一首地地道道的哀诗。

诗人认为，如果自己为这空袭中死去的孩子悲哀、痛苦欲绝的话，那么他自己便成了凶手，因为人类现有的语言文字都不够神圣，难以表达这种哀痛，反而会亵渎人类真挚的情感。

他在最后一段进一步解释了拒绝为死去的孩子悲哀的原因。大地敞开尘土和不朽的怀抱，像一位老友，又像一位慈祥的母亲一样迎接着孩子。这里不是基督教的天堂。诗人以讽刺的口吻，向人们说自己绝对不会哀怜孩子之死；孩子是应该死的，也只有丧生才是逃脱死亡的最好方式，因为"一旦丧生，便不会再有死亡"。

他的另一首诗《空袭后的追悼》同样表现了战争所招致的灾难。

> 我自己
> 悲悼者们
> 悲叹
> 在那燃烧成坚忍死亡的街道
> 一个出生几个小时的婴儿
> 张着皱褶的嘴巴
> 被烧焦在坟墓黑色的胸膛上
> 母亲在挖刨着，搅了一怀火焰。

1946年，托马斯收集了在大战期间的作品，出版了一本题为《死亡和出场》的诗集，上面所提到的三首都被收了进去。从《死亡和出场》一集中所收诗作的创作风格来看，托马斯的作品日趋明朗，作品的背景也更为现实，所呈现的世界和事件都是读者亲身体验过的，摆脱了早期诗歌虚幻迷离的色彩。正如托马斯自己所说。

> 绝对不可能把一切都说得太清楚。我现在正努力写得更加明朗；起初我认为给读者留下声音和感情的印象，让诗的含义以后再渐渐渗透就够了。可是自从我在电台播音，朗诵别人和自己的诗歌作品以来，我感觉到最好是让读者在读第一遍的时候便能捕捉到作品的含义。

《死亡和出场》可以被认为是托马斯诗风的一个转折，这个诗集里所收的作品具有很强的个人感情色彩，意象不再像以前那样怪诞，令人反复琢磨方得其解。从《拒绝为死于伦敦大火中的孩子哀悼》和《空袭后的追悼》这两首诗，我们可以看到诗人的确实现了自己的愿望：使读者在读第一遍时便能捕捉到作品的含义。

《死亡和出场》除了选收了托马斯在1941年到1946年间创作的有关"战争""忧伤"的作品外，另有八首诉说对童年怀恋的作品，如《公园里的驼背人》《十月的诗》《生日之诗》《冬天的故事》和《羊齿山》。在这些作品中诗人所表现的是欢乐与忧伤交织的情感。像华兹华斯和布莱克一样，托马斯认为童年是人生中最天真、斑斓多彩的时光；孩子们无忧无虑，处于无意识的状态，他们对自然的细微变化最为敏感，最接近于自然。然而随着年月的流逝，孩子们从天真走向复杂，自然所赋予他们纯洁心灵的天性日益衰亡泯灭。

接着醒来，田野，如天涯流浪

一身白露归来，肩负雄鸡：日光

晃晃，正是亚当夏娃，

云拢天聚

那一天太阳初圆。

这固然是那束朴质天光诞生后

在最初旋回的地方，入魔的群马撒蹄

奔出嘶鸣草绿的马厩

狂驰向无边的草原。

我无忧无虑，在羔羊白茸茸的日子里时光拉着我手的阴影

蹿上拥挤着成群燕子的阁楼，

月亮升起悬照

从不驰向睡眠

我应听见他在高高的田野飞翔

醒来却见那片原野逃离了没有孩子的土地。

啊！在他的柔情中我正青春欢畅，

时光赐我青春与死亡

尽管在铐链中我如海样歌唱。

在这首《羊齿山》中，诗人徜徉流连的自然山色都取材于诗人童年生活过的地方：南威尔士的斯旺西。托马斯笔下的自然并不带有华兹华斯那种虚幻飘渺、若梦若醒的色彩，也没有把自然崇为人类灵魂的主导者。在托马斯的眼中，自然山水是人类生命的对照物，而宇宙间存在着一种至高的力量统治着这两个对照互映的有机体。天地间万物都随时光的倏忽迅逝而消亡，这是不可抗拒的规律：人类在这兴衰中失去的不仅是生命，而且失去了往昔的天真单纯，在尚无自觉意识生成的时光，人是自然整体中难以分割的一部分，他寻找自己的影子就像在寻找山间的狐狸和钟声飘逝的去向。

在成年人的生活中，往往会突然出现一个神圣的时刻：无忧无虑的童年时光跃入眼帘，依稀可辨——水鸟、小城、迷雾。人的生命得到瞬间的升华。《十月的诗》和《生日之诗》便渲染了这种生命的升华和刹那间的返璞归真。

这是我进天堂前的第三十个年头

醒来从熙熙港湾和毗邻的树丛

从贻贝潜伏和苍鹭

盘旋的海滩

听到黎明在召唤鼓动

海水的祈告声，海鸥和白嘴鸟的鸣叫

扬帆的渔船撞击在网织的墙上

我独自起身

那一瞬间

踏着沉睡的小镇启程

诗歌是语言的精华，托马斯在创作中很注意诗歌语言的应用。他所用的词句很平常，并不诡奥，而荒诞感是在词句的组合排列中产生的。托马斯很像乔伊斯，将语言的结构建筑在感觉的基础上，其生命力仅限于作品本身。1934 年 10 月，托马斯在《新诗歌》上曾写道：诗歌创作是"一项肉体和精神的重任，即去组合一组无懈可击并具有运动中心的词汇"。然而，许多评论家对他的这种语言的革命怀有疑问。以约翰·贝利的评论为例。

我们还难以判定是否语言本身能在托马斯先生的尝试中胜任，同时我们还说不清是否读者的意识能适应这种诡怪多变的语言现象和这种多样性的词句刺激。

至少贝利本人给了肯定的回答："也许能吧！"

随着时间的流逝，当读者逐渐掌握了诗人运用语言的方法，"诡怪多变的语言现象"会日益变得容易驾驭，而"多样性的词句刺激"也不再会使读者惊恐悚然。托马斯诗歌中的每一个意象都应该被视为一个单独的、具有独特内在逻辑的词句结构。读者应将其字面的叙述与词句结构的中心象征寓意结合起来，从更高的层次对意象做语义和象征的剖析。

我的诗需要一系列意象，因为诗的中心便是系列意象的组合。我创造一个意象：尽管"创造"这个词不恰当；也许是使一个意象在我的激情中生成，而后赋予其我所具有的才智与批判的力量——让这个意象催生另一个意象，并使其与最初的意象相冲突，让第三个意象生成于这前两个意象之中，再产生第四个矛盾的意象。让这所有的意象在我所定下的范围内冲突抗衡，每一个意象都有自我毁灭的因素。我的辩证法——我的理解——为不断地建立又摧毁具有创造、毁灭力的中心种籽的意象。

这便是托马斯为读者提供的理解自己诗歌的方法论。当然，我们也应该看到，他的这种构词和创造意象的方法如果过于反复运用，很自然会日益失去其独特性。

托马斯的诗歌向读者披露的不是自我发现的结果，而是自我发现的过程。读者从他的作品中不仅能读到诗人的彷徨无措，而且能发现诗人否定自身的各个细节。《耳朵在塔楼里听到》这首诗表现的是诗人在反复思考着是否该摆脱纯个人的世界，而进入客观的社会生活。诗人并没有在作品中作出最终的决定，两种倾向是平衡的，都有很大的可能性。

> 耳朵在塔楼里听到风像一团火样飘逝，眼睛在这个岛上看见船只起锚驶离海湾。我是该奔向那航船黑发中卷着狂风，还是孤独地呆到死去不去欢迎任何水手？船呵！装载的是毒药还是葡萄？

1953 年秋，托马斯在第四次访问美国期间，因酒精中毒于 11 月 9 日死去。"太骄傲了，以致于不屑死去（Too Proud to Die）。"可他毕竟死了，年仅 39 岁，把自己的希望和骄傲留给了后来人。

迪伦·托马斯主要是一位抒情诗人，但是他的散文作品也构成了他全部文学创作的一个重要部分。他的早期散文创作，如收在《爱的地图》里的七个短篇，描绘了一个敏感的年轻人独特的内心世界，充满了梦幻的色彩和抒情气息。1940 年，托马斯出版了他的自嘲性的自传体小说集《艺术家作为一条小狗的画像》，别具匠心地在书名上模仿乔伊斯的自传体中篇小说《青年艺术家的肖像》。早在 1933 年，在给一个朋友的信中，托马斯曾经提到过"要像一条小狗一样跳入你自己的海洋"。在《艺术家作为一条小狗的画像》这本短篇小说集中，托马斯完全跳进了他的童年记忆的海洋。写"一本关于威尔士的书……一篇我在一些人物中间和在一些地方的个人历程的记载"是托马斯长期以来的愿望，不难看出这本短篇小说集中所收的作品大都是以他的故乡斯旺西和卡马森为背景的。在这些作品中，他摒弃早期创作中的超现实主义的笔法，语言流畅、质朴无华，形成了独特的散文创作风格。

1939 年托马斯曾经提到过：自己生活过的故乡人民需要一出属于他们自己的戏。在这前几年，托马斯还曾想过写一本纯威尔士的《尤利西斯》，反映威尔士一个小村庄 24 小时内的生活变化。这个愿望在广播剧《奶树林下》里得到了实现。剧在托马斯去世前一年完成，剧中既没有戏剧结构层次，又没有人物之间的戏剧性的矛盾冲突。相反，剧中的人物——一群居住在叫做拉里古勃的海滨小村庄里的人们在一天内各自倾诉内心的秘密。这种搀杂着幽默、情感和淫猥的言辞的技巧是模仿乔伊斯的《尤利西斯》的，但又有很大不同，即剧的大部分是用韵文写的，实际上是一个诗剧。剧的构思起于这么一个念头：监察员去走访一个村庄，由于这个村庄失去了理智而下令将它封闭起来，以免传染整个世界。然而最终这个村庄成为这个疯狂的世界里唯一幸存的头脑清楚、幸福欢乐的地方。剧中人物伊莱·詹金斯的评价如下。

我们生活在奶树林下的人们
并不是绝对的邪恶、绝对的高尚，
我知道，你是第一个人
看到了我们高尚而非邪恶的一面。

从上可知，托马斯在小说和剧本写作上也有独特的建树，发扬了威尔士民族的想象力，成就是巨大的。1953 年他以 39 岁的青春年华像流星一样陨灭了之后，作家安东尼·伯吉斯写道："托马斯的早逝使文学失去了一位重要的诗人、优秀的散文作家和有远大前途的戏剧家。"①

当代威尔士另有一个重要诗人，他就是罗纳德·斯图尔特·托马斯。他比迪伦·托马斯早一年出生，但是成名晚得多，到了 20 世纪 50 年代中期才引起英格兰文坛的注意。到现在则大抵留心英国诗歌的人都知道他了，并且有了不少崇拜者，评论界也认为他有当代别的诗人所缺乏的可贵特点。

这两位托马斯都写诗，然而诗的内容和写法却大为不同，形成对照。迪伦属于古代行吟诗人传统，又采取了超现实主义的手法，将宗教和潜意识特别是性意识结合在一起，诗中意象奇崛，联想突兀，在可解不可解之间，然而色彩神奇，节奏如唱歌如念符咒，自有一种叫人入迷的力量。R.S.托马斯恰恰相反，他的语言朴素，内容也实在、具体，不做任何浪漫的姿态，却写出了真正的威尔士。

住在威尔士会感到
黄昏时天空发狂，
如有鲜血泼洒，
染红了纯洁的河水
和所有的支流。
也会感到
盖过拖拉机的吼声，
和机器的低哼，
在森林里有战斗，
响鸣着疾飞的箭矢。
你不能活在现在，至少在威尔士不能。
语言就是一个例证，那柔和的辅音听起来很奇特。
深夜黑暗中有叫声，
是枭鸟在对月亮说话。
还有黑影重重，像是藏着伏兵。

① 安东尼·伯吉斯.英国文学 [M].伦敦：朗文出版社，1974：224.

蹲在田野边上不出声，
威尔士没有现在，
也没有将来，
只有过去，
一些脆弱的古董，
风雨侵蚀的高塔和堡垒，
连鬼都是假的；
倒塌的废石场和旧矿洞，
和一个无精力的民族，
由于近亲繁殖而衰弱不堪，
在一支旧歌的骸骨上捣腾。

以下为他刻画的一个农民形象。

他名叫泼列色启，不过是一个
威尔士荒山中的普通人，
在云山深处养几只羊；
碰到剥甜菜，他把它的绿皮
从黄色的菜筋削掉，这时他才
露出得意的痴笑；或者佳劲翻土，
把荒地变成一片土块，在风里闪光——
日子就这样过去。他少张口大笑，
那次数比太阳一星期里偶然一次
穿过上天的铁青脸还少。
晚上他呆坐在他的椅子二
一动不动，只偶尔倾身向火里吐口痰。
他的心是一块空白，空得叫人害怕。
他的衣服经过多年流汗
和接触牲口，散发着味道，这原始状态
冒犯了那些装腔作势的雅士。
但他却是你们的原型。一季又一季
他顶住风的侵蚀，雨的围攻，
把人种保留下来，一座坚固的堡垒，
即使在死亡的混乱中也难以攻破。
记住他吧，因为他也是战争中的得胜者，

星星好奇地看他，他长寿如大树。

没有一点儿美化，诗人是完全不带任何幻想来看威尔士的现实的，包括农村里两代人之间的潜在的仇恨。

> 佃户们
> 这是痛苦的风景。
> 这儿搞的是野蛮的农业。
> 每个农庄有它的祖父祖母，
> 扭曲多节的手抓住了支票本，
> 像在慢慢拉紧
> 套在颈上的胎盘。
> 每逢有朋友来家，
> 老年人独占了谈话。孩子们
> 在厨房里听着；他们迎着黎明
> 大步走在田野，忍着气愤
> 等待有人死去，一想起这些人
> 他们就像对所耕种的土壤那样
> 充满了怨恨。在田境的水沟里
> 他们看自己的面容越来越苍老，
> 一边听着鹬鸟的可怕的伴唱，
> 而歌声对他们的允诺却是爱。

这最后一行是讽刺之笔，人们告诫年轻人要爱长辈，实际上他们只有恨——巴不得这些老家伙早死！而这当中的主要原因是为了财产。

也许这强烈的仇恨是一种现代感情，也许这本是古老的感情，只不过过去隐藏在心里现在不怕公开了，那么这后者也是一种现代趋势。R.S. 托马斯毕竟是一个现代诗人，他笔下的威尔士并非所谓"永恒的威尔士"，它也在变，在表面的停滞之下缓慢地变着。

> 农村
> 谈不上街道，房子太少了，
> 只有一条小道
> 从唯一的酒店到唯一的铺子，
> 再不前进，消失在山顶，
> 山也不高，侵蚀着它的

是多年积累的绿色波涛，
草不断生长，越来越接近
这过去时间的最后据点。
很少发生什么；一条黑狗
在阳光里咬跳蚤就算是
历史大事。倒是有姑娘
挨门走过，她那速度
超过这平淡日子两重尺寸。

那么停住吧，村子，因为围绕着你
慢慢转动着一整个世界，
辽阔而富于意义，不亚于伟大的
柏拉图孤寂心灵的任何构想。

那挨门走过的姑娘就是变的象征——她的速度"超过这平淡日子两重尺寸"，而最后一节则意境突然放大：围绕着这小小村子有一整个外面世界在慢慢转动，一个超过哲学家所能构想的"辽阔而富于意义"的现实世界。

这个现实世界，R.S.托马斯并不喜欢。商业化更是他所反对的时代趋势。

时代

这样的时代：智者并不沉默，
只是被无尽的嘈杂声
窒息了。于是退避于
那些无人阅读的书。

两位策士的话

得到公众倾听。一位日夜不停地
喊："买！"另一位更有见地，
他说："卖，卖掉你们的宁静。"

诗人所难以忘怀的，还是威尔士民族的历史和传统。《家谱》一诗不过 21 行，却穿越了漫长的人类历史。

我是长长石洞的居住者，
洞是黑的，我在壁上用线条
画了牛。我的手最先成熟。
这是人类的开始，而最后的结局是：

> 我是新建城市的陌生人，
> 很快就花完了泪水的钱包，
> 于是塞进更实在的铜钱，
>
> 取自黑暗的来源。现在我站在
> 短短白昼的强硬光线里，
> 没有根子，却长了许多枝叶。

这所谓"新建城市"是指第二次世界大战后出现于英国的"新城"（New Towns），是"福利国家"的产物，其中一排排水泥屋子，很快就变成了新的贫民区，人们彼此是陌生的，靠泪水赚来的钱经不起花，于是从"黑暗的来源"另找收入。这样的地方只有"短短白昼的强硬光线"，"没有根子"，没有传统。

同样的历史感使他创作《塔利辛，1952》。

> 我曾是历史上的各类人物，
> 我感到世界和流逝的时间的神奇，
> 我看过邪恶，也看过阳光
> 赐福四月天空下无邪的爱。

塔利辛是古代威尔士的行吟诗人，据说在 6 世纪建立了威尔士文学传统。像许多传说中的英雄一样，他实是威尔士民族的集体象征，人们以为他曾目睹各时代的兴废大事，曾为魔术师、国王、逐臣，经验过人生的一切甘苦。

> 我曾是默林，在遥远的国家里
> 遨游于森林……
>
> 我曾是格林突尔，在无边的黑夜里
> 观测着星空……
>
> 我曾是戈隆维，不容于故土，
> 被赶到大海上去尝生活的苦味……
>
> 国王、乞丐、傻瓜，我全部当过，
> 知道身体的甜蜜，头脑的诡诈，
> 永远是塔利辛，我展示新世界的升起，
> 它倔强地美丽，为了满足心灵的渴望。

以上是 R.S. 托马斯站在 1952 年的台阶上回顾塔利辛过去多少世纪的变化得出的结论：不管怎样变化，内在的塔利辛是完整的，他追求各种经验，然而目的在于"展示新世界的升起"——历史感给了这位通常是苦涩的诗人以一点希望。

R.S. 托马斯是教士，职业的宗教人士，但他的宗教信仰是有过变化的。这在他的诗里也有反映。1966 年，《在教堂中》所述内容便来自他的教士生涯的实际感受。

> 黑暗中再无声音
> 除了一个人的呼吸
> 他在向空虚考验
> 他的信念，把问题
> 一个个钉上无人的十字架。

每当礼拜结束，教堂无人了，灯也关上了，他感到一阵空虚，于是对着十字架提出各种疑问。基督教新教的十字架是不同于天主教的，不把耶稣钉在架上，因而是"无人"的，现在却成了诗人把疑问集中的所在——只不过他用了一个令人惊讶但又完全是适合的形象：一个个"钉"在那里。于是"无人"也有了更深的含义：何止十字架上无人，也许耶稣基督已经根本不存在于人们心里了。

他经常同上帝进行着对话。有时候，他甚至像《旧约》中约伯那样质问上帝。

> 在你为我盖的
> 教堂里，你却向机器
> 屈膝

有时候，他听到了上帝的回答而感到宽慰。

> 宗教已完结。
> 什么将从新月的
> 身体里出现，
> 无人能说。
> 但我的耳朵听到了一个声音说：
> 为什么这么急，
> 凡人？连这些海洋
> 都受过洗礼。这教区里
> 有一个圣徒的名字，时间也无法
> 免去他的圣职。

经过疑问，证实，再疑问，再证实，诗人最后的决心如下。

> 我孤独一人
> 立在一个转动的星球的表面。能做什么？
> 只能像米开朗琪罗的
> 亚当，把手伸进不可知的空间，
> 期待有接应的手来触碰。

这向不可知的空间伸手是一个悲壮的行动，因为是伸向神秘莫测的洪荒，但是对于必有另一只大手来接应的信心鼓舞了诗人，使他感到他毕竟是有一种力量可以依靠的。

上面的例子都说明一点，无论写威尔士的地与人，还是写自己的宗教情感，R.S.托马斯都异常真诚，不做任何伪饰。

他的诗歌语言也是朴素的。如果有任何一点玩弄辞藻、卖弄技巧，那么效果就会完全不同。

然而他的诗里并不是没有艺术。朴素而不平淡，这当中就有艺术。

他在《农村》寥寥几笔就描出一幅饶有意味的风俗画。

> 晚上他呆坐在他的椅子上
> 一动不动，只偶尔倾身向火里吐口痰。
> 他的心是一块空白，空得叫人害怕。
> 又如：
> 很少发生什么；一条黑狗
> 在阳光里咬跳蚤就算是
> 历史大事。……

他用的形象对内容十分贴切，但又常有令人吃惊之笔。上面提到过的把疑问"钉"上十字架就是一例。《威尔士风光》的开始是另一明显的例子。

> 住在威尔士会感到
> 黄昏时天空发狂，
> 如有鲜血泼洒，
> 染红了纯洁的河水
> 和所有的支流。

这就不止使人吃惊了，而使人想到了暴力。同样有暴力威胁的还有前面引用过的《佃户们》中所述内容。

　　　　扭曲多节的手抓住了支票本，
　　　　像在慢慢拉紧
　　　　套在颈上的胎盘。

　这就把"痛苦的风景"的实质形象地表达出来了。
　以《钟楼》例，说明他的形象的特殊力量。

　　　　有些时候
　　　　一片黑色的浓霜笼罩了一个人的
　　　　整个生命，他的心吊在
　　　　骨骼的钟楼上，默不作声

　这里"黑色""浓霜"都是极普通但又富于情感的词，而"心吊在／骨骼的钟楼上"则是不常见的比喻，合起来造成肃杀可怖的效果，强调了他曾有过的绝望心情。这里的用词、形象和意境有点像17世纪英国诗剧中的某些段落了。

　他写得异常简洁，但又能小中见大，于是而有从一个停滞的村子跳到转动着的外面世界的意境上的突然放大。我们已经提到过的亚当"把手伸进不可知的空间"当然是更惊人的放大，用意在把宗教信仰放在创造宇宙的大背景之内。

　由于这一切，还由于他在节奏上有时采取霍普金斯式的"跳跃节奏"，他表面平静的诗行实际上是很有戏剧性的，朴素的语言实际上是充满强烈情感的。

　他也有放松的时候，如这样讨论诗艺。

　　　　夜饮谈诗
　　　　"听着，诗应出之天然，
　　　　像花茎，以粪为肥，
　　　　在迟钝的土壤里慢慢生长，
　　　　终于成为不朽的美丽白花。"

　　　　"天然？别见鬼！乔叟怎么说的，
　　　　做诗需要长年的辛苦，
　　　　不辛苦诗就没有血液。
　　　　听任天然，诗只会乱爬，
　　　　像枯草一样无力，又怎能穿透
　　　　生活的铁壳！伙计，你得流汗，
　　　　得苦吟到断肠，如果你想
　　　　搭个楼梯接诗下凡。"

　　　　"你说这话
　　　　像是从来没有阳光突然照亮心灵，
　　　　使它不再在黑路上摸索。"

　　　　"阳光得有窗子
　　　　才能进入里屋，
　　　　而窗子不是天生的。"

　　　　就这样，两个老诗人
　　　　拱肩喝着啤酒，在一个烟雾腾腾的
　　　　酒店里，四周声音嘈杂，
　　　　谈话人用的全是散文。

　　诗写得自然、生动、跌宕自如，而最后忽来新意：诗的对手毕竟是无所不在的散文。

　　回头来看，迪伦·托马斯与 R.S. 托马斯代表了当代威尔士诗的两个方向：一个色彩鲜丽，韵律迷人，联想丰富而奇特，是浪漫的行吟式的诗；另一个像经过多年雨水冲刷过的白石，用非常朴素的词句写古老而又有现代意义的题材，是沉思的诗，经得起一再重读。两人合起来，使威尔士的诗歌在 20 世纪得到了新的发展。

　　格温·托马斯生于朗达山谷的波思，在全家 12 个孩子中排行最末，他的父亲是个出生于美国的煤炭工人，母亲在托马斯年仅 6 岁时"由于生育太多"，加上她为矿工做油布的"小棚子里空气污染"，积劳成疾，不治而死。他尽管家境贫苦，可学业却取得优秀的成绩，在波思中学获得了奖学金进入牛津大学专攻西班牙语。

　　有关这一时期的生活，格温·托马斯写了不少自传体的作品，经常将痛苦的贫困转化成闹剧和杂耍剧场里的滑稽台词。小说《几个选择好的出路》主要是关于"贫困所具有的腐蚀性的分裂，自我重要性，对得势者的无视，对各种引不起重视的努力的失望，学术思想的沉闷"，并包括不少幽默的片段。对他在大学期间生活的最好的写照无疑是收入麦克·克蒂芬斯编的《威尔士艺术家》一书中的一篇他写的短文。他写在牛津读书期间，经济经常拮据，孤独寂寞，郁郁寡欢，常有一种被社会抛弃的感觉。同时他还记述了 1933 年他离开牛津去马德里大学的六个月间是如何寻找创作的主题的。

西班牙弥补了我在牛津所感觉到的受到了腐蚀的人性。游荡徘徊于阿斯图里亚斯的谷壑间，以订我在蜿蜒的山腹间和小伙子们闲聊时产生的信念更加坚定了：独特的幽默风格有待于开创在有社会觉悟、政治敏感的工人阶级，广大的选民，那些用锐利的冷嘲在改变我们大家命运的人和那些掏尽腰包才能买上一条鱼但却拥有黄金前程的人们之中。

戴维·史密斯曾在一篇 1982 年发表的纪念文章中这样评价过格温·托马斯的重要性。

格温·托马斯在捕捉大多数威尔士人的经历的意义和重要性方面，超过了 20 世纪所有其他的作家。他的小说和剧本在风格上谨慎地摆脱了自然主义的风尚，形成了对工业化南威尔士的意味深长并常带有毁灭性的评论，一生中他目睹了这个地区的文化从兴旺走向衰亡以至最终沉沦。

紧接着史密斯又说道：格温·托马斯绝不仅仅是一位"地方主义的小说家"，他的主题尽管有着浓重地方色彩，却总是围绕着"挣扎出人类困境的全体人类"——他的作品在美国的空前成功证实了这一点。

格温·托马斯大部分小说的主题和背景都和 20 世纪 30 至 40 年代的威尔士朗达山谷有关。然而尽管他的作品有着如此统一的背景，他的小说在风格和形式上丝毫不见任何胶柱鼓瑟的痕迹。他主要是位幽默家，其次才是讽刺家，他的所有作品都浸透着他对工人阶级的理解和同情。他笔触幽默，噱头迭出，而这些幽默感又是从他对社会邪恶的无限愤慨中产生的。对于威尔士，他有自己的切身体会，其中不乏令人激动的快乐回忆，但总的感觉是一片混沌黑暗。正如他在他最后的一出广播剧《忧郁的执火炬者》中所表明的那样：威尔士人似乎"喜欢失败"，因为他们是忧郁的、焦虑的、痛苦的执火炬者。

格温·托马斯的性格及其创作的两重性集中表现在临去世前两个月在病榻上口授的一封信中。

如果要一篇关于我自己的文章，那么我认为最重要的便是去研究环绕着我那有关生命的中心幻象的乌色黑圈……那将开怀大笑的天生本能变成失望主题的邪恶奇迹使我迷惑了。换句话说：我们回复了古老威尔士的精神变态，而这精神变态集中了布道者显而易见的痴呆癫狂和采矿工人阴郁悲惨的散光乱视。

1938 年，格温·托马斯和艾伦德结婚，同年搬往曼彻斯特，在国会"社会服务"部门做教育官员，可他并不喜欢这项工作，所以在 1940 年转到卡的干镇的学校教书。1942 年，他又转到南威尔士的巴利中学任教，并在那儿待了 20 多年，直到退休才结束他身兼作家和教员的"冒险的双重身份"。

> 教书给我带来了无限的欢乐和丰富的营养……学校为我提供了无可比拟的创作背景。教室里那帮厚脸皮的孩子帮助我减掉了一些从小便笼罩着我的那种漫长的虚无缥缈的感觉……

1940 年，格温·托马斯开始着手创作《何处托放我的怜悯》，同年完成了《阴郁的哲学家》。然而，这两部作品都在第二次世界大战结束后才得以发表。它们已露出了他后来的创作风格的端倪：语言流畅，想象力丰富。

格温·托马斯小说创作的一大特点便是作品里有一群叙述人：一群收入仅敷支出的工人在工人协会、意大利咖啡馆、电影院，甚至街头巷尾相遇，共同讲述着他们的生活以及各自的社会观点。在《阴郁的哲学家》中，读者最初接触到这群叙述人——"我们"。格温·托马斯称他们为"我们这个时代有社会觉悟、政治敏感的工人阶级"。在描写这群人的时候，他常常摒弃喜剧色彩极强的语言，而去采用令人难以忘怀的"雄辩"风格。

> 你可以在一些博学的著作里读到有关贫困、压迫和人类受挫失败的故事，看到弱者被一帮愚蠢的家伙压榨折磨的悲惨景象，会感到你的大脑灼燎燃烧，但是在万籁俱寂的黑夜，坐在铁椅上冥想一下即将降临在一位"愚蠢"的牺牲品头上的死亡，这位遭难者为了给自己及其子女赢得符合文明标准的礼仪端庄，比起历史上倍受崇敬的狒狒们为了探查自己的王国、露天磨坊和煤矿，投入了更多的智慧、力量和勇气，而死去时却毫无功名，除了留下一片纷杂混乱的地狱外，没有任何可以目睹的建树，想到这一切，你的大脑所体验的要远甚于灼燎燃烧，而成为飞扬的灰色焦炭末。

在《孤独相对》中，四个叙述人企图帮助一位爱上了当地浪子的不幸姑娘欧诺娜。小说的中心人物是欧诺娜的父亲莫里斯，格林·琼斯将他描写为"一个堕落的、被他生活其中的野蛮的社会和工业环境摧残了的低能儿"。琼斯曾把格温·托马斯称为"我们中间一位脱颖而出的惊世天才"。他中肯地指出了这部小说的妙处和缺点。

> 小说中的叙述成分不仅仅是展示托马斯先生作为一个幽默家所具有的艺术趣味的托词……最主要的不足是作者有意造成的灰色和如裹尸布一般的结构特征，以及不愿从内在性格来区别人物，有时文笔啰唆冗长。作品的优点是幻象协调一致，具有开创作者自己天地的力量……以及基于严肃、令人难以置信的和不可调和的现实事物上的幽默。

《一切都背叛了你》是格温·托马斯另外一本重要的作品，小说中的人物无论是在什么背景中都是轮廓清晰，言语幽默。有些评论家批评这部作品将 19 世纪的语言和思想现代化了。另有一些评论家接受了这种"时代错误"（Anachronism），并把它看作格温·托马斯的一种写作技巧。例如，美国作家霍华德·法斯特将这部小说视为"现实主义和历史观点上的一大飞跃"。

《一切都背叛了你》描述的是蒙里的一座虚构的钢铁城市里所发生的一场暴乱冲突，它很像 1831 年在默瑟尔提德维尔发生的那场流产了的暴乱，由于它而促发了 20 世纪 20 至 30 年代间的朗达起义。用小说中的叙述人竖琴师的含糊的话来说，"一首崭新、宏伟的音乐"定会促发类似的但一定会成功的事件。竖琴师休·利来到蒙里，想来劝说他的朋友西蒙·亚当斯离开这多事之地，和他一起回到北威尔士安宁的乡村居住。亚当斯是当地受压迫的钢铁工人的头领，渐渐地休·利受到了他的朋友的影响，同情心和愤慨与日俱增，最后终于放弃了自己中立的原则，加入了浩浩荡荡的工人队伍。在一次火炬示威游行中，钢铁大王潘伯利实弹镇压了工人的行动，亚当斯被枪杀，休·利侥幸逃过绞刑，最后离开了蒙里。

小说通过受压迫的工人和他们的压迫者的话语描写了蒙里的社会情况。面对压迫者和一群甘做其帮凶的社会残渣，工人的领袖亚当斯所具有的"乐观的天真"使他没有看到压迫阶层邪恶的本性，并且阻碍了他在必要的时刻采取有效的行动。亚当斯的形象代表了以不同的形式反复出现在格温·托马斯后期小说中的"失败了的领袖"这个主题。格林·琼斯对《一切都背叛了你》的评价如下。

> 《一切都背叛了你》是部渲染献身精神的感人至深的小说。它主要描写的是残酷、背叛、绝望以及失败。同用一阵哄笑来表现人类荒诞虚伪的作品《世界听不见了你》相比较，《一切都背叛了你》是一部悲壮的作品，但是作品中依旧存在着希望。书中的人物、话语及事态都有不少喜剧的成分。

这些特色使这部小说成为格温·托马斯最优秀的作品之一。

20 世纪 50 年代是格温·托马斯创作的高峰：除去两部短篇小说集和 12 个广播剧外，他还创作了六部长篇小说。其中的第一部《世界听不见了你》将背景置于 20 世纪 30 年代的朗达，由四个朋友做叙述人。小说包含了格温·托马斯最阴郁，然而又是最可笑的喜剧成分，揭示了一对兄弟的毁灭——温和、无所希求的奥姆利和有抱负、前途无量的赫姆洛克。兄弟俩从北威尔士来到梅多·普罗斯派克以求生计。书中奥姆利是所有的人戏谑的对象。小说的第一部分描述了兄弟俩在地主斯特朗的帮助下去开垦山边一片多石的土地，以求得安宁和暖饱，可到头来却被地痞葛辛所骗，新建的家园和开垦的土地被各种自然灾害所毁。葛辛这个人物，用罗格·斯蒂芬斯·琼思的话说，集中表现了格温·托马斯的作品中可以看到的弱者的两大对头："有男子气的蠢人和节俭的食肉动物"。他是下层阶级最可怕的敌人，因为他本人便来自下层阶级，他懂得他们的痛苦，并因此而从中得利。

小说的第二部分进一步描写了葛辛是怎样控制住奥姆利，使其在精神和肉体上彻底地毁灭。小说的第三部分描写了奥姆利的小丑角色。这一部分的悲惨然而又无比滑稽的场面产生了一出令人落泪的闹剧。

这一时期，格温·托马斯创作的另一部小说《领我们回家》情节很简单，但人物性格和喜剧场面变化多端。

20世纪50年代初，一家地方报纸要求他写一部关于学生的小说，为此他于1953年完成了《欢嬉时的严寒》。作品反映了作者在中学教书时的经历。它的背景是第二次世界大战期间的一个春天，格温·托马斯依旧以风趣的文笔来描写残酷的现实。作品的结尾又一次概括了他全部创作的主题——不可避免的人类失败：学校的孩子们开始意识到那种田园的安宁恬静不过是一场幻觉，任何洋溢着人类欢乐的地方，都有一场严寒在悄悄袭来。

20世纪50年代，格温·托马斯创作了《支持我的陌生人》《爱人》等长篇小说。50年代的结束宣告了其长篇小说创作的终点。写完《爱人》后，他开始转向短篇小说和戏剧创作。早期小说中的手法和风格仍渗透着他的剧本。也许对他戏剧创作的最好评价是伯纳德·莱文在《星期日时报》上发表的对最后一部剧作《破坏者们》的评论。

> 这是一部宏伟杰出的作品：稳健而丰富，多彩而灵巧，内容滑稽，追根寻底，刚强，枝节众多，明快爽人。总之：勃勃有生气。

作为一个小说家，格温·托马斯发展了与其所创造的世界相适应的风格。他的世界是理性言语的，常缺少感官和形象的成分。他的创作离不开他的幽默和巧辩。斯蒂芬斯·琼思在企图解释格温·托马斯混杂着无情嘲笑的怜悯时，发现他的作品具有一种"哲学的反省"。这种"哲学的反省"实际上是构成萨特、加缪、尤内斯库等存在主义的荒诞派作家作品的主要特征。作为教授语言的教师，格温·托马斯也许很了解当代欧洲大陆的各种文学思潮，然而他的幽默在更大的程度上是他个人经历的产物。

1981年，格温·托马斯去世时，他的声誉建筑在两个带有讽刺意味的事实上：在创作中他是位道地的威尔士人，然而他的天才却在威尔士境外得到极高赏识。再者，尽管他是位无产阶级的小说家，然而文学评论家和读者所铭记的并不是他的社会激情和正义感，而是他别出心裁的奇想、独特的语言天赋和生生不息的幽默感。

对格温·托马斯的幽默感进行了评论，并把它放在整个现代威尔士文化之内来考察的人是马克思主义文论家雷蒙德·威廉斯。他指出当代威尔士社会有两个趋势：流动和重生，即或者脱离故土向外流动，或者留在故土保持和刷新独特的传统。第二个趋势在文化上表现为一种特殊风格："生气勃勃的、嘲弄的，甚至鲁莽的风格，它在文学上的最好代表者就是那位卓越的小说家格温·托马斯。"[①]

有意思的是，威廉斯不仅喜爱格温·托马斯的小说，他自己除了写文论，也写小说，长篇就有两部：《边境》和《第二代》。之后的小说家中，成就较大的是艾米尔·汉弗莱斯，他写了两部长篇，即《倾听和宽恕》和《琼斯》。

除了小说家之外，还出现了一群新的成就卓越的历史家，其主要人物是格温·威廉斯和戴·史密斯，他们都是主张重振威尔士当地传统的。这些事实表明：在经过英格兰文化几百年的侵蚀后，虽然威尔士语的使用者不多，但是威尔士文化连同它的文学仍然在发展，其变化还有待继续观察。

第四节　戏剧的再次振兴

一、掀起戏剧创作新高潮："愤怒的青年"

1956 年，英国上演了一出新戏：奥斯本的《愤怒的回顾》，这是一批被称为"愤怒的青年"的戏剧家、小说家中的重要作品，也标志着 20 世纪英国戏剧第二次高潮的开始。

"愤怒的青年"是 20 世纪 50 年代英国文坛上重要的文学运动，反映战后英国社会人们的思想情绪和苦闷。年轻一代不满足于生活的些微改善，他们期望社会能够提供更好的结构形式，让他们有更多的发展机会，但是现实让他们失望了。青年作家们由不满而痛苦，由痛苦而愤怒，以小说和戏剧作品来抒发情绪，这场运动随着《愤怒的回顾》的出现达到了高峰。"愤怒的青年"剧作不仅反映了一代人积聚的不满情绪，也标志着一个新的戏剧方向，即写反映下层阶级生活的现实主义戏剧，有人将这类戏剧与舞台上流行的起居室为背景的喜剧相对，称为"厨房水槽"剧。剧中以工人阶层的人物为主角，反叛社会中上层资产阶级，但剧作者表达的情绪不限于工人阶级，而反映出整个英国社会青年一代的不安、躁动和

---

① 雷蒙德·威廉斯.我要说的话[M].伦敦：哈钦森出版社，1989：61-62.

挫折感，向社会提出情感强烈的抗议。1956 年以后，剧坛呈现活跃景象，许多剧作家写作现实剧、荒诞剧，或两者因素兼而有之的戏剧。英国戏剧至今仍是西方戏剧中最有活力和影响的部分。

约翰·奥斯本出生于大危机开始的那一年，12 岁丧父，母亲是酒吧女侍。奥斯本 18 岁便辍学谋生，先后在学校和杂志社工作，但真正让他找到志趣和才能所在的是戏剧事业。《愤怒的回顾》的上演引起了观众极大的兴趣，尤其是在战后成长起来的二三十岁的年轻人们对之产生了很大的共鸣。主人公吉米·波特出身工人家庭，在战后接受了高等教育，尽管他有才能，但他明白上层社会总是在他们上升的道路上设置障碍，他只有向出身中产阶级的妻子艾莉森发泄自己的沮丧和愤怒。作者在剧中恢复了忽略已久的戏剧手段：激烈的长篇演说，借人物之口抨击时政，表现在现实中找不到出路的一代人的焦虑心理。戏剧形式上采用了传统的现实主义戏剧手法，全剧主要是主人公独白，略加上其他角色的话。《演唱者》中的音乐厅演唱者阿基莱斯也是生活道路上的失败者，在时代的重压下苦苦挣扎，父子两代喜剧演员的命运成了摇摇欲坠的帝国的象征。他的历史剧《路德》也享有盛誉。奥斯本在 20 世纪 60 至 70 年代创作的剧作都不如他作为"愤怒的青年"戏剧代表时的创作受到热烈欢迎。

阿诺德·威斯克也是"愤怒的青年"的代表性剧作家，对 20 世纪 50 年代戏剧更新做出了贡献。他常以伦敦东头的犹太家庭为题材，表现个人与社会压力之间的冲突。《大麦鸡汤》从犹太人观点向分崩离析的英国社会提出抗议。战前，穷苦的犹太工人因他们对社会主义的信仰和对法西斯主义的仇恨而团结在一起。战后，年轻一代发生了变化，比他们的长辈更个人化，到 60 年代，已长大成人的青年们有的致富，只顾自己；有的仍然受穷，失去了社会主义信仰。只有 30 年代的老共产主义者还坚守信念，但他们已老弱，徒劳地劝说儿辈去关心整个社会。这部剧作与《根》《我在谈论耶路撒冷》构成了《鸡汤》三部曲，1960 年上演时给了观众深刻印象。作者把戏剧看作促使人们逐步觉悟的手段，把工人阶级从怠惰漠然的状态中唤醒过来，引向社会主义，从目前的困境中解救出来。威斯克非常熟悉社会俗语和地方方言，戏剧对话采用通俗语言，后来的剧作在现实主义手法上又加上了寓言色彩。

二、反传统的新戏剧：荒诞派戏剧

荒诞派戏剧是战后西方戏剧界最有影响的流派之一，于 20 世纪 50 年代初出现于法国。尤内斯库、贝克特、阿达莫夫等剧作家从存在主义观点出发，打破了传统戏剧的写作手法，借助各种舞台手段，揭示人生的荒诞性、人类存在的虚无性，以荒诞的形式来表现荒诞的内容，反映荒诞的世界和人生。合乎逻辑的传统戏剧结构被杂乱无章、几乎无情节的表现方法所取代；具体的时间、地点不复存在；稀奇古怪的舞台形象，机械可笑的动作，灯光和音响的特殊运用，文不对题、毫无意义的语言，共同体现人生现实的不合理性。荒诞派戏剧的影响从 20 世纪 50 年代后期起传遍西方。

塞缪尔·贝克特是法国籍的爱尔兰人，用法语写作，又把自己的大多数作品译成英语。他学生时代游历巴黎时，曾担任现代派作家乔伊斯的秘书，深受他的创作的影响，1936 年后定居巴黎。他从 20 世纪 20 年代末开始写作，最初写诗歌、小说和评论文章。他的现代主义诗作《妹子镜》比艾略特的《荒原》还要晦涩难懂。1946 至 1950 年，他写了三部曲小说《马洛依》《马隆纳之死》和《无名的人》。他的代表作是剧本《等候戈多》，这也是荒诞派戏剧中最有代表性的。戏没有什么情节，两个主人公在一条村路上自称等待戈多。第二天枯树长出了新叶，两人还在苦苦地等待。他们胡言乱语，行为荒谬可笑，等待戈多是唯一的生活内容和精神支柱，可是就连虚无缥缈的希望都"迟迟不来，苦死了等待的人"。戈多是谁，为什么要等他，剧中都未作交代。没有剧情的发展，没有戏剧冲突，出现的是乡间荒野枯树和似乎失去正常思维、语言能力的人物，正是在这混乱、荒诞中揭示了"人类在一个荒谬的宇宙中的尴尬境地"。在《最后的一局》《啊，美好的日子》等剧作里，人物不是轮椅中的瘫痪者，垃圾桶里的残疾人，便是浑浑噩噩的混世者，他们身残志缺，精神空虚，没有希望，在啰唆的废话、无聊的举动中苦捱时光。

哈罗尔德·品特是英国荒诞派戏剧的代表人物。他生于伦敦东部哈克尼一个犹太穷裁缝家庭，在第二次世界大战的阴云下度过青少年时期。1948 年他在美国皇家戏剧学院学习，演过戏，1957 年写出他的第一个剧本《一间屋子》。在法国荒诞派的影响下，他进行新的戏剧实验，创作了《生日晚会》《升降机》《看管人》等著名剧本。他深受贝克特和奥地利作家卡夫卡等人的影响，表现荒诞派戏剧共有的主题：外界荒诞不可捉摸，人与人之间互相隔绝，人失去了自我，成为"非人"等。他剧中的人物常受到某种来自外界的威胁，他们处在恐怖中，相互间又无法交流和沟通。他常以一间屋子作为展开剧情的场所，"屋子外面是一个向他们压下来的可怕的世界"（品特语），评论家把他的作品称为"威胁的喜剧"。《一间屋子》里上了年纪的赫德夫妇住在租来的房子里，房子破旧不堪，里面只有一点亮光，老夫妇在屋里才有一点安全感。一对年轻夫妇和失明的老黑人先后来租房，接着赫德太太也莫名其妙地瞎了眼。《生日晚会》描写钢琴家斯坦利在演出失败后避居在一个海滨公寓，不与外界来往，也不为女房东和一个姑娘的纠缠所动。两位来客扰乱了他的安宁，在他的生日晚会上，来客对他兴师问罪，斯坦利惶恐不安，精神失常，被送进医院，成了任人摆布的木偶。全剧内容无逻辑性，人物行为古怪，对话难以理解，但制造出噩梦般的恐怖气氛。《看管人》里阿斯顿带回了一个老流浪汉戴维斯，而他自己的生活与流浪汉一样漫无目标，他的家只是堆杂物的破旧房子，这个家还遭到戴维斯的觊觎并试图侵占。品特描述的情景是荒诞离奇、神秘恐怖的，但又扎根于战前和当时英国人的日常生活中，人物多是失业者、小职员、流浪汉及其他下层人物。他善于运用象征和比喻的手法，对话很少，意义含混又能切合他们身份、性格特点。他是英国自己的"荒诞派戏剧"的代表。2005 年，品特获得诺贝尔文学奖。

第五节　广播和电视文学

加拿大著名通信理论家马歇尔·麦克卢汉曾经指出，自从人类进入 20 世纪以后，书本的时代从理论上说便开始瓦解。新一代的电子传播媒介正逐渐将世界变为一个全球性的巨大村落。的确，20 世纪的新科技——广播与电视也开创了一个文学发展的新纪元。书本对于文学的垄断被打破，文学以新的形式向大众迈进了一步，展现出新的、巨大的活力。

在英国，最早进行无线电广播的机构就是国立的英国广播公司（BBC），其无线电广播于 1922 年 11 月正式开播。最初只设有两个频道，节目无论雅俗，统统在这两个频道中播出。第二次世界大战之后，公司一改旧制，分门别类地开辟了三个频道：一雅，一俗，一雅俗兼容。这格调高雅的频道便是人们通常所说的"第三套节目"。这套节目反映了当时英国知识阶层的趣味和欣赏格调。许多严肃的文艺节目都是在这套节目中播出的，如古典及现代派音乐、学术演讲、诗歌、广播剧。在提高大众审美趣味方面，第三套节目功不可没，虽然它仅存在了 20 年。到了 1967 年，英国广播公司又动了一次"大手术"，频道增加到了四个，并且有了明确的分工：第一频道播送摇滚乐；第二频道播放通俗节目；第三频道趣味高雅，主要播放古典音乐；第四频道则除了新闻述评之外，还播出大量的古典与现代的广播剧作品。

世界上第一部广播剧是 1924 年在英国问世的。这是一部极短的作品，名叫《危险》，其作者是理查德·休斯。该剧本身虽然并非佳作，但它有着划时代的意义，标志着一种新的文学形式的诞生。第一部长度与舞台剧相当的广播剧是雷金纳德·伯克利所创作的《白色别墅》。这部作品表现的是第一次世界大战期间发生的事情，于 1925 年的停战纪念日播出。从此之后，文化界的一些有识之士便看中了这片新开垦的处女地，并在其中辛勤地耕耘。到了 20 世纪 30 年代初，英国广播公司每年已经能制作 50 部广播剧，不过，其中大部分作品都来自现成的剧作或从小说移植，极少有专为广播而写的作品。

第二次世界大战期间，由于战争的缘故，人们常常滞留家中，于是广播剧的听众陡增，这种情况一直持续到战后。例如，1955 年时，有些节目的听众人数达到英国有史以来的最高峰，有六七百万之多。不过，这时听众人数虽多，但高质量的剧本十分鲜见，播放的大多是移植作品。当然，优秀的广播剧作品也出现了一些，如弗尼德里克·布拉德南的《个人的梦想与公众的恶梦》、贾尔斯·库珀的《卢法树下》。然而，面对着一个如此庞大的广播剧市场，仅有几部优秀的作品显然是远远不够的。

从 20 世纪 50 年代中到 60 年代初，由于电视的兴起，广播剧的听众人数锐减。这无疑沉重地打击了广播剧的制作者们，不过同时这也迫使他们去反思如何在绝境之中求生存和发展。从这时起，广播剧这一形式才真正开始发挥其本身潜力。广播圈外的名家作品已经不再是广播剧的主要源泉，专为广播剧而写的剧作占据了主导地位，作品的质量有了相当大的提高。

广播剧作为一种艺术形式，有着其他形式无法取代的特点。与舞台剧和电视剧不同，它不依靠形象，而只依靠语言的力量去震撼人心。它能制造一个现实世界无法比拟的天地，也能通过激发听众的想象力自由地超越时空。这些特点既限制了剧作家，又给他们提供了可能性。广播剧正是靠着这些独特的品质，加上日臻完善的音响技术给作家们提供的日益增多的艺术手段，才终于能在今日电视艺术的冲击下依然顽强地占据着英国文化市场的一隅。

然而，对于广播剧这一新兴的艺术形式，英国文化界的权威人士一向采取一种保守的、不屑一顾的态度。一些人拒绝承认这样一种在短时间内便吸引了成千上万听众的形式有任何艺术性和文学性可言；有人甚至认为广播剧作家们是在浪费时间。即使是在今天，持这种观点的人依然很多。

但是，正是这样一块为一些人所不耻的"是非之地"，却为英国训练和培养了众多的剧作家（包括舞台剧作家和电视剧作家）和诗人，因为许多颇有成就的剧作家的创作生涯都是从为英国广播公司写广播剧开始的。其中有些人最终成为著名的文人，如迪伦·托马斯、塞缪尔·贝克特和哈罗德·品特。从某种意义上说，广播剧这块领地的确称得上是英国剧作家的摇篮，为英国当代戏剧文学的发展做出了不朽的贝献。

在英国广播剧的发展历史上,涌现出一大批有才华的剧作家和编导人员。其中比较引人注目的是贾尔斯·库珀、蒂龙·格思里和路易斯·麦克尼斯。

贾尔斯·库珀称得上是广播剧的元老作家。他曾留学法国,后来入戏剧学院学习。第二次世界大战时他当过几年兵,退役之后又演了几年戏。20世纪50年代中,他开始为广播进行创作,主要作品包括《马斯里·比康》《卢法树下》《昂曼、威特灵和齐戈》《星期一以前》,等等。库珀的作品从表面上看似乎松散不着边际,而实际上他是以讽刺的手法表现了人在现代工业社会中进退维谷、无法挣脱的困境。例如,他的《卢法树下》的主人公爱德华·斯维特就是这样一个人物。剧中,爱德华一边洗热水澡一边自我陶醉在美好的想象之中。他回想起自己以前中学的校长,又想起部队里的中士,他还想到了电台的节目主持人和自己的父母。他甚至梦想着自己已荣获维多利亚十字勋章,并神气十足地参加了一次广播知识竞赛。可不幸的是,澡洗过之后,他便照旧落入现实的怀抱,回到他乏味的日常生活之中。

另一个绝好的例子是他的《星期一以前》。这也是一部具有讽刺意义的作品。一位以替人送鲜花为业的姑娘碰到了一位因神经脆弱想要自杀的男士。这位先生的联想简直太丰富了,乃至无论他做什么事都会激发他无穷无尽的思绪。他既不能刮胡子,也不能享受沙丁鱼罐头,因为刮胡子能使他联想到从采矿直到制成刀片等一系列加工过程;而面对鱼肉罐头则会使他神游马口铁的产地秘鲁和捕鱼人的国度。姑娘再三劝他不要去钻牛角尖,而要面对现实。他终于回心转意,放弃了轻生的念头,愉快地走进了教堂。然而就在此刻,教堂的钟声打开了姑娘思想的闸门,引发了她对撞钟复杂过程的无休止的联想。

库珀一方面自己创作广播剧,另一方面也把经典小说改编成广播剧。他曾成功地改编过狄更斯的《奥列佛·特维斯特》和戴维·哈华斯的《斯蒂利亚的一夜》。

由于库珀对广播剧事业做出了令人瞩目的贡献,英国从1978年起开始设立"贾尔斯·库珀奖",每年奖励一批优秀的广播剧作品。

蒂龙·格思里曾就读于牛津大学,20世纪20年代初当过演员。他也是最早为英国广播公司创作广播剧的作家之一。他不但是剧作家,更是一位才华横溢的导演。他曾在伦敦的威斯敏斯特剧院、老维克剧院和韦尔斯剧院担任导演工作,获得了独创性导演的声誉。由于他在舞台剧导演方面的名气很大,他在广播剧方面的贡献便没有得到应有的注意。其实,他在广播剧方面的工作不会不影响到他对舞台剧的处理,而他的广播剧作品则推动了当代戏剧的发展。格思里创作的重要广播剧包括《松鼠笼子》《花非任你摘》《米奇纳的狗》等。

在剧本创作上,格思里反对自然主义的写作方法。他认为过分忠实于现实必然导致作品枯燥无味。因此，他作品中登场的都是些社会中的典型人物，目的主要是为了能表现他们所遇到的社会与政治方面的问题。他的《松鼠笼子》一剧的主人公便是这样一个典型。这位名叫亨利的年轻人在伦敦城里的一家办事处供职。每天他都须从市郊的住所赶到城里上班。亨利总想冲破这单调乏味的生活，到大千世界中去闯荡一番，但他的努力没有能够成功。对于亨利所遇到的问题，大多数听众都会有同感，虽然他们自己的生活方式可能与亨利的不尽相同。

格思里还被认为是一位具有先锋派创作倾向的剧作家。他的许多作品都采用了反传统的、现代派的创作手法。正因为如此，他的一部实验性作品甚至遭到英国广播公司的拒绝，未被采用。这类作品中有代表性的就是他于1959年创作的《米奇纳的狗》。

这部剧从头到尾均采用独白。剧的主人公是一位老护士，她一边照顾一位半身不遂的老年军官，一边不断地述说着她的思想。外面传来阵阵犬吠声，她对打狗的人表示愤怒，因为这样做近似残酷。其实她是在影射那位病人的境况，体现了她的同情心。她就这样自言自语地述说着，直到剧终。该剧尤其适合广播的特点，演出时配上音响效果，其效果远胜过舞台演出。

路易斯·麦克尼斯是诗人兼剧作家。他毕业于牛津大学，20世纪30年代初曾在伯明翰大学讲授古典文学，后又在伦敦一所女子学院教希腊文。他出版过十几部诗集，如《盲目的烟火》《诗集》《秋天日记》《燃烧的栖木》。除此之外，他还发表了不少散文和翻译作品。他从1941年起开始为英国广播公司创作并演出广播剧，最终成为英国广播公司最著名的剧作家和导演之一。他的广播剧作品中最值得一提的是《黑塔》和《从波洛克来的人们》。

《黑塔》是广播剧历史上的一部艺术性强、独具匠心的重要作品。麦克尼斯在这部作品中充分利用了他所学过的所有技术手段，它因而被称为一部广播剧技巧的教科书。该剧的创作灵感来自布朗宁的一行诗："查尔德·罗兰来到黑塔。"剧中的罗兰出身于一个与罪恶斗争的世家。他兄弟死后，家里只剩下他这根独苗。他的母亲和师傅都鼓励他去斗争，而他胸无大志，只是喜欢与自己的情人整天厮守在一起。由于众人多方的鼓励和动员，他终于浑浑噩噩地上了路，去寻找黑塔。一路上，他碰到了各式各样的人物，有象征法西斯的龙和醉鬼。他的情人引诱了他，把他带进一间教堂，他在那里听到了父亲和兄弟们说话的声音。最后他又受到了鹦鹉和乌鸦的嘲笑。正当他想要放弃继续寻找黑塔时，黑塔终于出现在他眼前。面对黑塔，他必须做出自己最后的抉择。《黑塔》的播出获得了巨大的成功，甚至那些对广播剧看不上眼的人也因此改变了对它的看法。

《从波洛克来的人们》是一部节奏很快、很难移植到舞台上的作品。其主人公是一位画家，他有着追求艺术的欲望和才华，也常常受到商业社会的诱惑。他总是在两者之间摇摆不定。他既嗜酒又好女色。然而，在艺术灵感的感召下，他终于创作出了大手笔的作品。该剧的特点就在于人物心理活动变化的节奏极快，在听众脑海里造成的意象也极丰富。

当然，在广播剧数 10 年的发展中，优秀的作品绝不止以上提到的那几部。其他许多剧作家也奉献出了自己的佳作，如亨利·里兹的《庞培的街道》、詹姆斯·福赛思的《特洛格》、罗伯特·博尔特的《醉醺醺的水手》、塞缪尔·贝克特的《所有堕落的人》、哈罗德·品特的《小病痛》以及迪伦·托马斯的《奶树林下》。所有这些作品都已成为广播剧的经典之作，成为这一艺术形式发展史上的里程碑。

20 世纪 50 年代中期之后，广播剧开始走下坡路，听众人数骤减，最终稳定在 100 万左右。代之而起的便是更新一代电子技术的产物——电视剧。

早在 1936 年，英国便正式开始有了电视节目——英国广播公司播放的节目。然而在第二次世界大战之前，播出的节目均属实验性质，仅限于伦敦地区。1939 年，由于第二次世界大战的爆发，电视节目被中断达 7 年之久，直到 1946 年 1 月才重新开播。

英国的电视业走的是一条"公立"与"私营"相结合的路子。继英国广播公司之后，独立电视网（ITV）于 1955 年宣告成立，以期打破前者的垄断。在经费方面，官办的、"老字号"的英国广播公司主要靠出售"许可证"维持，而"后起之秀"独立电视网——则全赖广告收入与之争雄。最初英国广播公司并不十分重视电视，到了 1954 年也只是开设了一个频道，每天仅播放六个小时的节目。独立电视网诞生后，英国广播公司大批有才华的电视节目制作人纷纷"跳槽"，进入商业性的电视公司，终于使独立电视网在三四年内站住了脚跟，从英国广播公司那里夺走了大量的观众。如今，这两大电视系统便是英国电视业的两大主要支柱。

这两强争雄的局面对英国电视节目的趣味产生了深远的影响，其最大的特点就是雅与俗的结合：或俗中藏雅，或雅里透俗，其雅者无不掺入噱头以娱众，而其通俗者则必为其同类中之上品。

电视剧是电视节目中最为观众喜闻乐见的形式之一。英国历史上第一部电视剧的播出是在 1930 年，即英国广播公司正式播放电视节目的 6 年之前。当时，电视节目尚处在试播阶段。第一部电视剧——严格地说是由电视转播的话剧的作者乃是意大利的著名剧作家皮兰德娄，剧名为《嘴里有一朵花的男人》。自此之后，电视剧的产量便逐年增加。到了 1962 年，仅英国广播公司一家全年就制作了 300 个小时的电视剧。随着数量的增加，电视剧的品质也有了极大的改善，由最初只是照搬舞台上的演出，到后来渐渐地脱离舞台，直至最后发展到接近电影的拍摄水准，全与舞台无涉。

一般来说，电视剧可分为若干品位：其上者有独立电视剧和舞台剧，电视连续剧次之，肥皂剧又次之（肥皂剧源于美国，肥皂商人为推销其产品而摄制电视剧，因此而得名）。

独立电视剧，顾名思义，就是自成一体的电视剧。这种电视剧虽然总是在某一固定时间内播出，但其主题则是多种多样的，剧与剧之间在内容上并无联系。这一电视剧品种基本不受商业因素的影响，在艺术上力求创新，是编导人员和演员得以发挥其想象力和创造力的好地方。它也是一副跳板，既可使有才华的青年剧作家得以进入影视领域，又可令"老"剧作家们跳出通俗连续剧或肥皂剧的框框，保持自己的创作活力。独立电视剧无疑是电视剧"家族"中最富于艺术性的品种。独立电视剧的佳作颇丰，这里只列举若干最著名的作品，如戴维·默瑟的《易疗的病症》、彼得·尼科尔斯的《草地上的漫步》、约翰·莫蒂默的《免费辩护》、丹尼斯·波特的《乔之舟》。

就英国广播公司而言，20 世纪 60 年代初期是其独立电视剧作品的鼎盛时期。那时的作品有许多是艺术性极强和富于探索性的。但是后来，公司为了吸引更多的电视观众，越来越重视通俗电视剧的生产，使高雅的电视剧的生存空间变得越来越狭小。

另一类艺术性较强的剧种便是电视舞台剧。它流行于电视节目刚刚诞生的时期，是电视剧最原始的形式。它基本保留了戏剧原有的舞台形式，有时甚至采用现场转播的方法，因之显得不自然，话剧味十足。然而尽管它有诸多的不足之处，电视舞台剧毕竟不是一般的舞台剧。特别是到了后来，电视的技术手段日臻完善，即便是舞台剧，通过电视手法的处理，其效果也比一般的舞台剧更为生动和逼真。除此之外，它还有一个功绩，即可以较为完整地向子孙后代展示高水平的戏剧表演艺术，比如说，莎翁的许多名剧，如《麦克白》《李尔王》《暴风雨》，都曾以舞台剧的形式在电视上播放，而每一次收看的人数恐怕要超过莎翁一生中观看其剧目的人数。

舞台剧以下便是电视连续剧。这是一种比较大众化的电视表演形式。连续剧的形式有二：一种被称为 series，这类连续剧除人物地点相同外其实并无甚联系，每集均独立成章，观众无须每集必看。另一种叫作 serial，这类连续剧各集之间联系密切，所有各集加在一起构成一个完整的故事。每集都在要紧之处断开，"且听下回分解"。观众若稍有疏忽，漏看一两次，便不易跟上剧情的发展。20 世纪 70 年代以后，这两种类型之间的差别渐趋缩小。反映第二次世界大战的《秘密部队》便是这两种模式合二而一的最典型的例子。电视连续剧弹性很大，可长可短，用它来介绍长篇文学经典作品是最适合不过的。于是，许多这类作品被改编成连续剧，搬上了电视舞台。其中比较成功的例子有奥斯丁的《傲慢与偏见》、狄更斯的《奥列佛·特维斯特》、约翰·高尔斯华绥的《福赛特世家》、伊夫林·沃的《重游勃赖茨海特》。可以说，电视连续剧对普及高雅文学起了了不起的作用。

电视剧品位最低的是肥皂剧。其始作俑者为美国的肥皂商人。这类作品一般来说制作粗陋、趣味通俗，其目的主要是为了向观众推销产品。有的肥皂剧也具有教育大众的内涵，但总体上说是迎合公众趣味的居多。英国的肥皂剧通常是每周播出一集或两集，经年不断。其中表现的不过是些极普通的人和事以及传统的道德观和价值观。也许正因为如此，它特别为大众（尤其是家庭妇女）所喜爱。英国较出名的肥皂剧有《十字路口》《爱默戴尔农场》《加冕街》等。说起《加冕街》，人们对它还有争议。该剧的编导认为把它归入肥皂剧类实在是天大的冤枉。的确，该剧在制作、演技和导演等诸方面都颇为出色，其艺术性远在其他任何肥皂剧之上，甚至超过某些独立电视剧。因此，称之为肥皂剧也许有失公正。不过就其形式而论，《加冕街》确实是一部不折不扣的肥皂剧，只不过是其中之佼佼者罢了。

在其发展的历史上，电视剧同广播剧一样，也曾一度不为文评界所重视，并因此闹出了一些尴尬的笑话。例如，戴维·默瑟1962年创作的《易疗的病症》荣获当年作家协会奖。而当默瑟领奖之时，英国广播公司竟然已将该剧的录像带消了磁。如今，情况已经有了很大的改变，这类事情不会再次发生。人们已经认识到，电视剧同广播剧一样，也有许多其他艺术形式无法替代的特点。比如，电视剧可以利用人物面部的特写来反映其复杂的内心世界，而舞台剧就做不到这一点。电视剧的艺术性正在得到越来越多的评论家的承认。

关于英国最重要的电视剧作家，评论界谈论得比较多的是戴维·默瑟和丹尼斯·波特。

戴维·默瑟生于约克郡的维克菲尔德。他14岁便离开了学校，1942年到1945年，他曾在某实验室当技术员，接着又在皇家海军的实验室工作了三年。1953年他获得杜兰大学艺术系的学士学位，此后又做了几年教师的工作。默瑟成为职业作家是在20世纪60年代初期，此后他创作了大量的舞台剧、电影和电视剧。他的成名之作是电视剧三部曲《几代人》。他1962年创作的电视剧《易疗的病症》获作家协会奖，并于1965年被拍成了电影，取名《摩根》。他主要的电视剧作品包括《骑木马》《两个头脑》《燧石》《追随哈格蒂》和《弗拉迪米尔表弟》等。

默瑟是一位来自工人阶级聚居地区的剧作家。最初他的作品常以自然主义的风格描写阶级矛盾。后来，他渐渐认识到电视剧艺术的无穷潜力。于是，他开始少用现实主义的摹写，而着重刻画人物的复杂的反抗心理。他作品中的主人公往往行为乖僻、桀骜不驯，与时代或社会格格不入。

在《易疗的病症》这部最能代表默瑟风格的作品中，他正是塑造了这样一个典型的默瑟式的主人公——摩根。在剧中，摩根看上去就像一个"文明的野蛮人"。他有着动物一般的天性，他与动物园里的大猩猩有着共同的语言，却无法同自己的妻子列奥妮同床共枕，而不得不睡到了汽车上。列奥妮终于与他离婚并打算另嫁他人。摩根一怒之下，绑架了她。但是他的绑架阴谋并未得逞。于是，他便化装成大猩猩，前去大闹婚礼。混乱之中他的服装被点燃，于是他便跳上一辆偷来的摩托车一头扎入泰晤士河中。此后他被送入精神病院，而他此时却暗暗地高兴，因为他确信列奥妮腹中怀着的是他的孩子。在这部作品中，政治的因素已不起主导作用。默瑟想要表现的只是一个与社会格格不入的人如何以自己独特的方式对其进行反抗。在默瑟看来，"暴力对一个遭受挫折的人来说也包含一种尊严"，他希望能以这种个人反抗的方式把人从各种形式的奴役下解放出来。这部出色的作品于 1965 年被改编成电影之后曾轰动一时。

丹尼斯·波特出生于矿工之家，曾就读于牛津大学，1959 至 1961 年曾在英国广播公司电视部供职，从此便开始了自己的创作生涯。他既写电影脚本，也写舞台剧剧本。然而他的声誉主要来自电视剧的创作方面。他曾这样说道："电视是历史上最大的舞台，如果一个作家不想在其中一试身手，那他就是放弃了自己的权利。"

他是这样说的，也是这样做的。从 20 世纪 60 年代开始，他与默瑟一道，共同挖掘电视剧这门新兴艺术形式的潜力，创作出多部艺术性强、富于创造性和想象力的作品。他的主要作品包括《投奈杰尔·巴顿一票》《站起来吧，奈杰尔·巴顿》《唱歌的侦探》《人的儿子》《来自天堂的便士》《记忆中的蓝山》等。

《投奈杰尔·巴顿一票》是波特平生第一部电视剧作品。奈杰尔·巴顿是一位矿工的儿子。小学毕业后他争取到一份奖学金进入牛津大学。后来，他作为工党的候选人参加了大选，然而最后还是落选了。这时，他已对工党失去了信心，因为他看见了权力的腐蚀作用——人们为了得到权力便不惜拿原则作交易。于是，为了表示对丑恶的政治交易的不满，他便一走了之，遁入一个无人知晓的世界中去了。该剧从一个侧面反映了英国政治与社会生活的弊病，讽刺了英国的选举制度，同时也表现了一位无法将自己的抱负和现实统一起来的年轻人所处的困境。有人认为这位主人公就是波特自己。

波特的另一部力作就是他的六集电视连续剧《来自天堂的便士》。剧中采用了各种表现手法，人物之间的对话不断为哑剧和通俗歌曲所打断。这是波特在电视剧方面的一个大胆的尝试。波特喜欢在技术上搞一些别出心裁的新花样，目的是想让观众听到他与众不同的声音。例如，1979 年他写了一部电视剧，名叫《记忆中的蓝山》，其中儿童的角色都由成年人来饰演，演出的效果非常之好。

　　不管人们承认与否，广播剧和电视剧作为 20 世纪新技术的产儿，确实为人类提供了表达自己情感的新手段，拓广了文学的疆域。至于这两种文学形式还将向何处发展，其前途如何，我们唯有拭目以待。

下篇　美国主流文学

第四章　殖民地时期美国主流文学

17世纪初，一群清教徒从英国漂洋过海来到北美大陆，即哥伦布所说的"新大陆"。他们离开英国的主要目的是逃避政治迫害和宗教迫害——当时的英国正处于政治和宗教大动乱时期。许多人不得不铤而走险，选择了哥伦布发现的新大陆，并创立了新英格兰。伴随着这些清教徒的早期殖民拓展，深受清教主义熏陶的白人群体创作的文学自然也带有明显的宗教色彩，这也是美国文学最初的形态特征。

第一节　美国文学的开端

一、北美拓殖

自美洲被发现后，从16世纪起，西班牙、法国、英国先后在北美大陆建立殖民地。

16世纪上半叶，西班牙人先后在大西洋沿岸、墨西哥湾一带建立殖民据点。到16世纪末17世纪初，西班牙在北美建立了新西班牙殖民地，包括现在的佛罗里达、得克萨斯、新墨西哥、亚利桑那和加利福尼亚。

16世纪中叶，法国第一批探险者到达纽芬兰、缅因一带。到17世纪末，法兰西宣称占有加拿大东部及密西西比河流域的广大地区。自诺法斯科西亚、路易斯安那到新奥尔良，被称为新法兰西殖民地。

17世纪初期，英国开始向北美洲移民。当时英国的资本主义经济已经相当发达，资产阶级和新贵族要求进行海外掠夺。1606 年，英国的一些大商人和大地主组织了"伦敦公司"和"普利茅斯公司"，他们从英王那里得到"特许状"，取得在北美洲建立殖民地的特权。1607 年，"伦敦公司"派出一支殖民队在北美洲东海岸建立了第一座城镇——詹姆斯敦，后来由此发展成为弗吉尼亚殖民地。1607 至 1732 年，英国殖民者在北美东部先后建立了 13 个殖民地，占有东起大西洋沿岸西至阿巴拉契亚山脉的整个狭长地带。以后，英国又通过 1756 至 1763 年的英法战争，迫使法国宣布退出对北美霸权的争夺，英国获得了加拿大以及阿巴拉契亚山脉以西直到密西西比河岸的广大地区。这样到 18 世纪中叶，北美大西洋沿岸殖民地主要成了英国的势力范围。

伴随着英国殖民地的发展，劳动力缺乏成为一个主要障碍。在英国，土地稀缺昂贵，而劳动力过剩、便宜；在北美殖民地，情况恰恰相反，土地充足、便宜，而劳动力缺少、昂贵。寻找丰富的劳动力资源成了当务之急。解决办法有二：一是从英国输入契约劳力，这是指希望移民北美而又付不起船费的英国或德国贫民，他们可以让北美的土地所有者或船长做出安排，免费前往北美殖民地，条件是要为土地所有者无偿劳动三四年。1625 年，弗吉尼亚 40% 的居民为契约劳动力，而在 17 世纪 80 年代进入宾夕法尼亚的第一代居民，每三四人中就有一个是契约劳力。

契约劳力的来源随着英国本土经济的改善而缩小、枯竭。殖民地的土地所有者还需要另找劳动力资源，黑人奴隶就成为又一种选择。早在 1617 年，荷兰船只就给詹姆斯敦带来 20 名奴仆。但在当时黑人奴隶还不普遍，因为当时的黑人奴隶价格昂贵，黑奴贸易被西班牙和葡萄牙所垄断，他们主要把黑人奴隶运往他们在中、南美洲的殖民地。

但情况逐渐发生变化。英国海军打破了西班牙、葡萄牙对黑人奴隶贸易的垄断，越来越多的黑人奴隶进入英国在北美的殖民地。由波士顿、纽约、费城、纽波特、诺福克、查尔斯顿等地出发的贩奴船，满载酒、火枪、镜子、布等货物前往西非几内亚奴隶海岸，换取俘虏和拐骗来的黑人，装上船，经过两个多月的死亡航行（死亡人数高达 40%），到达西印度群岛后，换取糖浆，并将糖浆及部分奴隶转入北美殖民地各港口。这种由北美—西非—西印度群岛—北美构成的三角奴隶贸易，利润极高，持续了近两个世纪。1686 至 1786 年，贩卖到英属北美殖民地的非洲黑奴有 25 万。1776 年，在这些殖民地的黑人有 50 万，占全部殖民地人口（不包括印第安人）的 23.6%。

黑人奴隶在北美殖民地的命运极为悲惨。他们不仅本人终生为奴，而且子孙后代也终生为奴。他们在户外长时间从事极为艰苦的劳动，食宿条件极差，因此大量病死。在奴隶主眼中，这些黑人奴隶只不过是会说话的工具，是其财产的一部分。

在北美独立战争以前，这13个殖民地在英国的统治下各自为政，相互间并没有什么政治联系，而且它们与宗主国之间的关系也不尽相同。在这13个殖民地中，有八个是英王直辖殖民地（弗吉尼亚、马萨诸塞、纽约、新泽西、新罕布什尔、北卡罗来纳、南卡罗来纳、佐治亚），总督由英王任命，他们多数是英国的贵族或军事头目。有三个是业主殖民地（马里兰、宾夕法尼亚、特拉华），总督由各殖民地的业主指派，但必须经英王批准。所谓"业主"就是一些有钱有势的大贵族或英王的宠臣，他们要求英王把北美洲大片的土地"封赐"给他们，作为他们的"领地"，由他们招募移民垦殖。有两个是自治殖民地（康涅狄格、罗得艾兰），总督由各殖民地的有产者选举产生，也要经过英王批准。这些总督握有军事、政治、财政大权，代表英国统治集团直接统治殖民地人民。

在北美13个殖民地建立的过程中，有大批欧洲移民涌来。移民中人数最多的是英格兰人，其中有不少清教徒，但也有不少苏格兰人、爱尔兰人、荷兰人、法国人、德意志人、瑞典人、瑞士人和犹太人。在这些移民当中，除了贵族和享有特权的商人之外，还有资产阶级，但人数最多的是劳动人民。当时，英国的"圈地运动"和斯图亚特王朝的反动统治以及欧洲大陆诸国的封建暴政和连年战祸，弄得人民流离失所，民不聊生。于是那些失去土地的农民和丧失生计的工匠、手工业者、商贩陆续来到北美洲，成为垦荒者。这些劳动人民为了摆脱封建暴政和新贵族的掠夺而逃了出来，但是，他们在北美并没有找到"自由的乐土"，依然受到英国统治集团的残酷压迫和剥削。

为了维护英国在北美殖民地的统治，英国政府采取了种种限制和扼杀殖民地工商业发展的措施。早在17世纪下半叶，英国就通过"贸易和航海法"，禁止殖民地同别国直接通商，别国商品已不准直接输入殖民地，北美的工农业产品也只能用英国船只运出。为了使北美殖民地永远成为英国的原料产地和商品销售市场，英国国会禁止北美建立炼铁厂和制造厂。不摆脱英国的殖民统治，资本主义经济就不能得到进一步的发展。

进入18世纪以后，英属北美13个殖民地的经济发展很快，各殖民地之间的经济往来日益增多。新英格兰一带的殖民地把工业品运销到南方，南方的几个殖民地则以一部分粮食和原料供应北方。随着水上运输和公路交通的发展，初步形成了统一的民族市场。同时，殖民地城市人口也日益增加。当时北美最大的城市宾夕法尼亚的首府费拉德尔菲亚城拥有约30 000居民，纽约已有居民约20 000人，马萨诸塞的首府波士顿约有22 000人。这些城市逐渐成为13个殖民地的政治和经济中心。殖民地还建立了自己的高等学校——哈佛大学、威廉和玛丽大学等，创办了自己的报纸和图书馆，构成近代民族的因素逐渐具备，一个新的民族——美利坚民族开始形成。

二、清教主义在新英格兰的蔓延

殖民地时代的美国人，即英属北美的 13 个殖民地的移民多数是来自英国，他们带来了英国社会思想、宗教信仰和生活习俗，其中清教主义尤为重要。

1620 年，102 位英国新教徒乘着"五月花"号船来到马萨诸塞湾，建立了新英格兰的第一块殖民地。他们的领导人是一群激进的清教徒。早在 10 年前，为抗议詹姆斯一世对地方政治和宗教自治权的破坏，他们就奔赴欧陆，在荷兰的莱登组成了公理会。后来，他们决定移居美洲，建立独立的宗教和政治秩序。在海上航行途中，清教徒们签订了一份《五月花公约》，把远征的目标定为"荣耀上帝，推进基督教，荣耀国王和祖国"，表达了同弗吉尼亚殖民者同样的宗教和政治宗旨。《五月花公约》还反映了清教徒们建立新的宗教和政治制度的理想：明确宣布以上帝为证，移民们相互订立契约，共同组建一个民治政体。所以，公约既是一份社会契约，也是人与人、人与上帝之间确立的宗教誓约。正是这种古老的人神契约观，为清教领袖们鼓动民众，组织行政体系和战胜天灾人祸提供了强大的精神动力。

这些清教徒不仅继承了基督教的思想传统，将《圣经》所宣扬的教条牢记于心，而且从欧洲文艺复兴运动中继承了崇尚知识、追求自由的人文主义精神。由于是在两种历史传统中成长起来的一代人，虽然那些清教徒在英国受到了政治迫害和宗教迫害，但是他们始终怀有一种"宏伟"的宗教理想和政治抱负——他们认为自己肩负着"神圣"的历史使命，有责任传播上帝的福音。

在那些清教徒的宗教理想和政治抱负的背后，隐藏着这样一种根深蒂固的观念：他们相信他们自己与上帝之间有一个盟约。这种观念是由 16 世纪末、17 世纪初欧洲国家的一些神学家提出的——它把人与上帝之间的关系规定为一种神圣的盟约关系，宣称人与上帝之间的关系是由一系列可以理解的规则规定的，人与上帝之间具有相互责任——这就是所谓的"盟约"说。基于这样一种观念，那些清教徒把他们不远千里前往北美大陆的行程看成一种伟大的、光荣的、神圣的征程。

清教徒在北美大陆开天辟地，建立了一个又一个殖民地居民点。各个殖民地都实行政教合一的管理模式，所有政治领导人物都是牧师，或至少是清教徒。在日常管理工作中，领导的讲话往往和宗教活动掺合在一起。在那种政教合一的管理模式中，基督教牧师发挥了难以想象的社会管理作用。可以毫不夸张地说，基督教牧师是清教徒生活中的权威，而基督教则是联结和召集清教徒的根本手段。

在清教主义时代，宗教活动在统一人心方面具有难以替代的作用。

清教徒都是一些追求思想自由的基督徒。他们强烈要求把无关紧要、非根本性的信念和习惯从英国国教中清除掉。为了彻底告别"过去"，他们决心在北美大陆建立一个迥然不同的新社会、新世界——它必须能够真正体现他们作为有宗教信念的人的价值和荣耀。他们从根本上坚信，世界万物都是因为"造物主"的原因即上帝的荣耀而存在的——不仅人依赖造物主而存在，自然也依赖造物主而存在，而且人和自然的存在意义和价值只能在造物主的意志中体现出来。人必须按照造物主的意志或规划来生活，否则，人将一无所是，一无所有。他们还相信人有"原罪"。所谓"原罪"，就是与生俱来的罪，就是生前就有定数的罪。人可以为他的罪忏悔，但不能凭借自身的努力赎罪。这种基督教观念规定了清教徒对待道德的一个基本态度：人不能自主、自由地追求德性和善的行为，但人必须为他们的不道德行为或原罪受到道德上的指责；然而世界上存在由造物主择优选用的人，他们更加接近神性，并愿意帮助为世俗欲望所累、具有原罪的其他人。人有种类之分。虽然任何人都不能依靠自身的努力赎罪，但是有些人是造物主的"优秀"信徒——他们诚心诚意地服从造物主，为他提供诚心诚意的服务，诚心诚意地传播他的旨意，诚心诚意地给他增添荣耀，因而他们会被造物主优先拯救。然而，获得拯救之前必须有一个重生的过程——这个过程让人接受一种超自然的"神佑"。这样一来，人并不是因为好的表现而获得拯救，而仅仅是凭借信仰的虔诚而获得拯救。

就这样，殖民地时期的美国弥漫在一片清教主义的氛围中，人的一举一动都必须体现行为主体对上帝的尊敬和服从。他们把神圣的基督教理想与日常工作、日常生活的细节联系在一起，谨真、节俭、清洁、勤奋、公正等是他们奉行的美德——他们奉行这些美德的最终目的不是为了追求幸福，而是为了给上帝增添荣耀。他们勤奋工作，艰苦奋斗，但他们在工作方面的优异表现只能归功于神的恩赐或神的选择，因而不能被看成他们应该获得救赎或获取幸福的原因。在工作和生活中，他们不得不面对各种悲惨的事情、痛苦和失望，但他们仍然应该坚持不懈地好好工作，奋斗不息，因为只有这种工作才能证明他们是上帝择优选用的人。清教伦理要求人们过的道德生活是一种"勤奋＋虔诚"的生活。

与此同时，清教徒宣称自己是上帝的选民，是代表上帝的旨意来北美大陆建立"神圣共和国"的，但他们往往用残暴的方式对待信奉其他宗教的异教徒或那些在他们看来背离了宗教信仰的人。他们虽然鼓励人们学习知识，甚至创办学校——早在1636年就创办了哈佛大学，但是他们也压制所谓的异端学说，甚至对持不同意见者进行迫害。由于不能容忍持不同宗教信仰的人的存在，他们放逐了罗杰·

威廉姆斯、安·哈金森等在当时很有影响的牧师。早在 1644 年，威廉姆斯就坚决反对清教徒进行宗教迫害、强求信仰一致的做法。他积极主张政教分离，认为片面强调宗教统一性不仅混淆了宗教与民事之间的区别，而且违背了基督教精神，与人类文明背道而驰。他的观点显然与清教徒在新大陆建立统一"神圣共和国"的理想相冲突，结果他在 1635 年被从马萨诸塞殖民地驱赶了出去。他被迫在罗德兰岛建立了一个新殖民地。哈金森是马萨诸塞州海湾殖民地的著名牧师。她的主要影响在于她的激进观点。与其他牧师宣扬有条件的契约论不同的是，她提倡一种"勤奋契约"论——她宣称人可以通过自身的努力获得拯救。由于宣扬这种激进的观点，她也被从殖民地驱赶了出去，并被从她的教会中除了名。她只好前往罗德兰岛，后来又到达纽约。她本人和她的大部分家人在与印第安人的一次冲突中遭到杀害。

随着历史的演变，17 世纪末，由于各个殖民地实行政教合一管理模式的社会基础和政治基础开始消融，清教徒垄断政治权力的形势每况愈下，尤其是各种非清教主义思想流派纷纷崛起，思想启蒙运动在各个地方如火如荼地开展了起来，清教伦理思想开始了逐渐衰落的过程。

第二节　涌现而出的美国作家

一、威廉·布拉德福德

威廉·布拉德福德是最杰出的北美开拓者之一，品格高尚，充满睿智，怀着实现上帝的意愿的使命感。布拉德福德出生于英格兰的约克郡，父亲是自耕农，母亲是工匠的女儿。他从小丧父，由亲戚抚养长大，准备务农，没有接受过正规的教育。但他自己博览群书，30 岁到普利茅斯时的藏书量已经相当丰富。他 18 岁时因宗教信仰不容于时而被迫逃往荷兰，13 年后搭乘著名的"五月花"号，于 12 月 11 日成为第一批在普利茅斯上岸的欧洲移民。从 1622 年起直到去世，他 30 次被推选担任殖民地总督。

布拉德福德 1630 年开始写作《普利茅斯种植园史》，记叙了早期移民在这片土地上的所作所为，以及他们的信仰。这部编年史概括了大量的历史事实以及作者自身的感受，他通过想象让读者与他一起感受每个叙述时刻。艰苦的航行、定居和大饥荒构成了一部个人奋斗史。从作品中，读者不难感受到斗争、恐惧与自然斗争胜利的喜悦。在他的作品中，布拉德福德始终将上帝之选择和伟大贯穿其中。他认为上帝无时无处不在，例如他描述了一个粗通英语，愿为移民们充当翻译的印第安人斯昆图，分明暗示了《圣经》中上帝指引以色列人到达迦南福地。布拉德福德的语言平实自然，很少用暗喻或修饰性的语言。显然他认为没有必要把一部编年史写得起伏跌宕。

二、安妮·布拉德斯特里特

安妮·布拉德斯特里特是殖民地时期美国的第一位诗人。她于 1612 年出生于英国的诺桑普敦郡，她父亲托马斯·杜德雷是一位清教徒，当时任林肯伯爵的管家。这样，幼小的她有机会受到良好的家庭教育并得以阅读到伯爵家庭图书馆内的大量书籍。1630 年，她跟随父母和丈夫来到马萨诸塞州殖民地，并定居在安多佛，那里艰苦的生活条件考验了她对上帝的信仰。安妮先后生有 8 个孩子。早期殖民生活的艰难和繁重的家务并没有阻碍她在诗行中记下自己的生活。

于 1650 年在英国出版的《最近在北美出现的第十位缪斯》是她的第一部诗歌集，在当时取得了巨大的成功。布拉德斯特里特最优秀的诗作都是描述她作为一个清教徒妻子和母亲与恶劣的自然条件斗争的个人经历。同其他的清教徒一样，她努力在日常世俗生活中与清教原则达成一致，找到心灵的归属。因此在她的诗中充满了对上帝的虔诚。对于布拉德斯特里特来说，世俗生活和永恒不灭只是同种经历的两面。例如，在题为"家居被焚之后"的诗中，布拉德斯特里特就记录下她的俗世的悲伤以及与此同时支持着她的精神力量。在她现存的作品中，《沉思录》以其简洁明快的风格和丰富的思想而著称。她试图在自然万物和人间诸事中看出上帝的意志，尽管人有生死，她仍然努力使自己相信，人胜过世俗之物，因为人死后即能永生。尽管安妮·布拉德斯特里特的诗歌并没有什么创新性，但是她流畅的文字和真诚的笔触让读者印象深刻。

三、爱德华·泰勒

作为殖民时期又一位重要诗人，爱德华·泰勒生于英国，后移民北美，之后从哈佛毕业开始布道清教。他敬畏上帝，思想自由，在他的诗作里体现了大量的清教思想。大部分作品涉及宗教主题，且泰勒把其视为个人的宗教思想记录，因此他不愿自己的子孙将其发表。直到他逝世 210 年后，他的诗作原稿才被人发现。泰勒的主要诗作包括很多部分：《上帝的决定》《内省录》以及许多不同题材的诗歌。在《内省录》中，泰勒反复颂扬上帝，自我反省，净化灵魂。他认为人们应当不断努力，只有这样，才有被上帝选中的可能。泰勒的诗作受英国著名玄学派诗人约翰·多恩和乔治·赫伯特影响甚深。诗中大量运用各种巧妙的意象，其情感仍然是典型的清教式的顺从及对上帝的敬畏。《家务》就是一个很好的例子，在诗中他把自己想象成上帝的一架"完美的纺织机"，主妇绕线、纺织、染布，就如伟大的上帝教导工作一样。

四、罗杰·威廉斯

罗杰·威廉斯也是新英格兰清教时期的重要清教信仰者。他的政治观点和宗教信仰在历史上都有重要意义。威廉斯出生于伦敦，在剑桥学习法律。接着他中断了学习，担任起牧师的职务，并且于1631年来到北美马萨诸塞殖民地。由于他在宗教政治上的观点比当时殖民当局更民主，他的见解遭到反对和抵制。他认为高尚的品德和虔诚的信仰并不意味着一定要强迫别人更改信仰。他写了两部主张信仰自由的著作：《血腥的迫害教义》和《血腥的教义变得血腥味更浓》。在书中，威廉斯猛烈地抨击了"扼杀灵魂"的宗教一体化，同时他坚持个人思想自由。除此之外，出于对印第安语言的浓厚兴趣，罗杰·威廉斯以他的《美洲语言的秘诀》而扬名于世。这本书详细介绍了当地的印第安部落的风土人情，从而在白人移民和印第安原住民之间建立起内在对话，具有一定的史料价值。

五、约翰·伍尔曼

约翰·伍尔曼生于新泽西州的一个虔诚的贵格会家庭，从小耳濡目染接受了教友会的宗教思想，相信真正的宗教是发自内心的，要信仰上帝，公平友好地对待世间万物。最终他成为一名传教士，在北美各地游历传教，反对堕落、原罪和有限的赎罪，攻击一切的不公正。他反对剥削，同情穷苦人，对奴隶制表示异议。

伍尔曼的《日记》真实地描述了自己对奴隶贸易的感受和所见所闻，详细地记载了奴隶主贩卖黑奴这一残酷事实，同时他在《日记》中勇于自我解剖、自我批评，不断追求更高的精神境界，因此《日记》也被称作"描写内心生活的经典之作"，许多读者被其优美纯净所打动。伍尔曼的语言简洁，避免用繁琐的修辞，就宛如朋友聚会一样自然而不失优雅。伍尔曼以平静、温和而又简洁的语言表达了对上帝和人类的崇敬与热爱。

六、托马斯·潘恩

托马斯·潘恩是美国最激进的革命宣传家。他的出生恰逢革命时期，赋有宣传鼓动才能，并且叛逆的潘恩坚持将自己笔矛指向君主制和君主政府。他于 1776 年 1 月 10 日发表《常识》，在其中他道出了北美殖民地独立的愿望，对分裂分子提出了警告。除此之外，潘恩还连续发表了 16 份小册子，其中第一份《美国危机》抨击了那些"喜欢枝草茂盛的士兵和习惯于风和日丽的爱国者们"。随后，他又投身到法国大革命中，写下了《人权论》以及《理性的时代》。前者思路清晰，语气强烈，强调人的权利；而后者则是一部提倡理性宗教的自然神论。潘恩在作品中充分阐述了 18 世纪广泛的民主观念，提出社会契约论、政治自由主义以及人人平等的观点。他的散文具有鼓动性，掀起了当时革命的热潮。他的文章充满了热情，语言精炼果断、有说服力。潘恩始终言语犀利、充满激情、信仰坚定、不屈不挠地争取人的权利。

七、菲利浦·弗瑞诺

菲利浦·弗瑞诺可能是独立革命后最杰出的一位作家。在革命的过渡时期，他诗人和政论家的双重身份的矛盾在他的诗歌中显现出来。弗瑞诺虽然受到了新古典主义的熏陶，但内心还是崇尚浪漫主义。他既是讽刺作家又是伤感主义者；既是人道主义者又是尖刻的善辩者；既是一个理性诗人又是一个具有浪漫奇想的自然神论者。弗瑞诺于 1752 年 1 月 2 号生于纽约，之后进入普林斯顿大学学习，在那里结识了詹姆士·麦迪逊和修·亨利·布拉肯里奇，前者后来为美国总统，后者则成为当时最重要的小说家之一。一方面，弗瑞诺成为新闻界和政界的主力，他的政论文，像潘恩的一样，是对付君主制的武器。另一方面，弗瑞诺的诗歌以描写自然和田园风光以及美国土著人的主题，宣告了美国文学的独立。与他早期华丽的诗句相比，他晚期的诗作吾言自然、简洁，这在他的抒情诗《野金银花》和《印第安人墓地》中都有表现。弗瑞诺被后人称为"美国诗歌之父"，他的诗歌在一定程度上显示了 18 世纪后期浪漫主义诗歌的特点。

八、乔纳森·爱德华兹

乔纳森·爱德华兹这位最后的最有才华的新英格兰加尔文派的拥护者，在许多方面堪称最不平凡的美国清教徒。他于 1703 年生于北美康涅狄格州，从小就天资聪明，十一二岁就写了不少关于昆虫、颜色和彩虹的科普文章。他13岁时进入耶鲁学习，在那里他的宗教思想发生了很大的转变。1729年他继承了祖父的事业，在马萨诸塞州诺桑顿当了一名牧师。后来爱德华兹成为新英格兰地区大觉醒运动的一个领军人物，该运动从1734年持续到1749年，从新英格兰到南部，人们的宗教热情被唤醒。爱德华兹写了许多著名的论著，包括《论意志自由》《论原罪》《论真实德行的本原》。

令爱德华兹最出名，甚至是臭名昭著的是他的布道《愤怒的上帝手中之罪人》。这篇著名的布道用大量的比喻、意象，形象地描述了人类试图劝说他的同伴信服上帝的威严。他指出除了上帝的意志，任何事物都无法把有罪之人挡在地狱之外。人类就这样被完全剥夺了获救的希望，只有永生负罪，永生赎罪。

九、本杰明·富兰克林

本杰明·富兰克林出生于波士顿一个贫穷的工匠家庭，从小没有受过什么正规教育，但是他阅读兴趣广泛。10多岁他开始学习印刷，并在他兄长办的报纸上发表了第一篇文章。满怀雄心壮志的小富兰克林在17岁时只身一人离开波士顿，身无分文地来到了费城。很快他开始了自己的印刷事业，生意开始逐渐壮大，同时他还是当时著名的政治活动家，他42岁时退出印刷业。由于对科学研究的热爱，他在自然科学方面颇有建树。他发明了避雷针、双镜片眼镜等，对地震等方面也进行了研究。

富兰克林在文学上的地位确立主要是基于《穷理查德历书》以及《自传》的出版。《穷理查德历书》是一本集年历、杂文、诗歌、幽默短文、生活格言等为一体的出版物，受到社会各阶层人们的广泛喜爱。历书中杂文格言等内容涵盖十分广泛，从一般的道德劝善到日常生活、人际关系无所不包。《自传》首先是一份清教主义的宣言书，在书中贯穿着自我审视、自我提高的主题。其中，富兰克林回顾过去的大半生，描述了一个男孩是如何从一无所有到通过个人奋斗取得成功的。他为自己规定了13条美德，每日检查以免有所违犯。在《自传》中，他用实际事例说明了人是可以通过努力提高自己的。因此通过其个人经历的描述，《自传》的目的是告知人们"美国梦"是可以实现的。

十、约翰·克雷福科

约翰·克雷福科出生于法国诺曼底省，在英国完成学业，并于1754年前往美国。他在纽约附近买了一座庄园，在美国独立战争期间庄园屡遭战火摧残，因此他不得不离开家园。1778 年，他被怀疑为潜入纽约的间谍而入狱三个月，1782 年返回法国，在这期间他将美国马铃薯种植技术带回诺曼底。

　　他的代表作《美国农夫的来信》由三册组成，分别描述了美国和加拿大的宜人气候，丰饶资源等等。这本书中最让人感兴趣的是，克雷福科通过塑造詹姆斯这个美国农民的形象，从而向读者描述一个人人平等自由的新美国社会。其中有许多吸引人的主题：人人通过辛勤劳动可发家致富、个人的责任、奴隶的待遇，以及新移民与他们的种族观。但是这个美国农民却对美国独立革命避之不及，而这一情节经常被人忽略。

第五章　浪漫主义文学运动影响下的美国文学

　　欧洲的浪漫主义文学起源于 18 世纪末，在 19 世纪的前 30 年盛行，对美国文学的发展产生了极为重要的影响。美国独立初期恰逢欧洲启蒙主义、浪漫主义席卷世界文坛，这为美国浪漫主义文学的发展提供了良好的契机。虽然美国浪漫主义文学起步较晚，但丝毫不妨碍它取得巨大成就。本章就美国浪漫主义文学的崛起和有代表意义的几位伟大作家以及这个时期美国民族戏剧的发展进行阐述。

第一节　浪漫主义的崛起

　　美国的浪漫主义文学是在受欧洲浪漫主义文学运动影响的同时，结合自身国内环境而诞生的一种文学类型。就欧洲浪漫主义文学运动来看，它的产生与浪漫主义文学思潮的传播密不可分。18 世纪，法国资产阶级大革命的爆发使得浪漫主义文学思潮逐渐兴起，并迅速在欧洲传播。到 19 世纪上半叶，浪漫主义思潮已经成为欧洲社会的一大思潮，并延伸到文学领域，推动了浪漫主义文学运动的产生。在这一文学运动的影响下，欧洲文学越来越热衷于富于幻想和传奇色彩的题材和风格，强调恢复民族文学，摒弃古典主义的传统和思想桎梏，并追求主观和精神上的绝对自由。而从地域上来看，浪漫主义文学在 19 世纪上半叶的英国显得格外兴盛，当时的沃尔特·司各特、柯勒律治、华兹华斯以及拜伦等都是浪漫主义作家。他们的创作不仅直接推动了英国本土浪漫主义文学的发展，而且被传往世界各地，成为欧洲浪漫主义文学运动洪流中的弄潮儿。

　　在此期间，美国刚刚经过独立运动，在政治、经济和思想领域内都表现出一片生机盎然，而国内的人民也热烈地渴望能有自己的文学表现自己新的经历和追求。一方面，国家的开朗情态和时代的上进精神促进了浪漫主义感情的迸发；另一方面，新英格兰加尔文主义的解体，长期束缚思想的精神枷锁的消失，使人的精神获得自由，使文学想象力获得纵横驰骋的良机。与此同时，欧洲浪漫主义文学思潮也传到美国国内，影响了美国作家的创作，一时之间，不少作家现身文坛，美国浪漫主义文学也由此诞生并迅速发展。

需要注意的是，美国浪漫主义文学虽然是受欧洲浪漫主义文学思潮影响而产生的，但它自一开始便有其独特的属性。它不同于英国或欧洲的浪漫主义的根本原因在于：它首先是许多美国因素和条件熔为一炉的产物。从本质上讲，它所表达的乃是一种真正的新的经历，包容着一种异样的性质，因为这个地方的精神面貌与英国及欧洲迥然不同。比如，美国人向西拓殖的民族经历便是美国作家取之不尽的丰富题材宝库。在茫无涯际的荒野上，长林丰草，奇葩异卉，天上群鸟翱翔，地上百兽走动，俨然是伊甸园的风貌；在千里沃野上或深山老林中，开拓者身背火枪或手持板斧，虽步履维艰，仍毅然西进；北美大地的异国景物、声色、韵味，原始种族的奇妙、古雅、绚丽多彩的文明——这一切构成了美国作家所独有的文化环境和无比优越的灵感泉源。身着鹿皮，栖身在边地简陋的木屋中，圆实的肩上挎来来福枪，在原始森林中自由穿越，在印第安人部落中时隐时现，饥食兽肉，渴饮溪水，这些对于任何浪漫主义天才的激发，至少应不亚于欧洲和英国的古堡密道。纵览美国浪漫主义作品，读者可以惊异地发现，美国作家对美国生活现实的激励绝非如秋风过耳，他们珍重自己所有的一景一物一事一人，竭力写出自己的本色来。朗费罗在描写边地和印第安人题材方面所做的有益尝试、华盛顿·欧文对哈德逊河谷地景色所做的绘声绘色的速写、布莱恩特对人迹罕至的西部草原的荒野与肥沃的泼墨或白描，以及库珀的《皮袜子五部曲》对北美一望无垠的原野和森林、广阔湛蓝的内陆湖的大笔雄浑的勾勒——这仅是表明美国新的灵感业已诞生的几个佐证而已。人们当然不应忘记霍桑、梅尔维尔等一代浪漫主义宗匠在创作独立美国文学方面的不朽建树。

清教主义对美国浪漫主义文学的影响是明显的，所以美国浪漫主义的作品更富说教特色。许多美国作家都达成了一个共识，那就是生活中的许多侧面和领域似属禁区，最好少去插手，以免招惹是非。比如性和爱，美国作家写来就如同临深履薄，谨言慎行，字斟句酌。例如，霍桑的《红字》，说到性爱时三缄其口，而警世、醒世的文字却滔滔不绝。

美国浪漫主义文学的另一明显特点在于一个"新"字，即它所表现的美国民族之"新"。美国人是"新人"，是北美大陆新伊甸花园里的新亚当。到19世纪，这一观点业已逐步发展成为"美国神话"。在神学、历史和文学领域，随着时间的推移，这一神话的轮廓愈来愈清晰，内容愈加充实。神学家、历史学家和文学艺术家的想象愈益丰富，表达也愈益明确。"美国神话"把世界视为刚刚诞生，人类被赋予第二次机会以建立全新的理想的生活。它给文学引进一个新主人公，带来一整套全新理想的道德标准。新主人公活动在全新的美洲舞台上，这成为美国19世纪，特别是浪漫主义时期文学中占主导地位的素材。新主人公无疑是堕落前的亚当。他的思想洁白无瑕，世界和历史都展现在他的面前。美国人形容自己有别于欧洲人，把欧洲称为"旧世界"。或许，他们的理想只是空谈，他们的梦想已在化作泡影，或自一开始便是人们的冥想和虚构，然而它们以某种形式存在于美国人的头脑之中，这个事实的历史意义断然不可小觑；它们使人们感到"新"，感到不同于他人，这种感觉激发了作家的浪漫主义想象和灵感，使他们创作出不同于别的国家的作品来。人们可以感受到美国浪漫主义作家进行文学创作时那种强烈的描绘新地、新人、新生活的使命感。

美国浪漫主义运动中产生的浪漫文学作品，既有模仿，也有独立创造的特征。像欧文、库珀，尤其是世人称之为"剑桥诗人"或"新英格兰诗人"的布莱恩特、朗费罗等人，都在不同程度上有师从法国、英国和欧洲文学大师的倾向。比如，欧文便有"美国的司尔斯密"之称，库珀便有"美国的司各特"之称，凡此称谓，从历史看，绝非恭维。这些作家可概称之为"模仿派"或"保守派"。他们在作品中突出某些题材，而忽略其他内容，如他们喜欢写包括家庭、子女、自然界及理想化的爱情的题材，而忽视当时美国生活所面临的主要问题，如向西拓殖、民主与平等、现代美国的崛起。从技巧角度看，他们偏爱传统的格律和诗节形式；他们的语言通常是英国英语；他们的比喻有时属俗套老调，其象征意义因过于明显而流于皮相。这些人曾名噪一时，以朗费罗论，他在很长的时间内被视为"美国的丁尼生"，他们为"新英格兰的文化复兴"做出了不可磨灭的贡献。另外一些同代作家如爱伦·坡、霍桑、梅尔维尔及狄金森，思维方式和创作经历则迥然不同。这些人不满足于尾随他人，不满足于餐桌上的残杯冷炙，他们要革新，要寻觅出反映新国度新生活的新文学表达方式，即美国文学的表达方式。他们要建立美国自己的新文化，以体现美国自己的新经历。虽然他们当中不少人受到同代人的冷嘲或白眼，有些人似乎"生不逢时"，但他们是本国和世界性浪漫主义的深层动力。他们完成了自己的历史重任，在美国文学的园圃中播种下奇葩异卉的种子，独立美国文学的开花结果多归功于他们的辛勤耕耘。

第二节　具有民族特色的美国式小说

尽管美国文学的崛起受到欧洲文学运动的极大影响，但是一些美国小说家以美国社会为背景，以美国人民的生活为题材，用美国人民乐于接受的艺术手段写出了具有纯粹美利坚特色的小说，不带有任何殖民地的色彩，也没有封建主义的残余。代表作家有华盛顿·欧文、詹姆斯·库珀、埃德加·爱伦·坡、纳撒尼尔·霍桑以及赫尔曼·梅尔。

一、华盛顿·欧文的浪漫主义文学创作

华盛顿·欧文出生于纽约一个富裕的长老会教徒家庭，是家中最小的儿子。欧文很早就对文学产生了浓厚的兴趣，但在父亲严命之下，他被迫离开学校进入法律事务所工作。1803 年，他曾沿着美国边境做了一次旅行，还到过加拿大，并把沿途所见所闻写下来刊登在他哥哥主办的《早晨纪事报》上，这是欧文最早的试笔。之后，他又写过以纽约社会为背景的长篇讽刺故事《奥尔德斯泰尔先生的信札》，在《早晨纪事报》上连载。从完整的创作来说，这部作品可算是欧文的处女作，很受当时读者的欢迎和好评。欧文的欧洲之行，表面上看来是为了养病和求学，其实这是他寻求精神出路的一次努力。他在旅欧的三年期间搜集了大量的素材，包括民间传奇、奇闻轶事、历史故事，以便为以后创作小说和撰写散文、随笔所用。显然，此时的欧文完全抛弃了法律职业而把他的精神和爱好全部投向文学，即使因违背父命而不能返家也在所不惜。

1806 年，欧文回到美国。第二年，他与两个哥哥和姐夫一起创办了《杂拌》杂志，人们在这份杂志上读到的一些主要文章大都出自欧文等几个人的手笔。在这些早期写就的文章中，欧文已经充分地表达出自己的政治见解和创作风格，使他成为崭露头角的青年文学家。杂志停刊之后，欧文就把精力转向创作，以住在纽约的荷兰后裔为描写对象的讽刺集《纽约外史》是他享有盛誉的第一部作品。《纽约外史》被称为"美国文学第一部伟大的书"，尽管书中对荷兰人占领时期纽约历史的描写曾受到当时杰弗逊政府的批评，同时包含许多怪诞的、卖弄学问的内容，然而它仍不失为美国建国以来的第一流文学作品。写完《纽约外史》之后，欧文有长达六年的时间放弃了文学创作。

1815 年对欧文来说是具有重要意义的一年。他原先打算去地中海旅行，但父亲命令他到英国利物浦去接管一家五金商行的业务。在以后的两年时间里，他勉强支撑着这家濒临破产的商行。1818 年，店铺终于关了门。欧文在结束了债务结算和善后工作之后并没有回国，却对英国浪漫主义诗人兼小说家司各特的作品产生了强烈的兴趣，同时他又对美丽迷人的英国农村风光产生了迷恋的感情，这也许就是引起他创作灵感的源泉。1819 至 1820 年，欧文蛰居于英国乡村，写出了他一生中最成功的作品——《见闻札记》。这部以英国的生活和欧洲广泛流传的民间故事为题材的随笔和短篇小说集，以"杰弗莱·克拉昂"的笔名在英国出版之后，

欧文在英、法上流社会立即成为一位知名人物，与司各特、拜伦等著名作家成了密友。1822 年，欧文又出版了另一部随笔散文集《布雷斯布里奇田庄》。从作品的意义和艺术价值来看，显然要比《见闻札记》差一些，但其中一些作品，如《闹鬼的房子》等也同样受到好评。

为了可以搜集更多的创作素材，在 1822 至 1823 年这段时间里，欧文去了德国旅行，后来又去巴黎住了大概一年。回到英国之后《旅客谈》一书出版。让人无法预料到的是，这本书竟然遭到了很多人的批评和质疑，这在很大程度上打击了欧文。后来他又到法国闲居两年，于 1826 至 1829 年充任了美国驻西班牙大使馆的随员，寄住在马德里文献学家奥比代亚·里奇的家中。经过一阵繁忙的调查和写作之后，欧文在 1828 年出版了一本通俗著作《哥伦布的航海和生活史》。这项工作的完成，为他日后继续对西班牙那瓦尔特地区的研究和考察打下了基础。此后，欧文又连续写了《柯兰那达征服史》和《阿尔罕伯拉》。这两部散文、游记故事集都是欧文游历了柯兰那达古代摩尔人生活区域之后写成的。他以抒情而优美的笔调描绘出具有异国情趣的西班牙古代摩尔人的传说，在《在摩尔人遗产的传说》等故事中塑造了摩尔人美好的心灵。

1829 年，欧文赴伦敦任美国驻英国使馆的一等秘书。回国后，欧文并不安于现成的舒适生活，为了在文学上再次追求别致、新鲜的经历，也为了满足广大读者对他创作上的新要求，他立即出发去美国西部边境地区进行游历。这段旅行生活被他描写在《草原漫游记》之中。此书后来成为 1835 年出版的三卷集《彩色的画面》的一部分。在这次游历过程中，欧文还写了另外两本书：一本是与他的侄儿合写的，以皮货商阿斯托发财致富的经历为题材的《阿斯托里亚》；另一本是《邦纳维尔队长历险记》。记载这次游历的《西游日记》，由于作者将手稿搁置于密室之中，直到 100 年后的 1944 年才问世。

这次旅行归来，欧文就定居在纽约哈得逊河畔的星纳锡特庄园。1842 年，欧文再度担任了美国驻西班牙公使的职务，这是因为他喜爱西班牙，愿意再一次到那里去过充满愉快和诗意的生活。两年后，他卸任去伦敦，之后又回到星纳锡特庄园。在那里，他在心爱的侄女和许多朋友的陪伴下度过了一生中最后的 13 年。在这 13 年里，欧文不顾精力的衰退，依然坚持写作，作品有短篇小说和散文集《华夫特斯杂记》，关于伊斯兰教创始人穆罕默德的传记《穆罕默德和他的继承者》和不朽的巨著五卷集《华盛顿传》等。最后这部著作是他早在 1825 年就开始酝酿的，但直至他生命的最后时刻才完成。1859 年 11 月 28 日，欧文在写完《华盛顿传》之后不久在坦莱镇病逝，享年 76 岁。

欧文是美国第一个荣获世界声誉的作家。毋庸置疑，他对美国文学的发展做出了极大的贡献。具体来讲，欧文对美国文学的贡献主要体现在以下几个方面。

第一，他开拓了美国文学的创作领域，使其变得更加广阔，在创作思想的确立、主题的表达和题材的选择上为美国民族文学的最终确立奠定了坚实的基础。第二，形成了艺术上独树一帜的"欧文式"风格，清新隽永，流畅自如，为美国民族文学在艺术上不断走向成熟开辟出了一条新的道路。第三，将短篇小说、历史传奇和任务评传作为一种新颖的创作形式固定下来。

二、詹姆斯·库珀的浪漫主义文学创作

詹姆斯·库珀出生于新泽西州伯灵顿城，1803 年从奥尔巴尼高级中学毕业后进入耶鲁大学深造，但在两年后未毕业就离开了学校。1814 年起定居在库珀镇老家，过着乡村绅士的悠闲生活，并开始钻研农业、政治、财经和社会学方面一些使他感兴趣的问题，这为他日后的文学创作提供了不少有用的知识。

1817 年，库珀把家搬到了萨克斯迪尔农庄。在 30 岁那年，库珀突然心血来潮地向家人宣布他立志要成为一位小说家。1820 年，库珀经过一段时间的努力完成并自费出版了他的第一部小说《警戒》。这部小说的题材是英国上流社会，用传统的英国小说的写作模式，可以说这部小说是一部失败的小说，因为它不仅带有极大的消遣性，而且带有很大的模仿性。库珀自我解嘲地说，这不过是专为他的儿女们解闷而写的。当然，库珀并不甘心失败，他从《警戒》中总结教训，认为自己必须写出一部以美国人的生活为题材的、反映美国人精神世界的"纯粹美国式"的小说。于是，第二年，一部新的长篇小说《间谍》诞生了。这是一部以美国独立战争为背景，充满着强烈的爱国主义情绪的作品。作者以巨大的热忱塑造了一个名叫哈维·柏契的爱国者的形象，取得了很大的成功。1923 年，库珀又出版了他的第三部长篇小说《拓荒者》。这是作者计划中的长篇系列小说"皮袜子故事集"中的第一部，然而库珀并没有按计划接下去写这组系列小说的第二部。为了猎取新奇的题材，他转而去创作以他早期航海生活为素材的小说，同年出版的长篇小说《舵手》就是这一变化的产物。库珀写这部小说的动机，也许是想与前一年问世的司各特同一题材的小说《海盗》相媲美。

连续出版了四部长篇小说的库珀，已成为美国闻名的小说家。不久，他从乡间庄园移居到美国文化中心纽约城，发起并组织了"面包与乳酪俱乐部"，一跃成为美国文坛上居于领导地位的人物。他在长篇小说创作领域中连续开创了历史小说（《间谍》）、边疆小说（《拓荒者》）和海洋小说（《舵手》）三种不同类型的题材，这在美国文学史上是空前的，尤其是以开发北美大陆西部地区为中心内容的边疆小说，引起了人们极大的兴趣。由于 19 世纪 20 年代是美国西部不断开发的时期，所以《拓荒者》在社会上引起了特别强烈的反响。从 1826 年开始，库珀又重新

投入"皮袜子故事集"的创作。他研究西部边疆地区开发中文明与野性冲突的兴趣进一步增长,接着出版的两部小说《最后一个莫希干人》和《草原》描绘了曼笛·邦坡的漫长生活经历。前者是对18世纪50年代英法殖民主义者之间掠夺战争的生动叙述,后者则是邦坡晚年的生活记录,直至他平静地在西部大草原中离开人世。

1826至1833年,库珀先后去英国、意大利等地旅行考察,并在后期担任了美国驻法国里昂的领事职务。出国期间,这位不知疲倦、精力过人的小说家依然勤奋创作,写出了三部描写美国人在海上冒险经历的、富有浪漫主义气息的长篇小说《红海盗》《悲哀的希望》和《水妖》,以及反映作者所见所闻的欧洲生活"三部曲":《刺客》《教士》《刽子手》。回国以后,库珀面对美国社会风气的日益腐败,思想陷入了矛盾和苦闷。针对社会道德的堕落、民主权利的滥用,库珀改变了创作方向,企图在自己的作品中描绘一个想象中的人类生活的理想境界,以唤起人们的良知,这些作品包括《致同胞们的信》、讽刺小说《蒙纳丁斯》、四卷本随笔集《欧洲拾零》、充满贵族社会理想的政论著作《美国的民主》《归途》和《重建家园》。在后两部内容相互衔接的姐妹作中,库珀通过纽约两个地主爱德华特和约翰·伊发哈姆赴欧旅行经历的描写,虚构了一幅美好、理想的社会道德景象,同时也讽刺了美国上层社会人物的虚伪和愚笨,因而受到某些人的攻讦。

1838年,库珀终于又回到了库珀镇老家。在此期间,库珀写了一部博学的、内容丰富的著作——《美国海军史》,此乃库珀早年的海军军官经历引起的写作动机。1840至1841年,他又先后出版了《探路者》和《猎鹿者》,终于圆满地完成了规模宏大的"皮袜子故事集"系列小说的创作。到此为止,库珀从1820年突然投入文学生涯开始,经历了20余年的艰苦过程,以爆发式的创作才能,写出了16部杰出的也引起争议的长篇小说,成为美国一流的小说家及继欧文之后重要的美国作家。

与差不多同时代的小说家巴尔扎克笔下的那个实实在在的世界相比,库珀的作品所构建表现的是一个神奇而完美的童话世界。库珀将浪漫主义小说发展到了一个非常完整、充分且在艺术上无懈可击的程度。他是第一个将小说这一创作形式的优势充分发挥出来的美国作家,因此,他在美国文坛占据无可争辩的重要地位。那些题材多样、激动人心的作品,以及在作品的情节描绘中所反映出来的鲜明的、带有冒险性质的浪漫主义色彩受到了读者的普遍欢迎。库珀的艺术力量还在于他丰富的想象能力和智慧来自作家本人对创作热情的长期探索。同时,一种坚定的民主主义思想赋予库珀对法律与真理的热爱、崇敬、真诚和信仰。尽管他的作品是严肃的,但他却能以浪漫主义为基础把他博学的历史知识理想化,并通过生动的语言使其成为激发读者内心感情的作品。

由于库珀的一生努力，浪漫主义小说（尤其是长篇小说）成为美国民族文学中重要的创作形式。他在战争历史小说、海洋冒险小说和边疆冒险小说方面取得的三大成就为以后美国小说的创作开辟了广阔的领域，在整个19世纪一直成为美国作家们仿效的榜样。

归纳起来，库珀的贡献主要在于：第一，为美国民族文学长篇小说的创作开拓了新的广阔领域；第二，在艺术形式上树立了充满浪漫主义色彩的"库珀式"小说体；第三，把长篇小说的创作与整个时代的发展紧密地结合在一起。

三、埃德加·爱伦·坡的浪漫主义文学创作

埃德加·爱伦·坡生于波士顿，出生不久，父母即分离，接着父亲病故，他只得随母亲流浪。1811年其母在弗吉尼亚首府里士满病逝，埃德加便与他的哥哥和妹妹成了孤儿，各自被人收养。

早在上小学时爱伦·坡就喜爱写诗。1827年他在波士顿自费匿名出版了第一部诗集《帖木儿及其他》，同年他虚报年龄和编造假名当了兵。1830年，爱伦·坡考取了西点军校，但在第二年因玩忽职守被校方开除。他流浪到纽约，在那里出版了包括译诗《以色拉夫》、抒情寺《致海伦》和《大海中的城市》三部分内容的《埃德加·爱伦·坡诗选》。不久也回到巴尔的摩开始为杂志创作短篇小说。他的第一个短篇小说《皮瓶子里发现的手稿》发表于1833年费拉德尔斐亚的《星期六信使》杂志中。第二年他又以此作参加了《巴尔的摩星期六旅游》杂志的征文比赛，并获一等奖。这个作品的发表引起了社会的注意。1835年，爱伦·坡被一个姓肯尼迪的治安官员介绍到《南方文学使者》杂志担任编辑。

1836年，《南方文学使者》为爱伦·坡出版了一部综合性的作品选集《波利希安：一个悲剧》，它包括评论83篇、寺六首、随笔四篇和短篇小说三篇，深受社会欢迎，十分畅销。但在第二年1月，由于任性和固执，他与杂志社闹翻，接着把家搬到纽约，依靠卖文为生，在那里他出版了中篇小说《阿瑟·戈登·皮姆的故事》。1839年，爱伦·坡来到费拉德尔斐亚，在《伯顿绅士杂志》当编辑，并编选了《述异集》，于1840年出版，这是爱伦·坡的第一个短篇小说集，包括他这些年所写的全部作品。1841至1842年，爱伦·坡在《格雷厄姆斯杂志》任文学编辑，并在该杂志刊登了小说集《莫格街谋杀案》，这部作品集是世界文学中侦探小说的首创。1843年，爱伦·坡的小说《神秘的玛丽·罗瑞》获得费拉德尔斐亚的"金甲虫"奖。1844年，爱伦·坡来到纽约，与当地的《纽约镜》杂志发生了联系，于此发表了诗作《强盗》，后来又在《百老汇评论》的帮助下出版了小说集《故事集》和诗选《强盗及其他》。同时，爱伦·坡还写了不少针对当时文学界的评论文章，

主要有《纽约的文学界》等。他的自选集《文学界》包括了这方面的绝大部分文章。此外，爱伦·坡亦创作了诗《钟声》《致安妮》《阿娜贝尔·李》和具有神秘浪漫主义色彩的散文《我找到了》。

爱伦·坡一生共写了 70 多篇小说，按内容和风格可分为恐怖小说和推理小说两类。前者以荒诞可怕的故事为题材，着重刻画人物的变态心理，后者则是以推理的方法来侦破案件的侦探小说。《阿瑟·戈登·皮姆的故事》属于前一类。小说以第一人称的形式，通过一个名叫阿瑟·戈登·皮姆的偷渡者的自述，描绘了一个旷日持久的惊险故事：1827 年 6 月，皮姆为了偷渡出国，悄悄地登上了一艘名叫"虎鲸"号的捕鲸船，从美国马萨诸塞州东南面的南塔克特岛驶向太平洋。不料途中水手们叛变，接着又遭到一场风暴，船上的人差不多都同归于尽，只剩下皮姆和另一个水手幸免于难。他俩划着一艘独木舟，穿过梦一般的境界，在南极海地区和太平洋群岛上无目的地航行着，一个庞大的白茫茫的世界展现在他们面前……小说以一个真实的事件为基础，爱伦·坡在作品中显示出出色的虚构想象的才能，使人们似乎回到了那虚无缥缈的古老世界。

爱伦·坡的恐怖小说，最著名的当属《厄舍古屋的倒塌》和《红色死亡假面舞会》。《厄舍古屋的倒塌》讲述了行将没落的厄舍家族最后一代令人恐怖的命运。劳德立克·厄舍和他的妹妹玛德琳·厄舍都患有无可救药的癫痫病症，由于一种狂乱的病态心理，劳德立克在妹妹尚未咽气时就把她装进了棺材。不久之后的一个夜里，先是一阵微弱的挣扎声，尔后是棺材的劈开声，古屋门链的摩擦声，身裹寿衣、血迹斑斑的少女玛德琳像个幽灵立在劳德立克面前。她摇摇晃晃地跌进门内，倒在她哥哥身上，发出一阵垂死的呻吟，将他拉倒在地，劳德立克因极度惊吓而死，成了一具僵尸。就在此时，一阵旋风怒吼，古屋倒塌，响起了震天动地的回声。小说以奇特的文笔、令人毛骨悚然的气氛和耐人寻味的主题闻名于世，后来被列入世界短篇精华之林。《红色死亡假面舞会》使人进入一个充满中世纪传奇色彩的恐怖时代，读者犹如做了一个可怕的噩梦：从前有一个国家，由于发生了名叫"红色死亡"的瘟疫而变得荒芜和衰败。一位王爷决定保护自己和周围的人，带领大家转移到远处一个城堡里隐蔽起来。这个城堡里住着上千个骑士和小姐。他们在那里追求快乐和奢华的生活，过了几个月幸福的时光。一次，王爷在庞大的客厅里举行假面舞会，许多寻欢作乐者戴着假面具、穿着稀奇古怪的服装前来参加。狂欢方酣，时入子夜，一个恐怖的、蒙面人的影子突然来到他们身边，外表就像"红色死亡"。王爷见影子向他逼近，就大叫一声拔出短剑刺去，可是被刺倒的竟是王爷自己。众人围上前去企图抓住影子，但抓到的竟是一件寿衣和一个僵尸面具，他们才认识到王爷就是"红色死亡"本身。接着，这些寻欢作乐的人一个个倒在血流满地的大厅里，火光熄灭了。在这类作品中，爱伦·坡以丰富的形象思维和高超的叙事能力，展现了一个个令人心惊不已和怪诞恐惧的场景，以竭力渲染他心目中业已构建完成的恐怖。以《厄舍古屋的倒塌》为例，小说的末尾写到"我"——应主人邀请来此作客逗留的劳德立克·厄舍的童年好友——眼见幽灵似的玛德琳倒在她哥哥身旁并将他拉倒在地，成了一具僵尸时——我吓得几乎没命，立即逃出那间屋子，逃出厄舍古屋。不知不觉中穿过倾颓的堤道，只见四下狂风大作呼啸而过，突然向路上射来一道奇怪的光亮。厄舍古屋和它黑黝的影子已经掉在我的身后，我企图看清这道怪光的来源，原来它来自天上一轮猩红的月亮，光从缝隙透视下来，呈现出刺眼的白光。古屋的这道裂缝此前并不明显，如今竟清晰地从屋顶曲曲折折一直裂到墙脚。正在我呆呆地目视之际，耳边一阵旋风怒吼，裂缝瞬间扩大，在猩红色月亮的窥视之下，平地响起震天动地的喊声，那喊声经久不息，似万马奔腾，似波涛汹涌——就在此喊声中，古屋轰然塌下，令人心惊肉跳、头晕目眩——此刻，脚下只有幽深的山坳谷地，和那阴森森的被淹没于一片瓦砾之中的厄舍古屋。读者不难从这样的描述中体会到"恐怖"的感觉。

爱伦·坡的第二类小说是以推理侦破案件为主要情节的作品，所以他被后人奉为推理小说的鼻祖。1841 年发表的《莫格街谋杀案》是他此类文学创作的第一部作品。与《莫格街谋杀案》同属一类的还有它的续篇《神秘的玛丽·罗瑞》以及《失窃的信》和《金甲虫》等小说。

爱伦·坡写的推理侦破小说虽不多，可是对后人的影响十分重大。他的作品推理细密，叙述完整，甚至对犯罪心理学方面的分析也可以成为经典之说。他竭力塑造了一个有智有谋的业余侦探杜宾的生动形象，成为柯南道尔笔下的福尔摩斯和柯林斯笔下的克夫的先辈。杜宾身上体现了爱伦·坡的自我理想和人类智慧与才能的结晶。不仅如此，爱伦·坡的许多小说对后人的创作都产生了重要影响。

可以看出，在爱伦·坡的作品中，既有出色的描写，也有神经质的狂叫；既有对人类美好情感的抒发，也有恐怖狂乱的、梦魇般的发泄；纯洁与邪恶杂糅，天使与魔鬼并存。以小说创作而论，爱伦·坡的成就虽然在他的诗名之下，但从开创推理小说这一新的形式和着重作品中人物心理世界的描写这两点来说，他对后人的启发和影响是极大的。大家完全可以从 20 世纪荒诞主义、心理主义、表现主义身上看到爱伦·坡的影子。他的文学作品，尤其他的小说在世界上的地位和影响是不容否定的。因此，不能把爱伦·坡的创作看成是美国文学的"逆流"。历史已经证明，在他身上存在着一种值得后代人深思的气质，他的诗歌、小说、理论都已成为全世界最珍贵的文学宝库中不可缺少的一个组成部分。

四、纳撒尼尔·霍桑的浪漫主义文学创作

纳撒尼尔·霍桑出生在马萨诸塞州塞勒姆镇。霍桑从小就非常喜爱读书，尤其对他出身的哈桑家族的历史感兴趣。在中学的时候，他就对他的家族的迁徙和发家的过程做了仔细的研究和考证，对整个家族的发展历史以及当时新英格兰地区的社会面貌有了比较全面的了解。这个时候获得的知识对他以后小说的创作产生了非常重要，甚至可以说是决定性的影响。

1825 年，霍桑大学毕业后返回塞勒姆镇家中，开始了 12 年的写作生活。他写历史小说，也写寓言故事，内容包括北美殖民地时期新英格兰地区的社会生活和人们在精神上的相互冲突。一个名叫古德里奇的出版商，见到了霍桑 1828 年自费印刷的小说处女作《范肖》后，对这位年轻的作者甚感兴趣，以后霍桑的作品大部分被古德里奇拿去发表在他主办的《象征》杂志上。《范肖》带有丰富的浪漫色彩，也可以视为霍桑的自画像，讲述了立志献身学业的范肖爱上了一名年轻漂亮的女生爱伦·朗斯顿的故事，但爱伦另有所爱，最终范肖在情感的痛苦折磨中离开人间。作品揭示了主人公在思想观念和现实世界矛盾中的痛苦过程。1842 年，古德里奇特意重版了霍桑的短篇小说集《重讲一遍的故事》。这是作者的第一部作品集，其中著名的作品有《欢乐山的五月柱》《教长的黑面纱》《恩地科特与红十字架》《大红宝石》《希金伯特姆先生的灾难》《白发勇士》和《从镇上水泵中流出来的小溪》等。这部短篇小说集的问世为霍桑初步奠定了小说家的地位。

1846 年，《小伙子古德蒙·布朗》《走向天国的道路》《优美的艺术家》及《拉帕其尼医生的女儿》等短篇以《古屋青苔》为题出版，这是霍桑第二部引人注目的小说集。1850 年为他带来巨大声誉的长篇小说《红字》出版，历史证明这是一部伟大的作品，它的成功使霍桑成为当时一流的小说家。以后的几年内，霍桑如一个骁勇的猛将向文坛的高峰一次次冲击。1851 年他写成并出版了第二部长篇小说《带有七个尖角阁的房子》，1852 年他的第三部长篇小说《福谷传奇》问世，同时出版了又一部短篇集《雪的雕像及其他重讲一遍的故事》，其中包括《雪的雕像》《人面巨石》等。

《带有七个尖角阁的房子》是霍桑继《红字》成功之后的又一力作，是一部包含丰富历史内容的家族世仇小说。《福谷传奇》是霍桑唯一以第一人称写成的小说，描写了一个名叫麦尔斯·卡沃戴尔的年轻诗人与另外几位"梦想家"在福谷施行"乌托邦"式改良实验的过程，其中穿插了卡沃戴尔与珍娜比亚、普丽丝拉两个少女的爱情纠葛。《福谷传奇》的知名度虽比不上前两部长篇作品，但它的朦

胧意识和神秘色彩，显示了霍桑写作技巧的诡谲奇特。

《红字》被公认为是霍桑最杰出的代表作，也是整个美国浪漫主义小说中最有声望的权威作品。小说一出版，它的巨大思想价值和艺术成就即被当时的人们所肯定。1851 年《红字》出现了德文译本，1852 年有了法文译本，以后又被译成世界多种文字，并被戏剧家和音乐家们改编成戏剧、歌剧搬上舞台。小说的故事发生在 17 世纪中期加尔文教派统治下的波士顿，与霍桑的其他许多作品具有同样的时代背景。作者从当时的社会现状入手，通过一个感人的爱情悲剧来揭露宗教当局对人们精神、心灵和道德的摧残，抨击了清教徒中的上层分子和那些掌握政治、宗教大权的统治者的伪善和残酷。

《红字》故事的女主角海丝特·白兰是一个婚姻不幸的女人，她年轻美貌，却嫁给了一个身体畸形多病的术士罗杰·齐灵沃斯，夫妻之间根本谈不上爱与情。后来罗杰又在海上被掳失踪，杳无音讯，白兰孤独地过日子，精神十分痛苦。这时一个英俊的、有气魄的男子闯进了她的生活，他就是青年牧师亚瑟·丁梅斯代尔。他们真诚地相爱了，度过了一段隐秘的然而又热烈的爱情生活。不久，白兰由于怀孕隐情暴露，以通奸罪被抓，在狱中生下了女儿小珠儿。按照当时的教规，犯有通奸罪的妇女必须当街示众，只有在她交代奸夫的姓名后才能得到赦免，否则将受惩罚。于是白兰被狱卒押送出狱，怀抱女儿，来到法院广场的高台上接受讯问和示众。白兰在枷刑台上镇静自若，拒绝回答所谓她奸夫的姓名，而执行审讯任务却正是她的情人——牧师丁梅斯代尔！白兰宁愿独自忍受任何惩罚，为了把她与丁梅斯代尔之间的爱情深深地埋藏在心底，她坚强地挺住了。

海丝特·白兰终于受到了惩罚，她必须终身穿着一件绣有红色"A"字的外衣。在人们心中这是堕落和罪孽的标志——字母"A"代表英文"通奸"（Adultery）一词。忍受不了这种内心痛苦的丁梅斯代尔，在即将升任主教的前夕，在一次规模宏大的宗教典礼中，不顾后果的严重性，当众宣布了自己隐藏多年的秘密：他，就是海丝特·白兰的情人！他，就是那个孩子的父亲！他在自己爱人的身边，让女儿吻了他之后，离开了人世。

《红字》在艺术上也甚有特色。细腻的心理描写，梦幻般的浪漫气氛和丰富的象征手法，使作品充满着一股迷人的魅力，紧紧地吸引着读者。它既有中世纪神秘主义的色彩，又包含了早期资本主义社会的现实。作者用蔷薇花象征美和善，用监狱象征死亡，用一道光、一只鸟、一朵花象征丁梅斯代尔与白兰之间爱情的结晶——他们的女儿小珠儿，这都是浪漫主义艺术手法的具体表现。无论从哪方面说，《红字》都不愧为美国浪漫主义小说的伟大代表。

霍桑作品的价值是与他的创作思想紧密相关的，一个突出的证明就是《红字》的问世。正是由于霍桑心里有着对忠贞爱情的赞美，有着对殖民时期宗教势力的谴责，有着充满崇高情操的人道主义精神，霍桑才能创作出这部堪称伟大的作品。

霍桑的创作思想，让他的小说获得了美国浪漫主义文学的最高成就。正是由于霍桑不懈的努力，美国浪漫主义小说创作在民族文学的道路上掀起了一个新的高潮。霍桑从欧文和库珀的手里接过了文学的接力棒，完成了攀登浪漫主义高峰的最后冲刺。他值得称道的艺术技巧，使得小说这一文学形式，尤其是短篇小说，成了精美绝伦、令人赞叹的艺术品。在霍桑之前，欧文虽是短篇小说的首创者，然而他只做过为数有限的实践；库珀的贡献主要在于他那粗犷、雄壮的边疆小说，他的创作容易使人联想到荒诞的鬼怪；只有到了霍桑时代，小说才有了神奇般的魔力。

五、赫尔曼·梅尔维尔的浪漫主义文学创作

赫尔曼·梅尔维尔出生于纽约，早年就读于当地的小学。1841年1月3日，梅尔维尔登上了"阿古希耐"号捕鲸船，从马萨诸塞州美国的捕鲸业中心新贝德福德港出发，去南太平洋做了一次捕鲸航行。梅尔维尔的这次航行给他以后的经历带来了决定性的影响，使他无论在生活上还是在创作上都与海洋和捕鲸船结下了不解之缘。整整18个月，"阿古希耐"号一直航行在茫茫的海上。由于忍受不了繁重的劳动和船长严厉的管教，1842年7月9日，梅尔维尔终于逃离捕鲸船，登上南太平洋的马克萨斯群岛。之后，他一路颠沛流离，于1844年10月14日随舰回到波士顿。

回家之后不久，梅尔维尔开始以他在南太平洋的冒险经历为题材写作小说。描写他在马克萨斯群岛上令人胆战心惊的生活情景的第一部作品《泰比》于1846年分别在伦敦和纽约出版。这部长篇小说以新奇的题材、动人的情节和朴素的描述手法受到社会的欢迎。作品采用第一人称自述的形式，以作者当年在群岛上所遇到的各种惊险场面为主要内容进行描述。

此后，梅尔维尔又写了第二部小说《欧穆》，引起了更多读者的兴趣。1849年，他出版了寓言浪漫小说《马蒂》和以他早年航行利物浦的经历为题材的《雷德本》。他的第五部小说《白夹克》以海上战争为题材，于1850年出版。这一年，梅尔维尔为了料理他的出版业务前往英国，并在那里做了一次短期旅行。回国以后，他在马萨诸塞州中部的皮茨弗尔德定居下来，过起自由自在的乡村绅士生活。在那里他与霍桑相识，并很快成了知己。翌年，梅尔维尔出版了他最著名的小说《白鲸》；1852年，他发表了被认为是心理小说先驱的《皮埃尔》；接着他把创作的兴趣从海洋生活转向美国历史，写就历史小说《伊斯雷尔·波特》；不久，他又

将几年来在《哈珀斯》杂志和《柱特曼斯》杂志上发表的短篇小说汇编成册，题为《广场故事》出版；1857 年，他出版了对美国生活方式进行讽刺的半寓言性质的小说《骗子》。

由于健康原因，1856 至 1857 年，梅尔维尔去欧洲旅行。他一生最感兴趣的是海洋、旅行和雕塑，海洋是他的事业和生命，旅行是他最好的休息和工作方式，雕塑则是他艺术上的精神寄托。

《白鲸》是一部无愧于进入世界伟大作品之列的小说。小说通过对捕鲸船"皮阔德"号在海上捕鲸的惊险经历的描绘，典型地反映了 19 世纪初期在美国资本主义初步发展背景下，被迫出海捕鲸的水手们的悲惨命运，以及作为当时一种重要的生产方式存在的捕鲸业的真实面目。

《白鲸》刚出版时所引起的争议，主要是对"莫比·迪克"的不同认识。有人把它说成是"恶"的化身，但实际上梅尔维尔企图把它写成是一种超自然的"力"的代表。在对"莫比·迪克"的描写上，作品无疑带有浓重的神秘主义气氛，同时，作者又以拟人的手法描写了"莫比·迪克"神秘、宏大、顽强的搏斗精神，这是一种灵魂的寄托。它的形象正是整个大自然伟大的化身！《白鲸》以非凡的气势，将整部小说的情节落笔于亚哈同白鲸之间的生死搏斗。它时而平静，时而狂怒，尤其是最后三天，他们之间面对面的交锋——紧张的追逐，愤怒的格杀，给人一种难以透气的感觉。最后的结局是在这场力与恶的搏斗中，鱼死，船沉，人亡，一切都毁灭了！

作者的原意是想反映一种超自然的和与人类恶行之间的生死矛盾，但由于直接描写了水手们在捕鲸过程中的风险和苦难，以致最后几乎全部覆亡的不幸结局，因此，作品客观上表达了当时社会中劳动者的苦难和剥削者的残酷。把"莫比·迪克"写得如此强大和可怕，看来也是作者对资本主义生产方式的一种抨击。

由于《白鲸》表现了一种特殊的气魄，尤其是在对"莫比·迪克"的描写上运用了浪漫主义手法，因而它遭到一些正统宗教保守分子的攻击，他们或认为这是现实与传奇混在一起的大杂烩，或认为是一派胡言。但作品的社会意义和象征手法及其人道主义进步倾向，即使在当时不为人们所理解，现在亦终于得到了历史的公认。

第三节　本土诗歌

除了具有纯粹美利坚民族特色的美国式小说之外，美国还诞生了带有欧洲文学色彩的本土诗歌，代表作家有艾米莉·狄金森、威廉·布莱恩特和亨利·朗费罗，本节将对他们以及他们的作品进行简单的阐述。

一、艾米莉·狄金森的浪漫主义诗歌创作

艾米莉·狄金森是美国著名女诗人，她出生于马萨诸塞州斯特镇一个古英格兰世家。正规教育不能满足她对知识的渴求，她通过自学深谙古典神话、《圣经》和莎士比亚的作品，她亦接触了许多英美诗人和小说家的作品。

狄金森约自20多岁开始认真进行诗歌创作，匿名发表的《写给威廉·豪兰德先生的贺卡》共68行，1852年在《共和党人》杂志上发表。1858年前后，她开始把自己的诗作加以清理并收集起来，用线装订成小册。当时已写成52首，1862年共已得诗356首。1865年她创作诗歌85首，此后至卒世，平均每年20首，共写就1 775首诗。

狄金森和她的同代人梅尔维尔及诗人爱伦·坡一样，曾经历了一个被"重新发现"的过程。她在世时只有七首诗面世。去世后，她的诗作才得以陆续问世，并逐渐奠定了女诗人在文学史上的地位。1950年哈佛大学买下她诗作的全部版权，1955年出版了狄金森全集，包括三卷诗歌、三卷书信。狄金森在20世纪被"重新发现"了。

狄金森是一位思想敏感、内心活动极其丰富的人。她坐在二楼窗边，望着外面的大千世界，脑海充满激情和感受。自然界的花草鸟兽，人的七情六欲，她都悉心体验。狄金森的诗令人有机会洞察她的灵魂，并通过她的天才诗作了解到她所处的时代人的灵魂状貌。心理现实主义小说家亨利·詹姆斯对她推崇备至，热情地称她的诗是"灵魂的风景图"。[①]

狄金森的诗歌表现悲多喜少，她的悲源于她凄凉的内心，这和当时业已开始蔓延的信仰危机有关。狄金森笃信基督教加尔文教义，它的"命中注定"思想给她的思想和创作涂上了一层悲观色彩。她渴求肯定的宗教信仰、上帝的匡助和好的生活，读她的诸如《至少还可以做祈祷》等诗便可知晓。但是上帝对她并不总是真实的，她对上帝在人死后的安排并不总是相信。她对上帝的态度，特别是对允许恶存在的上帝的态度，并不总是恭维的，她有时辛辣的讥讽绝非出于偶然，对上帝的怀疑是她内心悲伤的基本原因。占据狄金森思想的重要问题之一是"死亡"和"永生"，她一生写了五六百首关于死亡的诗歌。她对"永生"的态度是矛盾的，对死亡的情景和进天国的过程都悉心描述过。狄金森的诗歌也表现出她对社会政治的关心。她反对过分强调商业化，反对蓄奴制；对穷人富于同情，反对

---

① 常耀信.精编美国文学教程[M].天津：南开大学出版社，2005：87.

死刑，对美国的发展也充满喜悦的心情。

狄金森的美学观点和她的文学创作实践是契合一致的。她认为，诗歌非同小可，她要求诗有荡人心肺的激情。情源于内心，多因触景而迸发出来。狄金森认为，诗人的灵感来自内心或内心感情的强度；只有真正的诗人才可以理解世界的全部内涵，真、善、美最终是一体，最高尚的美是积极的、肯定的神圣所表现出的美。

狄金森诗歌的最突出特点是独创性。她渴求自由，不愿受任何传统形式的束缚。她承认，"我生活中没有君主，也不能统治自己"①；在寻求创作自由方面，她确是无法无天的。她大概也深感来自传统和社会的压力，她说："疯极是最神圣的清醒""过于清醒是极疯""被铁链锁起"。她无视语法、句法、大写、标点等传统文字的表达规则，无视英诗传统格律，她在这方面的"突破"众所周知。甚至某些词语，如果她的表达需要，她也会毫不犹豫地改变其词性或切掉其碍事的"尾巴"。

狄金森重视运用意象。她认为诗歌应通过具体形象体现思想，诗人应以生动的意象表达抽象概念。狄金森擅长运用视觉、听觉等意象，立意新颖深刻，想象奇特，寓情于境，比喻常出人意表，给人一种怪诞感觉。她的诗多是具体事物的巧妙排列，或并排，或重叠，或相互交融，不少时候，意象之间没有常有的连接，读来颇有中国古典诗歌的韵味。狄金森的诗作言简意赅，语言朴素，不事雕琢，简短、直接和普通。诗作短小精悍，不少只含有一个主导意象。她的作品中，每一个字都是一幅图画。她成为英美20世纪意象派诗人崇拜的先驱者。

狄金森一生辛勤笔耕，写出包括1 775首诗的长长的"一封信"留给后世。她自知并非是名家大家，但并不气馁，她有一颗永远向上的心。她不愿出名，她宣称，出版是对人的思想的拍卖。然而，诸如《蜘蛛作为艺术家》这种诗篇又让人洞见到她自信具有永恒的力量。《胜利来得迟》中期望获得成功之心又何等迫切。狄金森深知世人对她尚无思想准备，她不求近名小利，希望能永垂青史，她看到了正在戴向自己头上的王冠。她在其名作《这是我写给世人的信》中以近似恳求的口吻说："为着爱她吧，亲爱的国人，评价我时请客气"，说明她并非漠不关心。《成功被认为是最甜美的》表露出她渴求成功的心态以及她的批评远见，她似听到了在耳际回荡的胜利凯歌。

狄金森的爱情诗读来也是悲多喜少，她虽终身未嫁，然而并非如死灰槁木之人。她的诗如《狂风夜！狂风夜！》《我委身于他》《怀疑我吧，我的朦胧的伙伴！》及《既然是你使我心碎我感到骄傲》等都表现出女诗人胸内燃烧着的炽烈的爱的火焰。

---

① 　常耀信.精编美国文学教程 [M].天津：南开大学出版社，2005：88.

二、威廉·布莱恩特的浪漫主义诗歌创作

威廉·布莱恩特堪称美国浪漫主义诗坛的先驱。他出生在马萨诸塞州偏僻林区的卡明顿，自幼受文化气氛的熏陶，对希腊文和拉丁文极感兴趣。也因家庭影响，他早年的宗教和政治观点皆倾向保守，认为人的堕落导致自然界的堕落，恰如后来他在 19 世纪 30 年代的《草原》一诗中所表达的。他的政治观点属联邦主义政治，1808 年他的第一首诗《禁运》是反杰斐逊的。1817 年，布莱恩特发表《关于死亡的感想》一诗，一跃而为诗坛名人。1820 年年末，他发表了第一部诗集。1825 年他举家迁至纽约，任《晚邮报》编辑 50 余年，使之成为美国国内很有声望的报纸。威廉·布莱恩特主要通过《晚邮报》发表见解，成为社会和文化生活的重要人物。作为坚决的杰克逊民主党人，他曾在党内领导反蓄奴制运动，写出《非洲酋长》及《奴隶制的末日》等立场鲜明的诗篇。威廉·布莱恩特维护有组织的劳工的权利，提倡贸易自由、言论自由、出版自由，后又帮助组建共和党。1860 年他在林肯总统竞选中成为很有影响的支持者。布莱恩特对国际事态也极表关切，他支持西班牙、希腊、意大利及拉丁美洲各国人民的民族解放运动，曾写出《西班牙》《致雪莱》《意大利》等诗篇，翻译和介绍古巴革命诗人何塞·马亚·埃雷迪亚的诗作，敬重拉美民族解放领袖西蒙·玻里沃尔。布莱恩特晚年声望达到顶点，成为国家先知性人物。年届古稀又开始翻译荷马史诗《伊利亚特》和《奥德赛》，译作先后于 1870 年与 1872 年面世，这是他文学生涯的终点。1878 年他辞世时，全国为失去一位伟大的诗人而悲痛，纽约市降半旗，店铺缀黑纱以致哀。

布莱恩特对美国诗歌的主要贡献在于用诗笔描绘美国的乡土景色。那漫无涯际的北美大草原，它的荒凉与寂寥，在诗人眼中呈现出令人肃然起敬的神圣色调。《草原》一诗以细腻的诗笔讴歌了北美的内在美。布莱恩特认为，只有亲眼所见、亲身经历的事物才能激励诗人的灵感与想象。他的诗主要是自然抒情诗，写土地、小溪、森林和花草，以绘景为主，故有美国自然诗人之称。布莱恩特的《十四行诗：致赴欧的美国画家》总结了他的主要题材，表达了他热爱乡土的赤子之心。他在这首写给画家朋友的诗中说，你在欧洲可能会见到美丽的景色，美丽而又不同，举止、房屋、墓地、低谷、山巅，一切都会不司，要永保本国的荒野形象又明又亮。

布莱恩特和华兹华斯一样，视自然为人的滋补剂，认为人的世界充满七情六欲，人居于其内天性会受到损伤，会失去纯真而堕落。自然界的一切都似充满生机和灵气，它对人的思想具有修补和洗涤作用。他的《入林处碑文》充分表现出这种思想，以及明显的自然神论色彩，和超验主义的"超灵"思想很有雷同之处。

布莱恩特的传世诗作是《关于死亡的感想》。这首歌颂死亡的诗表现出明显的"墓地诗人"的影响。"死"在这里成为宇宙运行之必然，不像基督教所宣扬的死后入天国那样快乐，或下地狱那样可怕。死是自古以来的现实存在。布莱恩特笔下的死很有异教的风貌，对死的态度很有自然崇拜的意味：人最终要同大自然的形体相融合，死不是造物的终结，而是开端，是再生的开端，人是永恒的。

布莱恩特主张诗歌应有教育意义，他的诗歌多为加强世人的观念或成见而作。他一生不断有诗集问世，逐渐地成为人们心目中的圣人式人物。他希望自己能成为一位导师和父亲，向他的国民论证和诠解美国人的命运及其文化发展趋向。布莱恩特像一个智者，以慈祥的目光面对满腹狐疑的读者，以肯定的口吻阐明传统观点的正确。他的其他名篇包括《岁月》《往昔》《年华的溢流》《绿河》《水鸟》等脍炙人口的诗篇。布莱恩特以"墓地诗人"为张本，创作技巧属保守型。

三、亨利·朗费罗的浪漫主义诗歌创作

亨利·朗费罗生于缅因州波特兰市，曾在博多因学院任现代语言教授，在哈佛任教授。朗费罗自幼富于想象，喜爱文学。他的故乡充满传奇色调，民间传说、移民的故事、印第安人神话等都深深根植于诗人童年的头脑中。1839 年他出版第一部诗集《夜籁集》，其中收录了《人生礼赞》这首 19 世纪最受欢迎的诗作。1842 年面世的第二本诗集《歌谣及其他》，包括了诸如《乡村铁匠》等有口皆碑的诗篇。1847 年他的《伊凡吉琳》问世，成功地把欧洲格律移植于美国，运用古典希腊音步形式，述说不久前发生在北美的动人的伊凡吉琳的故事。1855 年，他发表《海华沙之歌》，运用芬兰民歌韵律颂扬印第安人的传说。他的《迈尔斯·史坦迪什求婚记》及《路边客店故事集》分别于 1858 年及 1863 年问世，后者在体例上和薄伽丘的《十日谈》及乔叟的《坎特伯雷故事集》有明显的相似之处。朗费罗一生写过多首十四行诗、抒情诗，并以此而著称。此外，他还编译了《欧洲诗人与诗歌》，把欧洲文学的精华介绍到美国；编写各国文学课本，做了大量翻译工作。他晚年曾悉力翻译但丁的《神曲》，并参加大型诗歌集的选编工作。他一生在平静和富裕中度过，最后一次赴欧洲访问，受到英国维多利亚女王的接见。在全国庆祝他的 75 岁诞辰之后不久，他与世长辞，英国威斯敏斯特教堂为他的墓碑举行了揭幕仪式。

朗费罗为他的世界带来了生的快乐和勇气，他的诗充满了一种乐观向上的精神。他生活在美国蓬勃向上的发展时代，坚韧不拔、知难勇进成为他诗作的主旋律，很有同代英国诗人勃朗宁的热情和乐观情绪。《人生礼赞》堪称他在这方面的代表作，写成于 1838 年，副标题为"青年人的心对歌者说的话"。诗里说，人生不是

一场幻梦，人要有英雄气概，要不断地进取和追求，哲理性强，语言浅易轻灵而富于情韵，因而具有永恒的魅力。

朗费罗的诗能给予人们一种肯定的信念，人们需要他的十四行诗《造物主》中所表达的那种肯定态度：造物主是可信赖的。《乡村铁匠》讴歌一位虔诚纯朴的劳动者实在而快乐的生活。诗人对生活、对人、对世界充满了爱，因此能够写出充满爱的动人心弦的诗篇。19世纪的美国，从许多意义上讲，也是一个混乱的时代。政治、宗教信仰和经济领域都表现出潜伏的危机，人们处于一种思想混乱的状态，期望有人能给他们以慰藉和生气，给他们指出方向。朗费罗的诗作适应了人们的这种心理需要，因而成为那个时代声望最高的诗人之一。

朗费罗的长诗《伊凡吉琳》《迈尔斯·史坦迪什求婚记》及《海华沙之歌》花费了诗人不少心血和精力，从内容到形式都集诗人成就之大成。这些诗作都取材于美国的历史和生活。《伊凡吉琳》咏颂坚贞的爱情，取材于美国独立革命时期。《迈尔斯·史坦迪什求婚记》歌颂纯真的友谊和爱情，取材于美国殖民早期历史。朗费罗在诗歌创作上的壮举是《海华沙之歌》，这是美国文学史上描写印第安人的第一首长诗。这首诗共22章，洋洋十余万字，以细腻、翔实、富于想象的诗笔描述和记录了印第安人的历史、风俗、社会文化状貌和传统，表现了这个民族崇高的性格、勇敢和勤劳的品质，以及他们对理想的执着追求、对未来的美好憧憬。其中《海华沙的童年》章把原始印第安人与大自然的和谐一致表达得淋漓尽致。诗的结尾两章，《白人的足迹》及《海华沙的离去》，表现出一种新旧交替的悲壮和哀伤，也表现出诗人为历史申辩的局限。当然《海华沙之歌》自始至终透露出诗人对印第安人的强烈同情。朗费罗的其他诗篇，也同样表现出他的同情心与正义感。比如，他的反蓄奴制的一组诗歌《奴役篇》，诉说了黑人受压迫的"血腥故事"。《奴役篇》共七首，其中最闻名的一首是《奴隶的梦》。他通过描述一个沦为奴隶的非洲部落的国王倒在田间、回忆昔日自由生活的梦境，抨击蓄奴制的罪恶，表达黑人对自由的向往。诗人对生活在饥寒交迫中的劳苦大众也饱含同情，他的《挑战》诗作，有时会令人想起杜甫"朱门酒肉臭，路有冻死骨"的著名诗句。

第四节　民族戏剧紧跟欧洲步伐

美国于1776年宣布独立以前，并未有独立风格的民族戏剧。从整体上来看，美国文学落后于欧洲，步欧洲后尘，对欧洲文学，特别是英国文学进行模仿是美国文学艺术的一个重要特征。落后于小说和诗歌的美国戏剧自然更是如此。在欧洲移民纷至沓来的时期，大都是欧洲剧团来北美洲演出，后来才有了当地剧团，上演欧洲剧目。又过了很长时间，当地有人开始模仿欧洲剧作家创作剧本，无论是写作题材和主题，还是艺术风格都缺乏独创性。随着戏剧活动的增多和戏剧创作实践经验的积累，特别是随着美国民族意识的逐渐形成，一些当地剧作家开始从模仿欧洲转向独创，逐渐形成自己的风格特点。首先，他们开始写当地题材和主题，特别是在独立战争期间，他们把戏剧当作一种政治武器，看作讴歌新独立国家的一种手段，写爱国题材和主题成了一种时髦，以反映时代的政治、社会和历史状况。其次，他们开始塑造当地人物形象，如美国佬、黑人和印第安人等，让他们登上戏剧舞台，成为重要角色，占领美国戏剧舞台。虽然这三类人从种族、阶级背景、社会地位等方面看差异很大，但他们在当时都有寻觅自由的强烈愿望。最后，美国风格的剧作逐渐增多起来，美国自己的剧作家队伍逐渐壮大。到了 18 世纪末，美国的民族戏剧已渐成雏形。

爱国主义是早期美国戏剧中的一个重要主题，写这类主题的剧作很少失败。约翰·戴利·伯克是为此类戏剧做出贡献的一位重要剧作家。他出生于爱尔兰，于 1796 年来到波士顿，后来又到纽约市和弗吉尼亚工作，从事文学和戏剧活动。他性格比较古怪，固执己见，不幸于 1808 年 4 月 10 日在一次因政治观点分歧而引起的决斗中丧命。他创作的《邦克山》又名《沃伦将军之死》，于 1797 年 2 月 17 日在波士顿海马克特剧院上演。这是一部历史悲剧，分五幕 12 场，尽管评论家称它是一部"糟糕透顶的剧作"，但演出十分成功，主要是因为剧中充满了爱国主义热忱。剧本讴歌了中心人物沃伦将军高尚的爱国情操，他赞扬了美国的事业，抨击了英国的劣行。他的另一部剧作《女性的爱国主义》于 1798 年 4 月 13 日在纽约公园剧院上演，虽然是一出历史剧，但也表达了作者对美国独立战争事业的诚心支持。

从 1800 年至南北战争之间的半个多世纪里，美国戏剧处于平稳发展的阶段，也是美国戏剧发展史上的一个薄弱环节。同时期的美国小说和诗歌尽力挣脱和冲破欧洲文学，特别是英国文学的樊篱，在浪漫主义文学运动发展的潮流中取得了显著的进步。但美国戏剧却恰恰相反，有紧步欧洲戏剧，特别是英国戏剧的后尘之趋势。这其中的缘由，一方面，因为美国建国不久，许多演员和剧院热衷上演欧洲戏剧，这样对他们更有利，成名快，赚钱多，这自然就冷落了刚刚崛起、羽毛未丰的美国民族戏剧。另一方面，在当时的美国，做职业剧作家是非常困难的，因为靠戏剧创作无法维持生活。种种原因无疑构成了美国戏剧难以迅速发展的障碍。

19 世纪 30 至 50 年代，美国戏剧继续沿着佩恩等人开拓的传奇剧模式发展，深受盛行欧洲和美国的浪漫主义文学运动的影响。美国佬、黑人和印第安人是当地美国人的主要组成部分，渴望得到彻底自由的共同愿望把各类不同的当地人物联系在一起。美国佬不仅希望彻底脱离英国的统治，而且殷切地希望摆脱英国的精神和文化桎梏；黑人希望挣脱套在他们头上的一切枷锁；印第安人希望摆脱英国人的控制。这三类人物从不同的侧面反映了美国当时的社会生活概况，跟稍后登场的爱尔兰人和通常以商人形象出现在舞台上的犹太人一起，逐渐发展成为定型人物，成为美国现代戏剧人物的雏形。

　　南北战争以前的美国戏剧成就跟小说和诗歌不能相提并论，因为这个时期涌现了一大批颇负盛名的散文家、小说家和诗人，欧文、朗费罗、霍尔姆斯、霍桑、梅尔维尔等人都已是成就斐然，没有哪一位戏剧家在文学史上的地位能跟他们比肩。但人们不应该忽视的是，从殖民地时期到南北战争这一段时间里，美国戏剧经历了从萌芽到初具规模这一历史进程，有了自己的剧作家，写当地题材和主题，塑造当地人物形象，有的作品像《时髦》等引起了世界剧坛的注目。整体来看，他们的作品成就没有超出欧洲戏剧传统，但在戏剧演出方面却有独创。例如，白人化装成黑人演戏、船上演出，都是美国特有的，在西方戏剧界是独树一帜的，这是美国对世界戏剧的贡献。南北战争以后的50年间，美国浪漫主义戏剧的影响力逐渐减弱。

第六章　20世纪美国主流文学

第一节　"垮掉的一代"文学

产生于20世纪50年代的"垮掉的一代"的文学是由美国年轻作家和诗人组成的松散的文学流派，他们侧重于对抗一切关于性、宗教及美国生活方式的传统价值观。"垮掉的一代"的文学创作具有自身鲜明的特点：思想倾向上，深受欧洲存在主义某些观念的影响，关心的中心问题是个人在当代社会中的生存状态，抗议社会对他们的压抑，但往往以颓废、堕落、犯罪来表现他们的"脱俗"，与传统的价值和行为规范抗衡；艺术上，标榜"以全盘否定高雅文化为特点"，追求无节制的自我放纵，作品的结构无拘无束乃至杂乱无章，语言粗糙甚至粗鄙。因此，"垮掉的一代"的文学创作包含了大量不健康的因素。但是，他们从新的角度对世界进行了重新认识，粗矿自然的风格对当代美国文学的发展也产生了重要影响。"垮掉的一代"的中心人物是艾伦·金斯堡，代表人物亦包括诗人加利·斯奈达，小说家杰克·凯鲁瓦克、威廉·勃洛斯。

一、艾伦·金斯堡的诗歌创作

艾伦·金斯堡出生于新泽西州纽瓦克。父亲是中学英语教师，写过短诗，母亲是俄国的犹太移民，思想激进，多愁善感，怀疑自己受到联邦调查局的迫害，后来精神失常，这对艾伦造成了严重的心理打击。17岁时，他进入哥伦比亚大学学习经济，他一边读书，一边写诗，曾获得大学的诗歌奖。后来，他创作的《嚎叫》使他一跃成为美国诗坛新秀。《嚎叫》由三部分和《脚注》组成。

第一部分最长，深刻有力。诗人采用狂热的酒神赞歌式的长诗，将真实的生活细节与虚构的意象融为一体，展现了 20 世纪 50 年代扑朔迷离的西方现代城市生活。诗人以自己的亲身经历反映了"垮掉的一代"通过酗酒、纵欲、同性恋和爵士乐来自我陶醉，忍受着穷困潦倒、孤独异化、精神失常甚至自杀的痛苦来冲破物质至上的美国强加给他们的精神锁链。他们像诗人布莱克一样，"通过无节制之路达到智慧的宫殿"，从吸毒的幻觉中寻找心灵的闪电，发现宇宙的颤动和天使的狂喜，形成一股充满刺激和危险的冲击力，将读者卷入重新认识周围世界的心理漩涡。《嚎叫》一开篇就大声直接表示对美国社会的强烈抗议，那连珠炮似的话语紧紧地抓住读者的心。

> 我看见这一代俊杰毁于疯狂，饿着肚子
> 歇斯底里地脱得精光，
> 天亮时拖着脚步穿过黑人街区找一针愤怒的毒品，
> 脑袋像天使的嬉皮士们渴望将古老的天堂和这
> 机械之夜如繁星闪烁的发电机相连，
> 他们贫困、衣衫破旧、双眼凹陷，高高地坐在只供应冷水的
> 公寓的超自然的黑暗中吸毒飘过
> 城市上空思索着爵士乐，
> 他们在高架铁路下向苍天诉衷情，却看见穆罕默德天使们
> 在被照亮的公寓屋顶上蹒跚行走，
> 他们冷眼盯着走过一所所大学在梦幻中看见阿肯色州和
> 战争学者们的布莱克式的悲剧，
> 他们因发疯在骷髅般的窗户上涂写淫秽的颂诗被学院开除，
> 他们穿着内衣没刮胡子在房间里哆嗦，
> 在废纸篓里烧钞票隔墙倾听恐怖之神的声音，
> 他们满脸像阴毛的胡子，扎着一腰带大麻
> 穿过拉雷多返回纽约被查获，
> 他们在油漆过的旅馆里吞火焰或在天堂胡同喝
> 松节油，死去或一夜夜地将自己的躯体十次投入炼狱
> 带着梦、毒品、不眠的恶梦、酒精、阴茎
> 和没完没了的寻欢作乐。①

这几行诗真实地揭示了"垮掉的一代"的疯狂悲哀的精神实质和声嘶力竭的浮躁心态。

第二部分对莫洛克火神进行了描写。在金斯堡看来，时代的"精英"全被无

---

① 袁可嘉.外国现代派作品选（C卷）[M].北京：燕山出版社，2006：310-311.

情地压在社会的巨轮下，他们呻吟、嚎叫，发出愤怒的抗议。社会的冷漠和敌视使他们感到他们成了被遗弃的一代，但他们要生存，不屈服。他们要追求超越现实的精神启示，面对绝望状态进行歇斯底里的狂笑。这也正是对莫洛克火神描写的意图。莫洛克是古代腓尼基人信奉的火神，也是复仇之神，将儿童作为献祭品。金斯堡在诗中将它比作美国社会一切罪恶势力的代表，它是个吃人的"神"，也是美国军工、政府、法院构成的社会体制的集中体现。莫洛克的思想完全是机器，具有吃人肉、喝人血的天性和本能。它到处滥用暴力，迫害无辜，对民众残酷无情，令他们终日胆战心惊，不得安宁。诗人以挑衅的姿态，公开嘲笑："莫洛克神的爱是无边无际的石油和石头。莫洛克神的灵魂是电和银行！莫洛克神的名字是心灵！"① 在作者看来，美国整个民族都被莫洛克神的阴影笼罩着，人人自危。"孩子们在楼梯下尖叫！小伙子在军队里啜泣！老人在公园里流泪！"所有最健康的公民正变成嬉皮士、吸毒鬼和诗人。这一部分亦描写了诗人的朋友卡尔·所罗门，他是永恒的精神的象征。金斯堡描写他跟所罗门在同住的罗克兰精神病院促膝谈心，令人感到人间自有真情在。两人同病相怜，似有说不完的话。"我跟你一起在罗克兰"重复了多次，仿佛20世纪50年代的美国社会犹如一家精神病院。诗人歌颂了所罗门对人类的爱以及他与精神病院统治者莫洛克神做斗争的坚韧不拔的英勇品德，也赞扬了他的殉道精神，对他寄托着很大的希望。但诗里有明显的宗教成分和色情色彩，这一点作者并不否认。

第三部分像赞颂耶稣的祈祷词，仿佛他在礼拜仪式的圣堂上给苦恼人唱安慰受伤的心灵的赞美诗。

《脚注》原是全诗的第四部分，后来金斯堡采纳雷克斯罗思的建议，将它独立成篇。《脚注》从悲观抱怨的情绪转向乐观向上的态度，感到人世间一切都是神圣的，一切都可以变好。金斯堡在《脚注》的第一行接连用15个"神圣"，仿佛神圣可以将破碎的世界重新整合。"人人都是神圣的！处处都是神圣的！每天都在永恒之中每人都是天使！"不难看出，金斯堡的幻觉中带有布莱克式的狂想和惠特曼式的对宇宙的赞颂。

金斯堡早期的诗作大都收入《真实的三明治》。《卡迪西》是其继《嚎叫》之后的又一力作。其风格像《嚎叫》，但近似散文，句子零碎杂乱，难以卒读。此后，他出了不少诗集，《美国的衰落》使他荣获全国图书奖，《心灵之气》汇编了他从1972至1977年的诗作。金斯堡从迷恋政治、怒气冲冲转入宁静的沉思，展现个人意识平静而广阔的空间。总体而言，他后期的诗作都未能超过《嚎叫》，仿佛在重复自己以往的故事。

---

① 金斯堡.卡第绪：母亲挽歌 [M].张少雄，译.广州：花城出版社，1991：17.

二、加利·斯奈达的诗歌创作

加利·斯奈达和"垮掉的一代"在 20 世纪 50 至 60 年代有联系，地位仅次于金斯堡。他参加了 20 世纪 50 年代中期西海岸的诗歌朗诵会以及由此引发的旧金山诗歌复兴运动，后来和金斯堡一起到过印度。斯奈达和"垮掉的一代"在精神上、思想上是和谐一致的。

斯奈达在俄勒冈州长大，对大自然怀有一种热爱和执着，认为它具有令人恢复与痊愈的功能，大自然对人宛如强心剂和镇定剂，人应当到大自然中去寻觅活力，强化身心。他长期住在加利福尼亚州山脚下，总是努力和大自然保持紧密的联系。斯奈达在森林中做过各种体力活计，他的诗歌创作和这些活动有着密切的联系。他吸收了西部的荒野精神及印第安人的原始神话与传说，这些因素成为他心智的一个有机组成部分。斯奈达认为，大自然和古老的传统是对他在作品里批判的当代文化和价值观的一种有益对照。他努力在思想中保持历史和荒野精神的位置，希望借此接近事物的真相而抗衡当代生活中存在的失调和愚昧。《八月在苏尔都山上》是斯奈达的名作之一。这首诗写的是他的名叫狄克的朋友从旧金山到纽约去，途中到山里来访，和他在大自然中停留一夜，受益匪浅。狄克虽然由一城市到另一城市去，和大自然只有短暂的接触，但这已令他身心焕然一新，更好地认识和应付生活。斯奈达似乎要表明，人需要回归自然，吸收新鲜成分，以便更好地迎接人生的挑战。离开城市，爬上山去，置身于离地面一英里的空气中，消失在草地、积雪、山巅里，睡在睡袋中，无忧无虑地神聊至半夜，夜来听风雨合唱，这样人就会被"充电"，重新面对生活。诗人在友人走后，自己又回到"远处，远处的西部去"。诗人热爱大自然，那里的一切都对他有强烈的吸引力。山谷里的雾气、雨水、冷杉球果、岩石、草地以及一团团的萤火虫等，他看到它们的形影，听到它们的声音，感觉到它们的存在，有它们在，他会感到悠然自得，他会忘掉阅读过的东西和住在城里的朋友。在大自然中，喝着爽口的雪水，立在高处的静谧的空气中，朝山下远眺，让想象自由驰骋，他感到身心完整。

《垂直的小溪——绝妙的山川》表达了对"静"的追求。诗的第 1 至 34 诗行里，到处都可以觉察到变化：干黄的草叶从雪中解脱，山雀在啄食，雪崩后融水蜿蜒流回黑洞，山川的卵石、小溪、残雪、松树、苔藓、山光、云彩、烈日、蓝天等等，自然界的一切都在经历着变化。跳过第 35 至 36 诗行，是宇宙的另外一番景象。这是自然界的生物部分，天空的"戴羽毛的衣服"，群鸟上下翱翔，时而向后侧身，时分时合，没有领队，是一个快速的、空荡的、飞舞的头脑的组成部分。群鸟弯曲，滑下，最后停下（第 37 至 52 诗行）。夹在这两个世界之间的是人，他们和鸟一样，在远足后达到静点（第35至36诗行）。这是沉思开始的时刻，身体透明化、头脑接受永恒和普遍真理的时刻。至此诗意达到峰顶，最后一行"诗至此止"。

《卵石路》表达了诗人对诗意的追求。斯奈达所谓的诗意，实乃是一种见识，即宇宙的一切——自然、社会、山石和星辰都是相互连接而又独立的。这首诗就其融合客观与主观、现实与想象而言，堪称斯奈达的经典之作，表述世事两个层次间存在的既相容又不同的特点。诗人说，所谓卵石路者，峭陡山间供人畜通过的小路也，可是诗人看到的却不止一条小路而已。对于他，卵石变成了词语，小路成为供人思考的材料。卵石路由世间的物体构成，但看去却似天上云河一般，人和迷路的小马看去宛如迷途的星球。所有这些对观看的诗人来说都是"诗歌"。他所看到的不仅是人们习以为常的立体世界，他还发现了另外一个空间，一个神秘的、超感官的、奥秘的层面。当人们面对不仅一个世界，而是无限的、无休止的多个世界时，宇宙的奥妙更令人瞠目结舌。在斯奈达的笔下，每块岩石都是一个字词；诗歌存在于大自然和生活中；世界为沉思冥想而存在，万物处于不断的变化中。在斯奈达的诗歌中，意象的并列与组合，它们的累石蓄势，对细节无微不至的关注，连词的省略，口语化的语言——这一切把古今中外一切传统进行巧妙糅合而熔为一炉。

斯奈达的《就在那时》《在我的手和眼睛下面远处的群山，你的身体》《味道颂》以及《卵》等描写性爱的诗作也值得一提。斯奈达总是以歌颂或庆祝的语气对人类的性爱进行描绘。这些诗作中，语言极富性感，描述具体而充满兴奋感，十分露骨。斯奈达之所以这样不避讳，是因为他认为性爱将种植和孕育出新的生命，应当予以欢庆。

斯奈达在作品中表现出一定的说教倾向，有自己的政治观点，但是他在文学史上的地位不是由这些来决定的。他若一如既往地相信大自然是抗衡现代生活的混乱的支柱，坚持以此为主线进行诗歌创作，也许他在美国文学史上的地位将会比现在高得多。

三、杰克·凯鲁瓦克的小说创作

杰克·凯鲁瓦克出生于一个讲法语的加拿大家庭。他在哥伦比亚大学就读，但是没有完成学业。他和"垮掉的一代"主要代表人物金斯堡等人相遇后，开始了他暴风骤雨式的一生，遗憾的是他的创作生涯还未及全面发展，他便因酗酒离世了。凯鲁瓦克创作了多种形式的文学作品，其中包括长篇和短篇小说、非虚构小说、诗歌、书信等。凯鲁瓦克是一位多产的作家，一生写了10多部长篇小说。《地下者》和《麦吉·凯萨迪》描写性爱生活,《孤独的旅行者》则论述种族和族群问题。他的作品大都描绘一个局外人的形象,此人因不接受主流价值、生活在社会边缘而遭到社会的拒绝。凯鲁瓦克表达的是他这一代中那些坚持不同观点的成员的声音。

《在路上》是凯鲁瓦克的代表性作品,共分五章。前四章按顺序分别写萨尔与狄恩的四次远游,横穿美国大陆的经历,第五章为全书的总结。

在第一章中,萨尔·帕拉迪斯还是一个未经世事的青年学子,爱好写作却苦无题材,又缺乏对生活的感受。一个偶然的机会他遇到了素有反叛意识、大名鼎鼎的西部青年狄恩·莫里亚蒂,两人一见如故,倾心畅谈,十分默契。其时狄恩刚从西部的波恩维亚教养院出来,带着新婚妻子玛丽露,第一次来到纽约。萨尔在此之前一直向往西部"自然而粗犷的生活",在狄恩身上,他看到了西部人火一样的热情和狂放不羁的性格。于是,不出数天,萨尔已经成为这个"发狂的怪人"的忠实信徒,愿意抛弃自己平静舒适的生活跟他去冒险。他们在纽约聚集了一些志同道合的朋友,常常在一起高谈阔论,放言无忌。在一阵又一阵的激情冲动下,他们走上大街去寻找那些感兴趣的东西。这些垮掉派青年渴望一种燃烧的生活,他们对平凡的事物不屑一顾,一心向往轰轰烈烈的大动作。不久,狄恩与妻子玛丽露闹翻,只身返回西部。萨尔决心沿着他的道路追踪而去,因为他不仅需要为自己的文学创作补充新的经验,亦想更进一步了解狄恩这个"真正的西部男子汉"。当他狼狈不堪地来到狄恩的故乡——科罗拉多的丹佛城时,已身无分文。旅程的艰难并没有使萨尔却步,因为他心中充满了希望与憧憬。一路上他风餐露宿,几乎过着像乞丐一样颠沛流离的生活,正如他晚上蜷缩在一间木头吱吱嘎嘎作响的屋子里所想到的那样。

他在想象中的乐土——丹佛见到了那些久久思念并互相鼓励、思想相近的朋友,他希望能与他们共同创造一种色彩缤纷的新生活,共度美好时光。但现实太残酷,残酷得几乎令他吃惊,伊甸园式的生活场景和情真意切的朋友氛围并没有出现,取而代之的是,他明显地感到"周围存在着某些阴谋,而阴谋的双方竟是他们圈子中的两派,而他正被这场'有趣的战争'推到中界线上。"他的理想破灭了,第一次遭到精神上的打击。在丹佛,他不仅了解到狄恩作为窃贼的过去,而且得知他正和两个女人周旋。失望之余,萨尔决心继续他西去的旅程,他想去圣弗兰西斯科寻找另外一些朋友。

第二章中,萨尔在初次出游的一年多后再一次见到了狄恩并重新踏上了西去的路程。萨尔与姨妈一起到弗吉尼亚他哥哥家中做客,狄恩与他的妻子,还有一位叫埃迪·邓克尔的朋友开了一辆49型的哈得逊汽车突然从圣弗兰西斯科赶来。他们犹如从天而降,在尘土飞扬的大路上疾驶而来。令萨尔他们惊讶不已的是,狄恩等人竟然只用了几天的时间行程6 000千米,而且一路冒着特大暴风雪,翻山越岭，不吃不睡，风驰电掣般地来到这里，其艰难困苦可以想见，而此时的狄恩毫无倦色。他们在纽约一起度过了一个狂欢的圣诞节。萨尔不听姨妈的劝告，又一次向往去西部海岸探险，而这一次旅行，除了想进一步弄清狄恩的行为外，萨尔还想乘机与玛丽露勾搭。他们做了一些简单的准备便再次出发，萨尔情不自禁地坠落于狄恩疯狂的泥潭里，他们在蒙蒙细雨中向加州进发。这次旅行从一开始就笼罩着一种神秘的气氛。狄恩一路上精神抖擞地开着飞车，自认为把混乱与烦恼丢在了身后，离开了那个冰冷且充满垃圾的城市。一路上，他们兴奋异常，热情高涨，即使状况百出。

在第三章中，萨尔在家中不耐寂寞，经过艰苦的跋涉再一次来到丹佛，却发现这儿的一切都已时过境迁，几乎所有的朋友都离开了这里，萨尔心中一片惆怅。幸亏他碰巧遇到一位旧时相识的姑娘，从她那儿弄到100元钱，这样，他才能重新穿越大陆去圣弗兰西斯科。他在那儿找到了狄恩，而狄恩却正处于穷愁潦倒之际。狄恩一如既往，与几个女人同时厮混，又为她们所缠，终日惶惶不安。萨尔见状向他提议索性撇开这些烦人的包袱，先去纽约，再去意大利。狄恩听了，欣然跃起，与往常一样，他不需要多少时间便决定离开。两个衣冠不整的"英雄"在西部沉沉的黑夜中踉踉跄跄地奔向汽车站。狄恩到了纽约之后马上又爱上了一个叫伊尼兹的姑娘，他们相识仅一个小时。他要和凯米尔离婚，因为只有这样他才能与伊尼兹合法地结合。几个月后，凯米尔为狄恩生下了第二个孩子，再过几个月，伊尼兹也将生孩子，连同在西部某地的一个私生子，狄恩现在有四个孩子却没有一分钱。他像从前一样，到处惹是生非，及时行乐，来去无踪，而幻想中的意大利之行也只能作罢。

在第四章中，萨尔因为无法忍受当地的冷空气决心离开。这是他第一次在纽约与狄恩告别而只身西去。他先到丹佛，在那里迷人的酒吧度过了愉快的一星期。突然，消息传来，狄恩倾其所有买了一辆新车正急急地赶来。一刹那萨尔似乎看到了狄恩正玩命似的飞车而来，这是一个既令人兴奋又令人恐惧的消息，狄恩那张执着坚毅的面孔和炯炯有神的双眼以及他那辆喷射着熊熊烈焰的汽车历历在目。此时狄恩在路上穿田畴、跨城市、越桥梁、横河流，疯狂地、燃烧般地向西袭来。狄恩此番赶来，目的是准备开车带萨尔一起去墨西哥探险。对他们来说，那里是一个神秘的世界，虽然那里又热又脏，但和他们一样具有发光发热的情怀。他们一行三人穿过边境。在哥端极里亚城，他们遇上了一个墨西哥青年维克多，在他的带领下，他们一起到一家妓院狂饮吸毒，和妓女们纵情跳舞胡闹作乐，这是一个疯狂的日子，酒精、性事、大麻等使他们飘飘欲仙。待一切结束之后，他们感到非常满足，恋恋不舍地离开了这个地方，还自以为把温情都留了下来。接着，他们又穿越成千上万只昆虫乱舞的丛林沼泽，在万分疲累之中来到了这次旅程的终点墨西哥城。萨尔因过度劳累而病倒，他在痛苦的高烧中得知狄恩已经搞到了一张廉价的与凯米尔的离婚证书，独自一人赶回了纽约。萨尔在愤怒之余还是理解了狄恩此时的心境，原谅了他的"弃友"之举。

第五章是一个简短的结尾，描写萨尔在纽约曼哈顿的一位朋友家里与一位漂亮的姑娘邂逅的故事。姑娘有一双纯洁、天真而又温柔的眼睛，正是萨尔梦寐以求的理想情人，他们发疯似的相爱了。此年冬天，他们决定移居圣弗兰西斯科。狄恩得知这一消息后，专程坐了几天几夜的硬座火车赶过来向萨尔祝福。几天后，狄恩又走过 5 000 千米的路程横穿那可怕的大陆回西部去。萨尔在纽约与狄恩告别，此时狄恩穿着一件被虫蛀过的大衣，孤独地离开。萨尔眼望前方，看着狄恩徘徊在第七大道的转角处，又突然消失，萨尔心中升起了一种怅然若失的感觉。

《在路上》是一部典型的流浪汉小说，是一部 20 世纪 50 年代美国嬉皮士的亚文化与主流文化激烈碰撞的记录。小说中的嬉皮士是当时愤世嫉俗的叛逆者、主流社会的挑战者和社会反叛动乱意识的制造者，从他们的举止行动、外貌特征可以看出，他们是作者自身以及他周围垮掉派人物的化身。

由于"垮掉的一代"离经叛道的思想意识和小说本身的荒诞不经情节，《在路上》一开始问世受到评论界的质疑。经过几十年的历史积淀，到了 20 世纪 50 年代之后，人们才正式认识到《在路上》的时代价值与艺术风尚，正是小说粗犷有力、疯狂不经和令人惊讶的描写，使人们看到了"垮掉的一代"的真正面目。

四、威廉·勃洛斯的小说创作

威廉·勃洛斯是"垮掉的一代"作家中最年长的一位。他在哈佛大学接受了很好的教育，阅读了大量的书籍。相当一段时间内，他在游荡，但并没有浪费时间，他在进行严肃的思考。他吸毒达 15 年之久，从思想到心理长期生活在社会的边缘地带。他的作品都是关于吸毒、堕落的生活方式、暴力、同性恋等各种从传统角度看都属于奇异或反常的生活的表现，他的思维和表达形式和一般的标准迥然不同。勃洛斯喜欢刺激他的读者，以把他们从舒服的自满状态中警醒过来。他的一贯反传统、反常规的思想和立场，也许能让他在文学史上获得一席位置。在他看来，世界上存在着一个人们一般认为是隐藏的、丑恶的，然而却无疑是生活有机组成部分的层面，这个层面需要有人揭示，而揭示的方式和声音应当和通常的表达方式截然不同。他的作品主要包括《吸毒者》《灭虫人》《放荡的人们》《红夜城》《同性恋》《思想战争》《裸露的午餐》《诺瓦快车》《死路之地》等。

《裸露的午餐》以作家本人 15 年的吸毒经历为基础写就，最能表现作家的主题和技巧特点。小说里充斥着极富真实性的精神分裂的吸毒者和性变态人物。这些人整日吸毒，参与毫无意义的暴力行为，或虐待他人或自我虐待，充斥着一幕幕令人作呕的场面。这些细节，部分是作者真实经历的写照，部分夸大，如此具有强烈冲击力的描写对传统读者近乎一种冒犯，阅读者会有和作家一起下地狱的感觉。

关于题目的含义，勃洛斯曾解释说，恰如它的字面所说，裸露的午餐——每人都看到叉子尖上食物那冻结的一刻。他的意图在于表现一种情势，一个感情受到冲击的时刻，以使人们顿悟到生活中可能存在着不同于他们业已习以为常的情况。勃洛斯把小说作为一种开阔人们眼界的手段，揭露在"文明国家"可能出现的情景。这部小说也可以作为一个社会生活记录来读，虽然让人恶心，但不失某种教育意义。读者不一定接受作家的条件，但作家希望通过此书揭露社会的黑暗面，使人认识到主流与反主流文化间可能存在的降低人格、非人格化的共同点，以达到改正社会恶习的目的。《裸露的午餐》也描写了社会组织和某些个人力图奴役和控制人民，此乃勃洛斯最痛恨的，所以他竭力揭发和鞭挞这种社会控制机制。在叙事技巧方面，《裸露的午餐》有意识地颠覆传统表现方法，异常革新的写法使作品极其艰涩难懂。大多数人在阅读时体验到混乱，评论家们则挖掘小说中运用的超现实主义和象征主义手法。

勃洛斯对生活的观察不完全是个人的或主观的看法，他要阐明的道理虽然多基于他个人的经历，但和大众的认识有衔接点和共通点。

第二节　纽约派与黑山派诗人

一、纽约派

所谓的纽约派是在唐纳德·艾伦于1960年编辑出版的诗选集《新美国诗》后而闻名的。这个学派包括弗兰克·奥哈拉、肯尼斯·科克、约翰·阿什伯里和詹姆斯·斯凯勒等作家。20世纪60年代期间，这些作家都在进行着超现实主义实验，肯尼斯·科克的超现实主义作品、阿什伯里《网球场宣言》的抽象拼贴图以及欧·哈拉的超现实主义诗歌。

所有这些作品不过是给人们留下纽约派只是一群拼贴艺术家、达达主义者和超现实主义者这样的印象，因此他们并没有得到文学界的重视，并且至今人们对纽约派仍存在这样的误解。毫无疑问，这些年轻的诗人渴望进行文学改革。他们与纽约艺术先锋艺术家的交流为他们提供了精神食粮，并使他们勇敢地开辟新的文学领域。但是他们关于超现实主义的尝试只持续了一段时间就停止了，之后便进入了他们的主要创作时期。在此期间，他们创作了大量精彩的诗歌。他们聚精会神地创作，不像同时代作家洛厄尔和金斯堡那样对当时的政界和社会非常关注，没有像斯奈达那样受到宗教的影响，也没有像奥尔森一样对神话着迷，他们有自己对艺术的见解。纽约派诗人有着各自不同的追求，但他们的诗还是表现了一些共同点。首先，他们都强烈地抨击了新批评主义主流的价值观，如意象的非个人表达，并坚持对诗歌的独特见解和主张；其次他们还在作品中引入了生活中通俗易懂的元素，如流行音乐、连环漫画和好莱坞电影；再次，他们的作品展现出一种强烈的幽默感，在诗中融入了通俗的语言和感性的元素；最后，他们还一度尝试用超现实主义的风格写作。

二、黑山派诗人

美国当代文学界比较积极的一群诗人包括查尔斯·奥尔森、丹尼丝·莱弗托夫、罗伯特·邓肯和罗伯特·克瑞利等人。由于这些人要么与黑山学院有关，要么与《黑山评论》杂志（编辑是罗伯特·克瑞利）有关，因此，他们也就以"黑山派诗人"的身份而闻名于世。

黑山学院作为一个自由的艺术教育中心，创建于 20 世纪 30 年代，位于卡罗莱纳州北部的阿什维尔附近。20 世纪 50 年代，这里成为了所有在艺术、文化和学术领域的持不同观点的学者关注的焦点，而此时的查尔斯·奥尔森还是黑山学院的一位讲师，后来才担任了校长一职（1951—1956）。教师、画家、雕刻家、作家、音乐家以及电影制片人都心怀各自的想法来到这里参观或是逗留于此，而西德·科尔曼的小刊物《起源》和《黑山评论》则为出版他们的作品做好了准备。艾伦·金斯堡和查尔斯·奥尔森是《黑山评论》的副编，而威廉斯、加里·斯奈德、杰克·克鲁亚克和菲利普·瓦伦则是该刊物的部分撰稿作者。尽管黑山学院于 1956 年关闭，然而它却尽其所能地推动了战后艺术文化的发展，并且黑山诗人也为当代美国文学做出了重大贡献。

第三节　战后美国小说

现在让我们进入第二次世界大战后的这段时期（二战后阶段）。自 1945 年开始，世界风云变幻，美国文学掀起了描写新经历的风潮。在美国，战后的繁荣催生了一种乐观主义的思想，然而不久就因为超级大国间的"冷战"而遭受伤害。危机正在逼近，混乱已成定局。生活的荒诞使人们的生存失去了意义。20 世纪 50 年代的生活被麦卡锡主义深深毒害，然而 60 年代的生活却因民权运动、不同的文化冲突及女权主义、女权运动的高涨而变得丰富。与此同时，越南战争一直折磨着人们的良知，人们的生活也因政治或种族暴力而变得复杂，这包括约翰·菲茨杰拉德·肯尼迪和马丁·路德·金的遇刺。一切似乎都遭到人们普遍的质疑。科技的新进展赋予人类更多的权力，但同时也进一步剥夺了生命自身的神秘感。对于美国战后生活的多面性，战后的作家们在他们的著作里分别表现了各自的赞赏或绝望。

这是美国文学史上一个十分有趣的时期，此时的文学界因充沛的活力及丰富的创造力而朝气蓬勃。新一代的作家通过一系列的改革试验将他们的创新才能表现得淋漓尽致，他们的光彩甚至赢得了如福克纳和海明威这样的天才的创作先驱们的赞许。埃阿布·哈桑就注意到了战后小说的多样性，他的分类虽然有些随意，但却非常清晰。他将战后小说分为战争小说、南方小说、犹太小说、垮掉一代小说、异化小说、黑人小说以及出现于战后到1960年这段时期内的讽刺小说和行为小说系列。而之后的小说则以幻想和超现实主义、散文文学、科幻小说、黑色幽默、滑稽模仿作品、流行艺术和试验性的小说写作技巧为主要特征。托尼·坦纳一直关注现代文学中原创写作技巧和新小说领域开辟的发展。正如他所说的，很多方面都取得了成就，譬如索尔·贝娄的社会心理喜剧、诺曼·梅勒煽动性的实验作品、约翰·巴思的"开心馆"。小说的主题包括社会的暴政、个人的屈服、自我认同的探索以及作家在所处环境中的自我放纵等。一些作家已经在一定程度上取得了大众的认可，而另一些作家仍在奋斗中，所有作家都在竭尽全力奉献于诺曼·梅勒所谓的"伟大的美国小说时代"，又或者致力于阿尔芙莱德·卡兹恩的"生命光明之书时代"。

现在让我们进一步看看战后的美国文学界。这个时期仍在延续，而且这一时期的作家和作品太多，所以我们将从中选取一些向大家详细介绍。我们从小说开始。谈到这个时代的作家，诺曼·梅勒在多年前便指出有差不多20位优秀作家名列当代美国文学大家之列。由于梅勒并未具体道出他们的姓氏，于是这便引起了人们的纷纷猜测。冒昧地推测一下，我们认为索尔·贝娄应该位居榜首，接下来是诺曼·梅勒、塞林格、约瑟夫·海勒、库尔特·冯内古特、小约翰·巴思、托马斯·品钦及纳博科夫。我们亦会记起那些作品震惊战后读者的小说家，如伯纳德·马拉默德、约翰·厄普代克、约翰·契弗、肯·凯塞、弗兰纳里·奥康纳、菲利普·罗斯、唐纳德·巴塞尔姆、杰克·克鲁亚克、约翰·豪克斯、威廉·加迪斯、E.L.多克特罗、威廉·斯泰伦、杜鲁门·卡波特和乔伊斯·卡洛尔·奥兹。如此简短的清单容易误导广大读者，所以还敬请慎重斟酌。

接下来让我们来看看犹太人奥吉·玛琪。他虽然遭遇了"残酷势力"的严厉打击，但仍保持了一种"永远向上的乐观性格"。奥吉身处的环境极其恶劣。还是孩童的时候，就有一股力量试图操控他，因此奥吉的生活也就从此开始了与这股力量的对抗。奥吉必须发现自己的"身份"并用自己的方式赋予其定义。他希望做理想中的自己，尽管他的问题总在于他其实并不清楚理想中的自己是怎样的。所以，只要发现在现有的生活模式下有牵绊他的东西，他都会试图逃跑；如果财富将困住他，那么他会毫不犹豫地放弃财富。社会不允许奥吉随心所欲地生活，而且他也过不上"舒适的生活"，因为他从来都找不到"应该做的事"。奥吉天生就是个受害者，生活在无法逃脱的社会中。他常常做梦，梦想着娶一个可爱的妻子，干点农活，在一个"隐秘的绿色世界"中养养蜜蜂，但他的这种田园生活的梦想从来没有实现。奥吉开始怀疑自己是否是个"充满希望的人抑或傻瓜"，但他从来没意识到他两者皆是：他很愚蠢，因为他仍有希望。从某种意义上说，奥吉的问题正是现代西方人的典型问题，现代文明事实上已经使保持个体特性变得不可能。《奥吉·玛琪历险记》的首版便轰动了整个文学界，评论家一致认为它继承了《哈克贝利·费恩历险记》富有传奇色彩和冒险精神的传统风格。

如果说奥吉·玛琪是一直前行，逃到了一个永远常新的环境，那么摩西·赫索格就是退回到他对和平、安详的复杂情怀中。赫索格是个未被聘用的物理教授，父母是并不成功的俄国犹太移民。虽然才47岁，赫索格却显得非常苍老，满脸皱纹、白发苍苍。他饱受生活的折磨，一切都不尽如人意。他的家庭生活并不幸福，个人生活也很糟糕，这在他看来就是一摊垃圾。与年轻的妻子麦德琳离婚后，他又要争取女儿琼的抚养权，一阵子他感到身心疲惫。赫索格开始写一些并不打算邮寄出去的信件，他写给那些仍健在或已死去的朋友、熟人、名人及领导，信件中讨论的话题涵盖广泛，如几乎使他崩溃、令人无法忍受的社会不公、贫穷、失业、社会动荡、政治骚乱、工业污染、种族斗争、犯罪、暴力及令人震惊的存在于社会各层次的痛苦生活。所有这一切似乎都在侵扰他的心智，扰乱他的心理平衡。赫索格想得很多，却做得很少。他祈盼着更高的精神生活，却又从未达到理想的高度。比如，他曾想过将他所有的财产都分给穷人，并努力说服其他人也这么做；他希望人与人之间的关系能有所改善，彼此间的漠然都可以得以消除。然而他所看到的现实却是残酷的，对他而言，人类的价值观正在消亡。赫索格关心人类及人类文明的发展，并有着一个雄伟的计划，即创作一本关于社会进程的伟大著作，然而，生活的错位告诉他这是一个不可能实现的梦想。赫索格已无法忍受生活的折磨，于是彻底绝望了。然而真正的原因却在于离婚后他痛苦的记忆让他的精神状况每况愈下。麦德琳对待他的方式及后来为了他曾经的朋友瓦伦汀·格什巴赫抛弃他的事实都让他几近疯狂。他听到女儿琼在他的车后座哭泣，他为曾经虐待过第一个妻子戴西而苦恼不已。他遭受了如此多的痛苦，连他自己都害怕自己会疯掉。赫索格狂热地无休止地写信，并不停地从一个地方搬到另一个地方，只带着一个装满信件的旅行箱，想替自己找到可以喘息的地方。一次，他带着枪去找麦德琳和瓦伦汀，但在看到瓦伦汀给琼洗澡的一幕时，他又折返了回来，他的心软了。和女儿待了一天（那天以一个小事故结束），又因携带枪支而蹲了一宿的监狱，赫索格开始看到自己的弱点和事物积极的一面。赫索格在鲁德维勒的家里受到健康氛围的影响，承认自己的疯狂并恢复了全部的理智。因而在书中的开篇，他写道："如果我不正常了，于我而言那再正常不过了，摩西·赫索格想到。"

赫索格的性格及思维方式经历了翻天覆地的变化。我们看到他这种缓慢却清晰的变化，由焦虑不安到安静祥和，从冷酷无情到温馨的对孩提时代及大自然中乐事的回想，从消极地看世界变成乐观积极的态度。一开始，赫索格非常不快乐，他抱怨每个人，抱怨所有的事。他认为麦德琳、瓦伦汀及麦德琳的母亲都与他作对，律师、朋友、警察对他丝毫没有帮助；城市毫无人情味、令人窒息，社会及压力或者他口中的"摩哈"都侵蚀着个性；甚至深爱他的雷蒙娜都被怀疑为只想自己找个丈夫。他抱怨除了自己之外的一切。他考虑了很多，却一直遭受着煎熬。面对着他眼中人性和文化的瓦解，他深感自己肩上的责任，并创作出麦斯赫这样的人物。20世纪的革命以及通过生产带来的大众解放创造出的个人生活，但并未带来充实的东西。这就是他写作的焦点。文明的进程——实际上，文明的幸存——都依靠于摩西·E.赫索格的成功。他认为世界需要自己创作巨著，改变历史，以影响文明的发展。可以说，赫索格的长信完全反映了他改善人类状况的渴望。

然而，赫索格在自救前无法拯救任何人。他必须脚踏实地，认真审视自己。然而甚至在神经最不正常的时候，他也没有停止过自我分析。赫索格一直抱怨所有的人，回忆着童年里慈爱的父母给他的深深的爱及对人与人之间关系的信任：妈妈将自己放在搁置在厚厚冰面上的小雪橇上的情景仍令他心生暖意。赫索格常常想起他的兄弟舒拉和威尔及他整个的大家庭，家庭和爱是让他自悟的基础。一直以来，他都诅咒着周围的世界，他想起了第一个妻子戴西，因为曾经虐待过她，对此他心存愧疚。这就是赫索格自我反省的第一步，甚至在他完全恢复理智之前，他已开始意识到他的信件写作将对他毫无用处，他开始感受到人性的温暖。然而所有这些并未表现出来，直到那次意外才将他拉出梦一般的状态，于是他发现了人的缺陷。他伤害了孩子，也恨不得因此自杀。现在他积极地思考，看到人性积极的一面，并开始原谅甚至爱他的敌人——麦德琳和格什巴赫。赫索格开始意识到自己的问题。"文明的个体憎恨着使他们的生活变得可能的文明。他们喜欢的是一种靠他们的天赋想象出来的人类状况，而且他们相信，那才是唯一真实的人类现实。多奇怪啊！"赫索格意识到自己背弃了人们和生活，现在，他开始准备接受生活的本来面目。回到鲁德维勒的家中，赫索格开始融入自然：他行走于丛林，采摘鲜花装饰小桌，用蔷薇藤装满帽子，展开四肢平摊在他的瑞卡米尔沙发上，聆听着屋内清洁器吱吱地充满节奏的韵律。此刻，一切都充满了意义。赫索格决定停止写作，他不需要再给任何人留下任何话。"没有，没写哪怕一个词。"赫索格感到满足。

有趣的是，从某种角度上看，赫索格的变化反映的正是那个时代的变化。20世纪50年代及60年代见证了美国文学从现代主义到后现代主义的转变，这在写作主题和写作形式上也得到充分的展现。主题上，两个不同阶段的文学创作对生活的态度也不尽相同。当感到生活不尽如人意时，现代主义作家更倾向于赋予生活规则和意义；而后现代主义作家则倾向于接受生活的本来面目——混乱而又多变——并努力为生存寻找理由。在写作形式上，现代主义的作品总是冗长、沉闷的追溯，常常充满内心独白或意识流特征，故事的趣味性被放在了第二位；而后现代主义的作品却总是自由地借鉴现代主义作品，同时也借鉴其他任何形式的写作技巧，只要这些能够符合他们的写作目的（除了运用它们独特的创作特征之外）。《赫索格》恰如其分地反映了以上两方面特征。本质上它是一部意识流作品，尤其在书的前三分之二部分。我们在赫索格的身上可以看到达罗威夫人的影子，看到很多心理描写，没有太多的有趣情节。尽管故事基本上都是以第三人称的方式在进行描述，但这些叙事都追随着赫索格的思路娓娓道来，似乎就像是赫索格边思索着边讲述他的故事。在这一部分，文章的节奏尤为有趣（九个章节中大约有五章），故事发展得极为缓慢。譬如，赫索格打算去拜访雷蒙娜。从第一章他做出决定开始一直到第五章他最后到雷蒙娜家，除了中间他去拜访了朋友利比，大多数时候他都在思考或写信件。在到达雷蒙娜家之前，他回想着他和麦德琳的离婚，回想着戴西，追想着战争和巴黎，回想他的父母和童年，回想索诺一的日本女教师。从这部作品的最后三分之一处开始，叙述的节奏加快了，赫索格有了更多的行动而不仅仅是幻想，这预示着赫索格已经从自我沉醉中走出来，与现实社会有了更多接触，并在最后接受现实。

作为一个文学艺术大师，索尔·贝娄为了整个人类而探索。他强烈批判现代生活，因为传统的价值体系已不再起到任何作用。他笔下的主要人物，如赫索格、塞姆勒先生、洪堡，均在努力地找寻一种可以制止美国文明每况愈下的办法。他们代表了贝娄的观点，即现代人在都市中迷失自我，人性正面临巨大的压力；他们代表了贝娄的信条，即艺术的目的在于在混乱中寻求安宁，小说家应该通过"不可预知的想象"在暴乱和动荡中找到秩序。贝娄的理想是成为一名社会历史学家。他注重描写真实的生活，并以现实主义的传统写作，这一点正如福楼拜、司汤达、托尔斯泰和德莱塞。在创作中，贝娄还借用了现代主义的写作传统。他认为世界动乱不安、荒唐可笑，现代人面对生活软弱无能，并在作品中揭示了存在主义者的观点，使用巧妙的手法去探寻人物角色的潜意识……所有这些都使他与现代大师詹姆斯·乔伊斯和马赛尔·普鲁斯特等齐名。贝娄的作品里包含着明显的后现代主义因素。从现实主义到现代主义再到后现代主义的过渡使索尔·贝娄成为了美国现代文学界的中坚力量。不论是在小说主题上还是在作品的数量上,贝娄或许真的是现有美国小说界最卓越的小说家了,他创造的优秀作品深深影响了美国小说界。贝娄超越了犹太色彩,达到了普遍人性的高度。人们会记住他,因为他的作品会提醒人们对自己的处境时刻警觉。

这个时期最有抱负的作家恐怕要属诺曼·梅勒,他因奇特的想象和大量的文学作品,成了美国意识流文学的一员。还在哈佛念书时,梅勒便决心成为一个美国主流作家。1944年,他参加战争,部分原因是因为他希望因此创作一部关于战争的巨著。梅勒自愿当了一名步枪手,加入了侦察排,在菲律宾山区作战。在那里,每周他都要给妻子写四五封信,并不断强调万一他在战争中未能幸免,他的小说也一定可以流传下来。《裸者与死者》就是他首部作品的名字,1948年一经出版他便迅速成名。评论界震惊了,因为一个新的主流作家已经诞生。然而,梅勒掀起的风潮不久后便逐渐平息下来。他的第二部力作《巴巴里海滨》反响平平,第三部作品《鹿苑》的反响也不过是不温不火。尽管梅勒坚持创作,评论界对他也有所关注,然而却没有太多关于他作品的精彩评析,直到1968年,他的《黑夜的军队》荣获了美国国家图书奖和普利策奖及波克奖,这些殊荣才为他赢得了自《裸者与死者》出版以来最多的读者。接下来他又创作了《刽子手之歌》,这部小说为他赢得了第二个普利策奖。其他出版的书包括《硬汉不跳舞》《哈洛特的幽灵》及《圣子的福音》,梅勒还创作了《为自己做广告》《一场美国梦》《我们为什么在越南》《迈阿密和芝加哥之围》和《天才与欲望》。另外,梅勒也因1957年的第一篇散文《白色黑人》而享有盛誉,在这篇文章里他阐明了自己对"存在主义英雄"的定义。随着声名的确立,梅勒也就成了评论的焦点,对他的评论观点也分为几派,有的对他赞赏有加,有的则充满敌意,但几乎所有人都一致认为他不愧为战后美国文学的巨匠。

梅勒是一个多才多艺的天才,他除了身为小说家外,还是形而上学的哲学家、诗人、戏剧家、电影制作人、记者、政治家和演员。尽管他一直都极为坦诚,然而在很大程度上对于读者来说,他仍是个未解之谜。梅勒称自己为变色龙,这说明他的洞察力非常之敏锐,因为再也没有别的更准确的词来形容他的个性及人生观了。梅勒的涉足面太广,这几乎荒废了他的美学天赋和创造力。他的思维转变很快,文学风格也随之变化。作为一个想象力丰富、精力充沛的人,梅勒辛勤工作、四处奔走,这些都表明了他一直在追寻一种能让自己更加坚定的力量。因此有评论家认为,梅勒在艺术上的无穷变化正是这位天才作家的天赋所在,他们认为梅勒所做的正是努力使现实文学跟上美国生活变化的脚步。也许这正是事实。

　　诺曼·梅勒的首部作品《裸者与死者》也许应算作是他最优秀的作品。小说讲述了这样一个故事：一个有 14 人的班登上阿诺波佩岛荒凉的海岸——一个由日本占据的西太平洋上的小岛。这个班只是 6 000 人部队中的先遣分队，被派去控制小岛并为美国大部队进入菲律宾开路。班里有一个来自密西西比的农民、一个来自布鲁克林的犹太人、一个墨西哥美国人、一个来自西部得克萨斯州的农场主、一个来自蒙大拿州煤矿的工人、一个来自波士顿南部工人阶层的爱尔兰人、一个来自堪萨斯州的销售人员、一个来自芝加哥的无赖和一个佐治亚州的享乐主义者。很显然，梅勒想在此勾勒出普通民众的生活。肯明斯将军指派他的部下罗伯特·赫恩中尉率领军队作为侦察军登陆托亚库战线后方的阿诺坡佩南部丛林。在侦察的过程中，士兵威尔森腹部中枪，四个战友尽力将他带到安全地带，其中两个因精疲力竭而放弃，另外两个则仍带着他穿过泥泞的山谷、炙热的荒地和令人窒息的丛林。然而就在经过丛林时，威尔森最后还是不幸身亡。侦察进程举步维艰且充满危险，罗伯特·赫恩中尉及下士罗斯也先后牺牲。冷酷无情的军士萨姆·克洛夫特将他的士兵赶上阿拉卡山，就在他们登上顶峰的那一刻却遭一窝黄蜂的袭击，很多人因此摔下山坡。同时，由于肯明斯将军不在，少校达勒逊下令让部队穿过托亚库战线，并一举捣毁了日军供给仓库及包括托亚库将军及部下在内的日军秘密总部。美国部队的胜利是小说的高潮，但是对肯明斯将军而言却意味着失败，因为他高超的作战技巧并未取得成效。侦察部队最后终于得以与大部队汇合。

　　梅勒被公认为美国自然主义作家之一，这在他 20 世纪 60 年代前创作的早期作品中都有体现。梅勒的散文《裸者与死者》使人想起了斯坦贝克在《愤怒的葡萄》中的用笔清新及精准，梅勒此时的人物塑造与约翰·多斯·帕索斯的三部曲"美利坚"也非常相似。在自然主义写作风格中，个人受制于一些无法掌控的力量，那些力量来自生理、社会以及地理环境。《裸者与死者》中的世界是如此的无情、冷漠、肆意和混乱，在那里人们唯一的出路只有死亡，上帝对他们没有丝毫怜悯。然而有三个人面对宿命做出了垂死挣扎：克洛夫特、肯明斯及赫恩。他们努力借助自己内心的希望，而不是外界力量来证明自己。他们的生命是相关联的，肯明斯将军将聪明大多用在了自我吹捧上，萨姆·克洛夫特军士则沉迷于为自己无法行使的权力找到一种渠道；而另一方面，赫恩则一心追名逐利，尽管没有达到自己理想的高度，但他从不放弃任何一个可能升职的机会，只沉浸在自己的世界里。

　　小说的实验性特征特别值得注意。梅勒巧妙地将"合唱"和"时光机器"加入他平实的叙述中。"合唱"在整部小说中出现了五次，贯穿了士兵的谈话。这些谈话发生在帐篷、战壕、厕所、野营等不同的地方。它们反映了战士们的想法及态度。"合唱"一般较短，大约一页纸。"时光机器"在书中出现了 10 次，提供了包括其中大约 10 个主要人物如卡斯明、赫恩及卡洛夫特的生平传记。这些描述包括他们的相貌、性格、生长环境及战前工作阅历等，支撑并推动着整个故事的发展。实际上这些片段都是小故事，通过人物鲜活丰富的个人叙述、对话和性格描写展现出来。"合唱"和"时光机器"为整个故事的发展起到衬托及补充说明的作用。再从另外一个角度——从语言学层面上看，插叙及倒叙给人一种前所未有的新奇感，使故事不再枯燥和单调，从而吸引读者的注意。

对个人意志力的检验常与其所处环境中的细节有关，《裸者与死者》被认为是第二次世界大战中最优秀的英文小说。评论家斯坦利·瑞哈特将这部作品与多斯·帕索斯的《三个士兵》和海明威的《永别了，武器》进行比较，从而为之后对这本书的评论定下了基调。

除了这部经典之作，梅勒还享有非小说类革新作家的盛誉。这些年来，文学上传统的"经历总结式"的写作手法经历了巨大的变化，梅勒曾说第二次世界大战及关于那段历史的伟大的美国小说改变了他的思维及写作风格。在创作《为自己做广告》《总统的文件》及小说《一场美国梦》时，梅勒开始尝试一种新的写作方式，这种方式将展现梦想和现实并重，小说中的人物也与生活紧密联系。《一场美国梦》仍沿用了小说的创作手法，但它整合了更多适用于新闻题材的内容，这便是梅勒在新时期对小说的发展所做出的贡献，或者说这也是他处理新小说所采取的方式。《我们为什么在越南》成就了梅勒在小说叙述以及真实场景再现这类体裁的先锋地位。《黑夜的军队》采用小说创作的方式展现了与政府的真实对抗，这是对他个人于 1967 年在五角大楼反越战大游行经历的小说性描述。梅勒是用第三人称来讲述这个故事的，他成了故事的主角和线索人物。用第三人称来写自己的感受，这为他提供了新的写作手法，即以小说再现历史，同时也是用历史来创作小说，因而有了这样一部作品——《小说如历史，历史如小说》，这使他能更好地从远距离讽刺地看待当代的大事，同时也拉近了小说、自传这两种体裁及小说家、记者这两种身份的距离。这本书里传达出的时效性及直接性对文学新闻产生了重大影响，不久便兴起了"新新闻主义"。这种半新闻性的写作方法在他的《玛瑞琳：小说传记集》及《刽子手之歌》中得到了进一步发展。以《刽子手之歌》为例，这是一部小说形式的纪实作品，记录了犹他州谋杀犯加里·吉尔莫的生活及被判决的过程。梅勒描写了成百个涉及此案的采访和审讯记录，纪实性创作收效甚为明显。作者还使用了大量的文学资源，包括众多的发言人及各不相同的观点等。总体而言，这是一部带有挑衅性的非小说类文学作品，在当时的美国文学界引起了不小的骚动。小说中包含真实的通讯报道，从某种程度上来说，这体现了一种变化，一种或许现阶段传统小说都会经历的变化。

几十年来，梅勒一直在谈论要为他的时代最后创作一部小说或一部长篇社会小说，他希望对他所处历史时期的意识流带来一次革新。他说，早在写《为自己做广告》时，他就认为自己现在和将来的作品都将对美国小说家产生重大的影响。诺曼·梅勒被认为是一个多产而又卓越的作家，因为他一直坚持文体革新，也因为他的作品真实地反映了美国人民富于变化的生活状况。梅勒在美国文学史上留下了灿烂的一页。

基于几点理由，J. D. 塞林格绝对是一个独一无二的作家。他写了一部小说并因此成名。可自1953年后的这几十年，他却都隐居在新罕布什尔的家中，拒绝任何采访或一切与媒介或外部世界有关的接触。塞林格没有创作太多的作品，但他的行踪及作品长久地被人们关注，他的一封信竟拍卖到了156 000美元。公众对他的长期关注让人惊奇，而他则一直生活在公众的注视中。一些人认为，塞林格的隐居不仅使他更受欢迎，而且使他的作品畅销。塞林格出生在纽约一个犹太中产家庭。小时候，他十分害羞且不擅交际。15岁时，塞林格进入宾夕法尼亚州一所军事学校学习，但他很不适应。在学校，塞林格担任了一个杂志的文学编辑，并开始创作一些故事。这所学校成了《麦田的守望者》中彭西中学的原型，霍尔顿的生活也反映了年轻的塞林格在学校的经历：一个同学被开除，另一个跳楼自杀，当时他是学校护卫队的队长。毕业以后，塞林格参加了哥伦比亚大学的短篇小说写作班，并且在《故事》杂志上发表了他的第一部作品《年轻人》，这是塞林格第一次写一个小男孩融入成人世界并改变自己的题材。自1941年起，塞林格开始为著名杂志如《科利尔》和《老爷》撰稿，并将短篇故事《麦迪逊的小叛乱》发表在杂志《纽约客》上。塞林格的另外一篇故事《我疯了》也在同期发表。两个故事都介绍了《麦田的守望者》中的主角霍尔顿·考尔菲尔德，并都为日后小说的内容进行了修正。小说问世两年后，塞林格出版了他的小说集《九故事》。这是一部短篇故事集，其中的一些主题和人物，特别是葛拉斯一家，在他后期的作品中反复出现。《弗兰尼与左伊》便是一个很好的例子。这篇小说讲述了格拉斯家最小的成员弗兰尼和她的兄弟左伊的故事。葛拉斯一家的故事也一直延续到他之后的作品《木匠们，把屋梁抬高》和故事集《西摩：一个介绍》中。

塞林格的小说《麦田的守望者》讲述的是一个处于纽约消沉时期的高中生成长的故事。西方有一个有关青年时代的普通说法是"他们正在经历一个时期"。尽管很多作家都描述过人生的这个阶段，但很少有人能像塞林格在《麦田的守望者》中一样将生活的痛苦和消沉刻画得如此细致。少年霍尔顿·考尔菲尔德由于在学校表现太差而被赶出学校。由于害怕面对父母，考尔菲尔德住进了纽约的一家旅馆，并和妓女、同性恋者混在了一起。很快，他便意识到成人的世界是多么虚伪可怕，他身边是各式各样奇怪的人。在纽约的第一个晚上，考尔菲尔德的钱就被皮条客骗走，而且还被痛打了一顿。第二天早上，考尔菲尔德就感到了单调乏味、无精打采。时间慢慢地过去，让人哀伤而又厌倦。考尔菲尔德和朋友见了一面，却又不欢而散；和熟人喝酒也提不起他的兴致。考尔菲尔德喝醉了，他感到了失落和孤独。夜幕降临，考尔菲尔德偷偷溜回家去看望年幼的妹妹菲比。她是一个可爱的孩子，但当她说到父亲几乎要"杀"了他时，考尔菲尔德感觉备受伤害，他想到了跳窗自杀的那个同学躺在石阶上的尸体。偷偷溜出了家，考尔菲尔德去了以前的老师安特里尼先生那里，因为他是唯一一个关心自己的人，而且考尔菲尔德觉得他值得信任。但是考尔菲尔德却失望地发现老师是个同性恋，于是他在纽约的第二晚也以他从安特里尼家匆忙逃跑而结束。圣诞将至，考尔菲尔德却越发沮丧，他想到西部去度过他的余生。在向妹妹菲比道别时，让人绝望的是，妹妹居然坚持要跟自己一起走，突如其来的爱将他从纽约三天冒险的噩梦中拉回来。考尔菲尔德回家后不久便生了病，在加利福尼亚精神病院治疗后恢复了健康，也就是在那里的病房里，《麦田的守望者》里的主人公讲述了自己成长的悲伤故事。

这部小说以有力的语言描绘出了青少年面对日益堕落的成人世界时所表现出的憎恶及绝望。成人世界充满了反常与奇异，一个显著的特征就是它的颓废。考尔菲尔德住的旅馆到处都是妓女和淫乱的行为，这里对他而言就是大千社会的缩影，只有他还算是个正常人。正是在这里，考尔菲尔德的纯真悄悄地一点一点消失，他强烈地感到自己无处可去，因此而感到焦虑不安，这种感受通过他看似天真地思考纽约中央公园湖里的鸭子该何去何从而得到很好的表现，这种无处可去的想法缠绕着考尔菲尔德并让他感到孤独和绝望。因此，当考尔菲尔德出没于纽约城的酒吧和酒店时，他悲痛地号啕大哭过 30 次之多，因为他深感"孤独和无助"；大概有五次他都想到了自杀或是死亡；至少有一次他真的想到结束自己的生命。考尔菲尔德厌恶"假模假式（Phony）"、邪恶、充满欺骗及暴力的成人世界。他不想长大，不想改变自己：他对博物馆里的木乃伊特别着迷，因为它们永远不会发生变化。他不想以成人的方式来生活和工作，他对这个畸形世界里的科学、法律，甚至是一切都不敢兴趣，因为在这里他找不到任何一个美好而安宁的地方，这种地方根本就不存在。

如果说考尔菲尔德在纽约的停留还有那么一刻可以驱散他的忧伤的话，那就是和孩子们在一起的时光以及他对纯真的怀念了。而且的确是孩童们的天真以及他对自己童年的追忆最终将考尔菲尔德从绝望中拯救出来。他意识到，或许只是隐隐约约地感到，很多和他一样的孩子正在丧失他们的纯真，因而他希望变成"麦田的守望者"。在向妹妹菲比解释他的想法时，考尔菲尔德说他一直希望成千上万的孩子们可以在麦田里玩耍，周围没有一个成年人，只有他站在悬崖边上；如果有人靠近悬崖，他就会立刻阻止他们。他告诉妹妹，当孩子们在奔跑时没有注意到方向，他们就有摔倒的危险，而这时他便可以过去扶住他们。其实，考尔菲尔德想说的是他会站在那里，他会阻止天真无邪的孩子们丧失孩童时的诚实和善良。然而考尔菲尔德知道他根本无法做到这些，因此他说自己是个疯子。

《麦田的守望者》在1951年首度发表时，即刻取得了巨大成功，特别是在战后的年轻一代中尤为受欢迎，因为考尔菲尔德讲述的就好像是他们自己的经历。霍尔顿代表了一类社会青少年，他们身处腐败堕落的社会之中。这本书用批判的目光看待20世纪50年代美国青年们所面对的问题，通过考尔菲尔德的心理斗争、绝望、精神崩溃、对性的探索、世俗及其他奇怪行为的冲突、他变幻无常的典型的孩子脾气、父母关爱及社会理解和引导的明显缺乏而表现出来。考尔菲尔德就是同龄人的一面镜子，他身上有很多在其他年轻人身上能够找得到的东西。考尔菲尔德天真率直的人生观仍和当今的青少年的人生观相似，并蕴涵了一种永恒的真谛。他的孤独、迷惑和令人同情，还有他的烦恼和失意，甚至是他的过失和求助的呼喊声仍能引起年轻人的共鸣，因为这恰恰代表了他们如今的境遇。而这就是《麦田的守望者》这本书如此畅销的原因。迄今为止，它已经被全世界千百万的读者反复品读。《麦田的守望者》的成功还源于塞林格对语言的超凡驾驭。塞林格能够很好地把握年轻人的语言：不经意的幽默、反复、俚语和脏话以及强调都运用得恰到好处。他对青年人及成人世界细致而富有同情的洞察力、适当的象征手法和口号及陈词滥调的尽量避免使用都为小说的成功增添了光彩。

接下来我们将谈到的伯纳德·马拉默德被认为是第二次世界大战后主要犹太作家之一，他的作品中除了第一部《天生运动员》外，其他都是关于犹太人和他们的生活的，其中包括小说《店员》《新生活》《装配工》《房客》《菲德尔曼的自画像》《杜宾的生活》《上帝的福佑》。他过世后才出版的作品包括《人民》、短篇故事集《魔桶》《傻子优先》和《伦勃朗的帽子》。作为20世纪的主流作家，马拉默德将边缘少数民族文化介绍给了美国主流文化。

马拉默德基本上算是一个自传体作家，他将自己的犹太生活及移民背景写进虚构的小说里。比如，他父母在布鲁克林的小杂货铺便成为《店员》里的场景；《新生活》则再现了他在俄勒冈州立大学的教书经历；他作为文学艺术家的生活也写进了《菲德尔曼的自画像》。马拉默德塑造的人物，不管是教授、修理工、年长的作家，还是希伯来的学生或店员，都认真学习生活的真谛并有尊严地挣扎着活着。随着自我进步，他们成长了，道德上也得到提升。马拉默德认为，犹太人就是良民，人并非一定要成为犹太族的一员或者拥有犹太族信仰，从犹太人的境遇即是普通人的境遇这一角度来看，每个人都是犹太人。马拉默德的创作有一定的目的，他的故事模式往往是从痛苦和绝望中得到顿悟并真正成长起来，人们可以从中学到智慧，学会承担责任而变得更加博爱和宽容。马拉默德曾说："我所有的作品都是奉献给人类的思想，每部书的本意都该如此……我是在捍卫人类。"

《店员》是一部典型的马拉默德式小说，讲述了一个温馨的故事。犹太移民莫里斯·波伯经营着位于纽约布鲁克林的一家小杂货铺，和妻子爱达及女儿海伦一起过着清贫的生活。杂货店的生意冷清，生活又让人疲惫不堪，唯一能给莫里斯带来宽慰的便是盼望着每天午饭后可以小睡一会儿。然而一天晚上，两个强盗闯了进来，打伤了他的头。后来，一个叫弗兰克·阿尔派的贫困的意大利年轻人来到他的小店乞求能得到一份工作，尽管很为难，但莫里斯还是同意留他做伙计。弗兰克工作很努力，然而爱达和海伦却不喜欢和异族人住在一起。一天，弗兰克从柜台偷钱被抓了个正着，因而被迫离开了杂货铺。小杂货铺因不敌一家更新更大的店铺的竞争而每况愈下，而此时，莫里斯仍躺在医院。弗兰克回来了，说自己亏欠莫里斯。这样，他白天打理店铺，晚上在一家咖啡馆干活以免店铺倒闭。当莫里斯出院回家后，弗兰克承认了自己就是当初的强盗之一。莫里斯并没有吃惊，说他其实早就知道了，但他不能原谅弗兰克从店里偷钱，因此再次解雇了他。后来，莫里斯死于肺炎，弗兰克则又回来帮助经营店铺及照顾莫里斯的家人。弗兰克为人处世越来越像莫里斯，不久，他加入了犹太教。

《店员》成功描绘了一个善良的老犹太人莫里斯·波伯，他友好、诚实、富有同情心，善于用自己的"犹太品质"去帮助他人进步。莫里斯体现了"爱就是一种道德上的责任"的理念，他知道自己必须遭受折磨，懂得这样做的目的何在，因而他在逆境中从未放弃希望和信仰。莫里斯就是一个遭受痛苦的犹太人的典型，遭受折磨是他生活的主要特征，他的痛苦是在为人类赎罪。莫里斯虽然在生意上失败了，然而却因为使弗兰克获得新生而得到道德和精神上的提升。在刻画乐观与悲观发生冲突以及在希望与绝望之间的徘徊时，马拉默德展现了高超的写作技巧。书中充满黑暗及痛苦，但也不乏幽默来缓和这样的气氛。

马拉默德的另一部力作是《装配工》，这部作品同时荣获了普利策奖及美国国家图书奖。故事的主人公雅克夫·波克是一个身处水深火热的犹太人。故事以反犹太人的沙皇俄国为背景：年幼的雅克夫在孤儿院长大，母亲因难产而死，父亲在沙皇的大屠杀中身亡。雅克夫对生活感到了悲观并隐藏了自己的犹太身份，他加入了俄国军队，努力学习俄语、历史、科学、地理和算术。雅克夫努力工作并期待过上好一点的生活，住在村子里，雅克夫感到了痛苦和压抑，甚至他的妻子也弃他而去，因此他去了基辅（乌克兰共和国首都），来慢慢了解这个世界。一次巧合，他救了被大雪困住的砖瓦厂主，于是成了厂主的学徒。然而，工地的一个工头总是对他不满，后来人们误以为他因为宗教谋杀了一个基督教男孩而把他送进了监狱。在监狱他又遭受了非人的虐待：无法入口的食物、狱友的殴打，而且差点被毒死，并像动物一样被铁链锁着。雅克夫和饥饿做着斗争，为自己遭受的不公平而哀嚎，为自己做无谓的辩解。他拒绝向强权低头，拒绝做虚假的口供。雅克夫深知自己是无辜的，而沙皇政府却打着各种反犹太的借口，故意混淆是非，用伪证来迫害他，而这均源于宗教的偏见。一个稍有同情心的地方法官离奇死亡，于是一个律师执意判他有罪。雅克夫坚守着自己的信念，尽管在监狱中遭受了太多难以想象的痛苦，但他仍然坚持读书、思考并与认识的为数不多的朋友交流。雅克夫开始明白责任的含义，并将痛苦视为自己作为一个犹太人、一个人所必须接受的考验。他尝试从不同角度去看待生活，他学着感受并对自己的同伴、朋友甚至敌人负责。雅克夫对自由和公正的热爱以及他的性格使他成了人民的象征。

《装配工》的表达形式值得赞赏。这部作品本质上属于现实主义作品，但是偶尔穿插的浪漫主义表达使得小说大放异彩。譬如那场关于雅克夫和沙皇面对面的辩论的虚拟场景就是一场绝妙的表演，极好地刻画了雅克夫的性格特征。进一步说，尽管这部小说以历史事实为依据，但马拉默德却将重点放在历史之外，通过强调噩梦般的经历和成长来给人启示，引人深思。总而言之，马拉默德编著历史性小说的目的并不是为了让受害者麦纳汗姆·蒙德尔·拜里斯永垂不朽，而是为了真实地反映犹太人民和整个人类所处的境地。

马拉默德的短篇故事集《魔桶》获得了美国国家图书奖，其中的短篇故事《魔桶》仍延续了《装配工》的模式。希伯来学生利奥·芬克尔希望得到圣职，有人建议他利用婚姻进入圣会。但由于时下身边并没有合适的人选，芬克尔便去寻求媒人萨尔兹曼的帮助。事实上，媒人也给他提供了许多机会，然而利奥并不满意。利奥的确也和其中一个年轻女士约过会，但媒人对双方的欺骗却令他愤慨，于是他决定再也不和萨尔兹曼有任何往来。然而萨尔兹曼并没有就此罢休，他特意将装着好几张女人照片的信封留给利奥。利奥并没有看信封里装着什么，直到有一天他拆开了信封。里面的照片并不吸引人，但正当他要放弃希望的时候，一张照片吸引了他，也正是这个年轻女人的照片让他一见钟情。利奥竭力从萨尔兹曼那里获知女孩的信息，然而萨尔兹曼却抢走了照片并且拒不告诉他女孩的身份。萨尔兹曼终于不堪压力，绝望中未加思索地说出那是他的女儿，但这个女儿对他来说已经死了，因为她因贫穷而去做了妓女。萨尔兹曼强烈的反应使利奥陷入了沉思和自我反省，第一次他发现并承认自己并没有被爱过，而且自己也缺乏爱；尽管自己熟知犹太教义的条文，却毫无信仰。利奥决定爱别人要多过爱自己，而就在那一刻，他已经改变了自己并重获新生。利奥决定为这个妓女承受苦痛，而且此时的他也已认为婚姻并非是为了自己的前程铺路；他意识到爱是对一个高尚的承诺而做出的牺牲。故事的结局是这样，利奥手捧鲜花去见那个沉沦的女孩——能引起读者无限遐想，因为它并没有清晰地写出故事结局而是暗示了各种可能。与《店员》一样，这里作者也使用幽默来减少故事的怪诞性并缓和主人公所遭受的痛苦。从主题上看，萨尔兹曼在作为配角的同时也是一个拯救的媒介。从形式上来看，萨尔兹曼在小说结构上也是非常必要的，因为他活跃了阴沉的气氛。那些看似无用的章节其实营造了一种悬疑的气氛，这是非常有用的。而这就是马拉默德的魅力所在。

约翰·厄普代克是这个时期的一个多产作家。在他漫长的创作生涯中，他创作了许多作品，如"奥林格"小说集。宾夕法尼亚州的奥林格是作者根据自己的家乡虚构的一个地方，这类小说里最优秀的作品是《半人半马》；其他的还包括《夫妇们》《嫁给我》和许多关于理查德和琼·梅波的故事以及《格特鲁德和克劳狄奥斯》，当然还有他出色的短篇故事和诗歌。厄普代克赢得过许多奖项，其中包括美国国家图书奖和普利策奖。

然而厄普代克最著名的作品还是"兔子"五部曲：《兔子，跑吧》《兔子回家》《兔子富了》《兔子休息了》《爱的插曲》。这一系列的故事情节十分连贯：《兔子，跑吧》中，兔子从家里逃跑，在《兔子回家》中回到家里，在《兔子富了》中变得富有，在《兔子休息了》中休息，在《记忆中的兔子》中回忆过去并复活。进入21世纪后，厄普代克仍然无法抑制为他的四部兔子作品写续集的欲望，于是出版了第五部中篇小说。

"兔子"是小说中主人公哈旦·安格斯特姆的昵称，他是一个美国中产阶层的一个小人物，人生最辉煌的时期也不过是高中时曾是学校的篮球明星，而这个系列正是围绕这个蓝领工人的传奇故事展开的。哈里·安格斯特姆的昵称体现了两个特征：他难以控制的性欲及其在社会微不足道的地位。哈里一直因对性爱的欲望而备受困扰，他找不到发泄自己能量的出口，于是像兔子一样总是在寻找某些东西而且又在逃离这些东西。在该系列的第一部作品获得成功后，厄普代克每10年就出版一部兔子系列作品，因此哈里在读者的心里一直保持着鲜活的印象。兔子系列的每部作品都试图通过哈里以及他周围的人物来反映10年内美国的社会现状，因此兔子系列也已成为战后时期的一个传奇。

《兔子，跑吧》一出版就受到了读者的欢迎，从而使得约翰·厄普代克这个年轻的作家成为主流小说家之一。故事情节很简单："兔子"哈里是个20多岁的年轻人，时常感到空虚和绝望。妻子贾妮丝有了身孕，却整天喝酒、看青少年节目，把他们的车和年幼的儿子纳尔逊留在父母家里。与一群孩子打过一场篮球赛后，哈里感到胸中有种对生活的渴望并决定逃跑。然而逃跑后的哈里并没有找到自己所渴望的自由，于是选择了回来，但不是回家而是去求助他以前的教练。老教练让他与罗丝联系，于是他便在罗丝家做家务。年轻的牧师埃可尔斯试图帮助哈里，然而却没能找到解决的办法。后来哈里在一个富有的寡妇家当上了园丁，而罗丝此时怀孕了。可就在妻子贾妮丝生产的时候，哈里抛弃了罗丝回到家里为他的岳父工作。后来在性欲的驱使下哈里又去找了罗丝,他的妻子因而喝醉了酒,在给小女儿洗澡时无意将孩子溺死了。因为无法面对悲剧和家人的责备,加上又遭到罗丝的拒绝,哈里又一次逃跑了。他换了一个又一个的工作,找了一个又一个的职业介绍人,换了一个又一个的女人,却始终没能找到适合的工作、职业介绍人和女人。结果是哈里不停地逃跑,或者说是去寻找,虽然书的最后没有一点迹象表明他是否已经找到可以让他停留的东西。然而,直觉告诉我们他没有。

哈里停不下来的原因在故事中明显地表达了出来。哈里的家庭生活并不幸福,贾妮丝来自一个较富裕的家庭,有点娇生惯养,她认为嫁得有些委屈,而且也无法像样地操持家务。"兔子"对工作不满,刚开始时他还是个销售员,接着为一个有钱寡妇当园丁,后来又在他岳父破旧的停车场工作,这些工作都无法给他带来那种在高中时期当篮球明星的满足感。"兔子"的母亲总在他和妻子吵架时火上加油,声称如果儿子的家庭状况越来越糟,她随时欢迎儿子到家里来。他的高中教练马蒂先生自身难保,他是哈里最不想求助的人,因为他能做的只是让这个轻率的年轻人堕入更深的绝望。年轻的美国主教派牧师也好不到哪里去,他尽了力,却又不知道能给"兔子"什么好的建议。"兔子"已经走到绝路,唯一的办法就是逃避现实。

哈里的问题在他那个年龄是有代表性的。他精力充沛却没有适当的发泄渠道,他的生活——爱、做着一份平凡的工作、打高尔夫,还有关心自己的衣着——都过于单调缺乏激情。他的人际交往只会给他带来麻烦和挫折感。他感到不满,可是又不确定自己到底想要什么:那是"需要我去寻找的东西"。"兔子"知道他是失败的,对此他感到恼怒,他明白自己出了问题,但他又不能准确地指出问题出在哪里,更不要说解决它了。他被这种空虚的感觉困扰着,却又不知如何解决。埃可尔斯是哈里生活中很重要的一个人物,他隐约觉得哈里精神空虚,没有信仰,陷入了宗教危机。因此,厄普代克描绘出一个处在深渊边缘、没有任何精神寄托的人,这个社会带给他无限的痛苦,没有给他任何变得优雅以及获得救赎的希望,他倍感孤独。因而小说的题记里这样写道:"优雅的举止,痛苦的心灵,外部的环境。"

小说的题记实际上适用于整个兔子系列。哈里继续着他没有方向的生活,而他周围的人也并不比他强多少。人们彼此交往,却几乎没有学到什么,或者什么都没有学到。他们在一条道路上蹒跚而行,而这条路通向哪里,没有人知道,也没有人关心。在《兔子回家》中,36岁的哈里回到家里,为岳父工作,如今中年发福的他愤世嫉俗,拼命地为越战辩护。哈里过着一种精神贫乏的单调生活,贾妮丝又搬去和情人住在了一起。哈里让一个离家出走的年轻女孩吉尔和一个逃亡的黑奴斯基特同他和儿子住在一起,可是后来的一场火灾烧毁了他的房子,吉尔死了,哈里将斯格特救了出来。最后贾妮丝搬了回来,与哈里和好。在《兔子富了》的开篇,"兔子"在他岳父去世后接管了斯普林格汽车厂,现在40多岁的"兔子"是一个富有、肥胖而温和的人,尽管妻子依然傲慢无理,但"兔子"还是感到生活是快乐的,然而后来一个年轻女孩的出现打乱了他自认为舒适的生活。哈里怀疑那个女孩是他与罗丝的女儿,于是去找罗丝证实女孩的身份,但罗丝否认了。此外,哈里还担心着儿子纳尔逊,一个没有方向、沉溺于物质享受的大学生。纳尔逊想退学开始打理家里的生意,哈里费了很大的劲才把他送回学校。在《兔子休息了》中,哈里56岁,体重超标,心脏不好,妻子和儿子合谋使他被迫离职回家。纳尔逊吸毒的问题越来越严重,直到接受了治疗才得到康复。这时,这个年轻人想做一个社会工作者。如今半退休的哈里一半的时间在佛罗里达度过,吃的都是垃圾食品,而且还患上了心脏病。他诱骗了自己的儿媳,并在一天晚上和她上了床,被妻子发现后,哈里又逃走了。直到一天在和一个男孩打篮球的时候,哈里心脏病发作而死亡。到了《记忆中的兔子》里,"兔子"在家人的回忆中复活,贾妮丝再嫁了一个名叫罗尼·哈里森的退休销售员,并幸福地生活在"兔子"的老房子里。罗尼的好友是比尔·克林顿,关于他的"他对我们撒了谎"变成那个时候的流行语。哈里的儿子纳尔逊成了一名心理咨询师,并在圣诞节的早上听说他的一个病人自杀了。哈里的私生女安娜贝尔现年40岁,是个护士,她不得不忍受罗尼整天咒骂他的父亲是个"放荡又游手好闲的人"(在人们的闲聊中,哈里的灵魂在宾州和佛罗里达州之间游荡)。

厄普代克还著有其他很多作品。评论家们抱怨他太注重人物的内心世界,而忽视了外界的万千世界。这样说并不完全正确,因为我们在阅读哈里的生平中可以了解到美国正在发生的事情:越战、性解放运动、信仰的迷失、克林顿丑闻等,而且厄普代克的社会观点真实而权威。此外,还有必要弄清楚厄普代克并不是用复杂的情节去吸引和留住读者,他更注重性格描写,即他的人物对发生在自己身上的事件有何反应以及又是怎样去定义它。厄普代克花了大量笔墨描述人物的经历,以此来表现作品的实质,从而使之具有指导性。因此,厄普代克绝对是一个严肃的文学艺术家。

在这里我们有必要提到约翰·契弗,一个与凯瑟琳·安·波特齐名的短篇小说家。他的优秀故事收集在《约翰·契弗故事集》里,这本书以生动的方式展现了他的主题。除了故事集,契弗还出版了一些具有影响力的小说,如荣获美国国家图书奖的《威普肖特编年史》《威普肖特的丑闻》《布利特帕克》《法康纳监狱》和《看上去很像天堂啊》。

契弗主要描写的是城市中产阶级的生活,他善于刻画他们的生活习惯和思想。大多数时候,书中反映的是表面的现实、美丽的房子以及富足的生活,但也有无数的痛苦和磨难。人们时常与他们的罪恶抗争，经历一些不可思议的事情，偶尔也展现出一种英雄主义来。生活是苦闷的，但是他们渴望光明。契弗相信人们是渴望希望和光明的，这种精神上的光明正是人们所需要并努力寻找的东西。契弗的大多数作品都发表在娱乐杂志《纽约客》上，因此他也被誉为"纽约人作家"，然而他严肃的主题却并未完全被人们所接受，所以他常常被美国的评论界所忽视。此外，契弗总是在自己封闭的小房间内写作的事实也让他无法接触外面的世界和新的思想，因此他一直恪守着保守的现实主义创作风格。

契弗创作了一些关于 20 世纪的优秀短篇故事，其中值得特别注意的是《游泳者》，这篇经常被选编出版的典型的契弗式小说。小说讲述了一个中年男人离开了朋友家的派对后，从一个水池游到另一个，穿越了 8 亩地终于游回家的故事。在朋友家的派对上，南迪·麦瑞尔就像夏日一样灿烂而充满活力，可是他突发奇想，要"从西南方绕弯"回家，穿过他以妻子名字命名的露辛达河，他想象着这条河是一条由 14 个单独的水池组成的河。南迪在游泳的过程中遇到许多人，洞悉了生活百态，领会了富而又令人迷惑的美国中产阶级生活。沿着露辛达河"美丽奢华"的河岸，南迪听到人们开着派对，看到正在出售的房子，他的心被世间的势利所刺痛，他为女主人的粗鲁和命运的残酷而哭泣。季节轮回，由夏入秋，转眼就要进入冬天，南迪本身也经历着巨大的变化，从愉快到绝望，从健康的中年步入虚弱的晚年。同时他的家庭也遭受着巨大的变故，南迪因为破产而不得不举债、卖掉房子，孩子们也陷入了困境。当他回到家时，家已经不复存在，房子被封了，家人也都离去。

正如他大多数作品所反映的那样，契弗是现实主义虔诚的拥护者，他运用詹姆斯式的叙述来描写人物、风俗以及场景。这个第三人称的叙述者偶尔会称呼读者为"你"，并为读者做出全面的评论。这种对细节慎重的观察体现了作者对准确的追求，契弗非常熟悉他的阶层以及这个阶层人民的生活，从而让他的读者在阅读的同时有了亲身经历的感觉。以对南迪遇到格莱汉姆斯一家的描写为例，他的交际手段、友好的举止和细腻的情感活动，这些都是作者所生活的中产阶级特性的充分表现，他就像在叙述自己的故事一样。然而《游泳者》也确实带有一些超现实主义的色彩。主人公在一个完美的午后开始了他回家的旅程，当时生活是那么美好，而在他经历过一场风暴，深秋时分回到家时，主人公却发现房子已被生了锈的栅扣锁封了起来。这里所表现的象征主义或许有点老套和肤浅，却运用得非常恰当。这段旅程意味着人类的努力注定会失败，正如伯特兰德特·罗素断言的那样，南迪在面对无法抗拒的变化时所表现出来的毅力与海明威式的英雄在压力下的表现有些类似。它也象征着天下无不散之宴席，而每个人都应该做好面对生活中无穷变化的准备。南迪就像一个随时保持警惕的人，他到处漂流，提醒着目光短浅的中产阶级在今后可能会遇到的问题。读者在阅读时既会为书里的人物感到悲哀，同时也会为自己感到可悲。

在我们讨论的这个时期，美国南方文学在弗兰纳里·奥康纳和威廉·斯泰伦等作家的辛勤努力下持续发展。弗兰纳里·奥康纳被人们称作南方人、天主教徒、怪人等，然而她的特点远不止这些。因为出生并生长在南方，弗兰纳里·奥康纳的所见所闻成为了她作品的主要内容。她的想象力经过中世纪天主教复兴的洗礼，带有浓厚的宗教色彩，这些在她的书中都有所体现。奥康纳擅长表现人们生活中怪异和暴力的一面，并将其放大到震惊世人的程度，"你得给那些几乎瞎掉的人画出大得惊人的图像"，她这样说。奥康纳的作品突破了界限，向我们展示了生活和经历中更为广阔的层面。

奥康纳具有独特的洞察力，她对乡村人的生活，而且常常是那些身体或心理或都有问题的不正常的人的生活有着兴趣。这些南方人都有单一但强烈的信仰，往往是贫穷而又愚昧的宗教狂热者，他们是需要被救赎的受害者。这些可怜的人就是奥康纳故事的主角，她用自己的观点来描写这些人的生活状况。奥康纳理解自己小说的人物，对他们充满激情，并且还努力地寻找拯救他们的方法。奥康纳的故事充满了死亡、磨难和暴力，但也有恩惠和赎罪。奥康纳的人物通常是粗鲁和丑陋的，情节往往是不合常理的，对暴力和罪恶的描写令人震惊，但所有的这些都用来反映她的宗教信仰。奥康纳作品中的神秘感是正常人的思维所无法理解的，她的风格简单却引人深思，充满喜剧性和戏剧性，读者常常会为之震惊。奥康纳用平静的态度来描述突发事件，试图精确地展现和反思人类天性中隐蔽的方面，她作品中有哥特式的成分和明显的荒谬主义因素存在。奥康纳的作品包括小说《慧血》、短篇故事集《好人难寻》、小说《强暴得逞》，一些其他作品收录在她死后的作品集《汇合》和《故事全集》里。在世的时候，奥康纳就已经很有名气了，而这些年来，她又越来越受到评论界的关注。奥康纳为世人所熟知，而且也势必会以一个短篇小说家的身份被人们铭记。

作品《好人难寻》集中了奥康纳故事的最好创作元素。这部小说讲述的是一个六口之家在去佛罗里达的路上遇上了一个名叫米斯弗特的逃犯，最后家破人亡的故事。主角是祖母，她的家庭成员包括她儿子贝利、孙辈约翰·卫斯里、琼·斯达和一个婴儿，还有儿媳和他们的猫。米斯弗特是个冷血却充满智慧的杀人犯，有着偏激的宗教信仰和社会观，他不会相信自己从没有见过的东西，尤其是上帝。米斯弗特和祖母进行了一场智慧的较量，祖母柔弱无力地支持着她所继承的宗教信仰，而米斯弗特则宣传撒旦主义。很明显，祖母宣扬着人性，并以基督徒的善良去宽恕米斯弗特的罪恶。米斯弗特在惊恐中败下阵来，于是杀死了其他人，并在最后枪杀了祖母。

　　虽然故事暴力而又荒谬，但当我们结合奥康纳的南方生活背景、基督信仰及她对于使用暴力的独特视角，便可以理解这个故事了。奥康纳的小说有浓厚的美国南方色彩。祖母是个典型的南方白人，她优雅、感恩，忠于自己南方血统的价值观，相信上帝和世界，无论这些是多么的表面化。祖母认为上帝造就了南方人的文雅，对她来说，南方的优良血统就是她的财富，而这种财富就是她的全部。当她渐渐面临死亡时，她痛苦地意识到，拯救米斯弗特是她的责任，因为他们拥有共同的基督根源，于是她清醒地自言自语道："为什么你是我的孩子呢？你是我自己的孩子啊！"善良让祖母伸出手去，想要触摸米斯弗特的肩膀，然而却换来胸口的三颗子弹。读者会觉得祖母的行为很荒谬，但奥康纳却认为老妇人精神上的怜悯会在米斯弗特的心里"种下一颗种子，之后会长成一棵大树，对他造成极大痛苦，使他变成一位他原本应该成为的先知"。在作者的观点里，祖母拥有一种特殊的胜利：她的做法使她"接触到宗教神秘的根源"。读者可能不这样认为，但奥康纳的这个观点是有一定道理的。

　　由此可见，奥康纳有着强烈的基督教价值观。很自然地，奥康纳也接受了基督教神学。《好人难寻》遵循了她一贯的写作模式，这个模式源于她从基督教的角度对待生活的看法，即她所描绘的由罪恶转向对罪恶忏悔和赦免的认识。优雅的概念在奥康纳作品里表现得淋漓尽致。在《好人难寻》里令祖母和瑞德特·萨米感到不满的不仅仅是米斯弗特，逝去的也不只是那些一去不复返的美好时光。奥康纳所指的是她的人物角色所生存的世界里的罪恶，即一群不相信上帝的人生存在一个没有上帝的世界里。祖母的家庭的基督教信仰已经变质，她虽然心地善良却并不是一个慈爱的祖母，也不是那种虔诚地相信上帝、诚心祷告的人。她的儿子最多算个不称职的父亲，而她的孙子们既不听话又惹人生厌。他们不可能是虔诚的天主教徒，因此需要一种自己方式的优雅。米斯弗特乍看代表了罪恶，但通过仔细观察，他的形象就会变得更加丰富。奥康纳总是将罪恶和对优雅的需求戏剧化来构建故事。米斯弗特和祖母最后都认识到了这种需要，但当机会来临时，他们的反应却完全不同：要么接受，要么拒绝。祖母临死前是她最清醒的时刻，她表现出了救赎的传教精神，而评论家对米斯弗特的表现却持有不同的看法。有人认为米斯弗特是个魔鬼的角色，疯狂地对待他并不适应的生存环境。米斯弗特不仅仅是单纯的无知和不自觉的残暴，他杀人是因为他与这个世界以及上帝产生争执，他认为这个世界对他不公平，上帝允许了不公降临在他的身上。死亡的印象在他脑海中根深蒂固。奥康纳没有用偏激的语言来谴责他的罪行，但是那种冷血的暴力会让我们的血液凝固。从本质上来说，米斯弗特很像《慧血》里那个传播撒旦教义，用暴力取代信仰的牧师。奥康纳正是通过创造这样的角色来表达自己对宗教的怀疑。但还有些评论家注意到米斯弗特言行上的细微改变，觉得他被富有人性的受害者的形象感化，开始像圣·保罗一样，实现了精神上的转变。如果我们还记得在奥康纳的散文中不断重复着作者对世界负有责任的论调，那么这个解释则是合理的。奥康纳曾经说过："教堂的职责之一就是宣传正确的预言，当小说家把这个作为己任，他就会拥有开阔的视野。"

奥康纳相信暴力可以唤醒人们对感化的需要。关于这个故事，她写道："我发现暴力可以使我的人物回归现实，并使他们做好被感化的准备。他们顽固不化，除了暴力，没有其他的方式可以做到这一点……对一个严肃认真的作家来说，暴力本身并不是终点。只有身陷绝境，人们才会清楚自己的身份……暴力作为一种力量，既可以用于正义，也可以用于邪恶，如果用于正途，它就意味着天堂。"尽管米斯弗特杀害了六个无辜的人，其中三个是小孩，但奥康纳仍然不愿将他等同于恶魔。在这里，她看见一丝几乎不被觉察的感化。虽然这不太可能发生，但米斯弗特仍有可能被拯救：他似乎更关心信仰，他杀人不是为了满足他噬血的嗜好，而是对上帝的不满和挑衅，奥康纳甚至认为他更有可能被感化。

《好人难寻》是体现奥康纳独特风格的范本，小说叙述简单流畅，略带南方口语化的语言。与此同时，奥康纳的悬疑风格也随处可见，随时将毫无准备的读者带入阴森恐怖的悲剧。奥康纳善于在不知不觉中抓住读者的心。故事的第一部分没有什么特别，只是对一个生活节奏需要改变的平凡家庭的日常生活的细节描写，或者只是描写一个无聊的三日假期，几乎无法吸引读者的注意力。但细心的读者发现米斯弗特是从监狱中逃跑的，因而祖母则有死去以及家破人亡的可能——这些全都预兆着一件血腥事件即将发生。接着，一起交通事故发生了，全家准备好"森林像黑洞洞的大口喘息着"。没有人能看到开始的杀人事件，只有人听到了一些声音，似乎没有什么恐怖的事情发生。我们只能通过老妇人言行上的改变感觉到他们出了什么事情。于是故事以可怕的结尾告终。这个故事的重点不在暴力，而是通过对它粗略的描写使故事增色，以此来震慑住读者，使他们意识到生活中的犯罪、怪异以及宗教和信仰的重要性。

弗兰纳里·奥康纳以她复杂的主题和相当难以理解的象征主义而著名，她是美国文学中富有影响力的人物，并为其留下了一笔神秘的遗产。

威廉·斯泰伦出生于弗吉尼亚州的纽波特纽斯市，其作品数量不多，但质量很高，因此成为南部作家中的领军人物之一。多年来，斯泰伦获奖无数，其中包括美国文学艺术学院颁发的罗马奖、普利策奖及美国国家图书奖。他的首部小说《躺在黑暗中》讲述了一个南部中产阶级家庭败落的故事。小说在1951年一经出版就获得好评如潮。斯泰伦的第二部作品《放火烧房》于1960年出版，但评论界对此的评价大多是批评或者褒贬不一。斯泰伦的第三部小说《纳特·特纳的自白》是以1831年的奴隶叛乱为基础进行创作的。这场被称为"纳特·特纳叛乱"的暴乱发生在弗吉尼亚州南部的偏远小镇南安普敦,这个地方离纽波特纽斯市并不远。
1979 年,斯泰伦出版了他最著名的小说《苏菲的选择》,这部作品实际上是斯泰伦
根据早年遇到的一个奥斯威辛集中营的波兰籍幸存者的叙述而改编的。这部小说
篇幅较多而且情节复杂,事实与自传、悲情与喜剧、历史与小说创作相糅合。作
者希望通过这种尝试让更多的人了解纳粹对犹太人的大屠杀,并以此揭露人性的
罪恶。这部小说曾被成功地改编成电影,由马瑞尔·斯特丽普和凯尔文·克莱恩
主演,并荣获 1983 年的奥斯卡奖。20 世纪 80 年代早期,斯泰伦曾因患抑郁症而
住院。康复以后,他出版了论文集《看得见的黑暗:回忆录》,这部作品影响深远,
充满了忧郁色彩。自 20 世纪 90 年代开始,斯泰伦一直坚持写作出书,他的三部
小说合集《潮汐的早晨》于 1993 年出版。斯泰伦的作品还包括《漫长的行程》、
戏剧《在楔形小屋》和《安静的灰尘》。

斯泰伦的主要作品《躺在黑暗中》讲述了美国南部一个中产阶级白人家庭的
悲剧。父亲米尔顿·罗福提斯很容易受北部生活习俗的影响,对传统道德观非常
不屑,并变成了一个"酒鬼",还沉溺于婚外情;然而母亲海伦却恪守传统并严守
宗教信仰。这样,两人便逐渐疏远,米尔顿的爱也慢慢转移到女儿佩托恩身上。
随着女儿的长大,他们间的关系表现得越发异常,这引发了这个家庭潜在的如同
火山爆发般的危机。后来,佩托恩远嫁北方,但这并没使她摆脱曾深陷的爱恨情仇,
她仍十分想念家和父亲。于是,佩托恩利用和不同男人的关系来寻求心理上的平
衡,但这仍未能将她从混乱及绝望中拯救出来,因此她决定赤裸着身体从高处跃
下以结束生命。在这部书里,斯泰伦按照自己熟知的南方文学传统展示了南方工
业革命后道德的沦丧、方向的迷失以及随之而来的痛苦和绝望。他的叙述风格和《圣
经》十分相似,正统基督教的宗教传统和现代怀疑论之间的冲突、种族矛盾以及
以农业为主的南方工业化进程——所有这些都构成了罗福提斯家庭痛苦挣扎并最
终败落的社会背景。摆在我们面前的是不忠和乱伦,佩托恩无论去哪儿,她都将
她的美丽以及毁灭性的激情带到那个地方,而最终正是这种毁灭性的激情毁灭了
她自己。米尔顿和海伦的婚姻看似只是小说的一个情节,而海伦也只爱她自己所
能控制的东西,如她的残疾女儿莫蒂。一切都消亡了,躺在坟墓的黑暗里。

《纳特·特纳的自白》是以小说的形式写成的真实故事,以一个美国黑人叛
乱者的角度进行讲述,斯泰伦称之为"对历史的沉思"。小说以特纳的生活细节以
及一本同名小册子为基础,这本小册子曾在特纳的审判中被作为证据展示出来。
这本书讲述了一个源于奴隶制的恐怖故事。特纳出生于 1800 年,生来就是个奴隶。
他在一个基督徒家中长大并每天诵读圣经。在他的白人教师的良好教育下,特纳
成为《旧约》中伊齐基尔神(God of Ezekiel)的狂热追随者。他自封为牧师,并
宣称自己在 25 岁时上帝就向他显圣,相信上帝赋予他行使圣职的权力:伊齐基尔

神赋予他大任，让他发动起义来反抗奴隶主。特纳宣称自己看到了战争中殊死搏斗着的白人的灵魂和黑人的灵魂，并且太阳也变得暗淡。一天，特纳正在田间劳作，突然感到自己看见玉米棒上有几滴血；还有一天，他在树叶上看见了用血写的字母。特纳还看见很多其他的信息，这预示着上帝赋予他为奴隶讨回公道的日子临近了。1831 年 8 月 21 日，特纳决定作为死亡天使完成自己的宿命。他带着五个奴隶，开始杀奴隶主。很快，一支由 40 个奴隶组成的小部队自发组织了起来，并在 36 小时内屠杀了生活在弗吉尼亚州南安普敦的 59 个白人，包括男人、妇女和小孩。政府军队出动了，他们杀死了无辜的黑人，白人民兵也将自己的奴隶杀害。这时谣言四起，说有更多的奴隶将揭竿而起。在接下来几天的血战中，特纳大部分的追随者不是遇害就是被抓。在躲过了几个星期后，特纳投降了。特纳被关进镇监狱并接受了记者托马斯·格雷的采访。长达 20 页的"纳特·特纳的自白"便是该记者记录的特纳的故事。特纳被处以绞刑，但他的叛乱的影响却持续了好几十年。在接下来的 20 年里，法律更加残酷地镇压奴隶。白人对奴隶的态度也发生了分歧，废奴还是蓄奴的辩论日益激烈。一些历史学家认为，如果当时弗吉尼亚州因为暴动而废除了奴隶制度，那么就可能避免后来的内战。斯泰伦在动笔前阅读了大量关于暴动的资料，因此这部小说既因其无畏的精神而受到称道，却也因其莽撞而遭到咒骂。关于这一点，争议颇为激烈。小说出版后，一些黑人作家及评论家声称这个故事只有黑人才能讲述，而且斯泰伦借用一个了解自身看法的黑人的角度探索奴隶制。他们认为斯泰伦关于特纳一案的描写似乎表明责任不在奴隶制，而在特纳。当这部小说被贴上种族主义歧视的标签时，斯泰伦受到了很大伤害，但觉得从政治角度来看，也许将自己的观点置于一个黑人身上是不对的。也许，斯泰伦对这个话题的处理方式及侧重点与美国其他黑人作家不同，他更倾向于把故事侧重点放在赎罪的主题上，而不是谴责不人道的社会制度。在这里有必要指出，詹姆斯·鲍德温为他的作品进行了辩护。

从形式上来看，斯泰伦的作品有力地证明了南方文学传统以及 20 世纪哲学和文学对他的影响。一方面，福克纳的文学观点和风格对斯泰伦的创作产生了深远影响。对福克纳来说，唯一值得他写作的便是人类内心深处的撞击和冲突，而斯泰伦一直以来正是以此作为自己的创作主题。斯泰伦对生活的感知源于对人类本性的了解，他致力于描写及分析人物内心世界的自我矛盾，揭露吞噬人们良知的现实根源。《躺在黑暗中》充满了对往事的回忆和追叙，以帮助化解人物内心深处的矛盾。佩托恩·罗福提斯努力摆脱家庭的悲剧，试图挣脱令人窒息的南方传统、历史和文化，努力寻求一种新的生活，但所有的努力都徒劳无功。生长在南方的她无法摆脱南方对她根深蒂固的影响，总是纠缠着她，折磨着她的灵魂，最终导致了她的毁灭。除了从窗户上跳下并满足地躺在黑暗中，佩托恩别无选择。《纳特·

特纳的自白》尽管采用历史题材，却并没过分强调美国黑人的悲惨境地或起义的壮观场面，而是将重点放在纳特·特纳的自白上，从而揭示了他们的精神所受的伤害，被迫走上了叛乱之路。《苏菲的选择》也是如此，虽然整部作品都在控诉战争的残酷，但并没有对战争进行直白的描述，而是展示了个人的命运。主人公的灵魂和信仰均遭受了社会环境严酷的重创，这种伤害令苏菲将死亡看作唯一能够逃避战争的渠道。苏菲也曾努力调整自己，努力面对身心所受的伤害，努力去追求真爱，努力忘记过去并开始新的生活，但这一切都徒劳无益。她的选择依旧是死亡。从形式上来看，斯泰伦的作品明显带有威廉·福克纳的印记，结构很少严格地采用时间顺序。作者常常有意使故事的发展不太紧凑，而且在叙述中常带有意识流风格。尽管斯泰伦努力创新，但他的成功更多地延续了福克纳的风格。

斯泰伦对其所处时代的文化氛围极为敏感。弗洛伊德精神分析法使许多人开始探索和挖掘人们的内心世界，倘若不是这个里程碑式的开端，文学就不会像今天这样发展。文学界开始转向刻画人的内心世界，使用新的创作手法，如意识流和心理现实主义。斯泰伦基本上可以说是一个现实主义者，在他的文学创作生涯中，他从现代文学传统中吸收了大量素材，一个显著的例子就是《躺在黑暗中》的结尾部分关于佩托恩自杀前的那段很长的内心独白。很显然，这个是仿照了詹姆斯·乔伊斯的《尤利西斯》结局时莫莉·布鲁姆的情节。斯泰伦当然也在这些传统之上加入了自己的特点，譬如他擅长表现人物的内心世界、梦境的刻画、人类性爱的描述及多角度描写。总之，斯泰伦被认为是当代美国的优秀作家之一。

下面该提到的是杜鲁门·卡波特，他出生于纽约，从写作主题上讲他是个南方作家。卡波特的大多数作品都是以路易斯安娜、密西西比、阿拉巴马地区为背景，呈现了一个哥特式的暴力的世界。他的作品基本上反复描述了他的个人经历，因此我们可以说他是个自传体作家。譬如，在卡波特童年时，父母离异并且母亲再嫁，于是他"成了孤儿"，被亲戚抚养长大，内心极度渴望得到爱和理解，这便成了卡波特的短篇故事及小说的主题线索。又如卡波特的长篇小说《其他的声音，其他的房间》，讲述的便是一个小男孩在一个怪诞的世界里寻找父亲，在他的异性恋失败后接受了同性恋的故事。《草竖琴》讲述的是一个男孩和堂兄对传统的反叛，并最终明白最重要的其实是爱这个世界并自爱的故事。《圣诞记忆》则讲述了一个小男孩无尽的孤独和失落，他最大的心愿便是和堂兄一起共享假期。《蒂凡尼的早餐》中，尽管主角是个小女孩，不再是小男孩，但这个年轻的女孩同样是个孤儿，她为了寻找爱与归属感而来到纽约。卡波特的大多数短篇故事都反复讲述着同一个主题，通常是一个渴望得到爱的男孩去寻求爱，然而却终究以失败告终。

如果我们来看看他最优秀的作品《冷血》，我们仍可以发现其中一个罪犯佩里·爱德华·史密斯也具有上述特征，犯罪学家可以通过想象将他残忍杀人的原因归结为他童年时的受人冷落。佩里的母亲是个酒鬼，父亲常年漂流在外，在他小时候便从一个孤儿院辗转到另一个孤儿院。后来他在商船和美国部队里生活过一段时间，可依旧得不到关怀，而且还遭遇了车祸，这使得他长期生活在痛苦中且落下双腿残疾。后来佩里犯了入室盗窃罪，被关押在堪萨斯州的监狱里，也就是在这里，他遇到了日后的杀人同伙迪克·希科克，他的抢劫计划深深地吸引了佩里。当听到狱友谣传堪萨斯州农场主赫尔伯特·克拉特十分富有而且将准备分给工人们的四万美元存放在家中后，迪克便策划着抢劫那个位于中西部的家庭以求一夜暴富。他们俩潜入克拉特家中，搜了个遍，但仍一无所获。尽管善良的农场主恳求他们放过他和家人，可迪克一伙还是杀了他的全家。艾尔文·亚当斯·杜威被指派处理此案，并带领着他的团队成功地在拉斯维加斯将他们捕获并送回堪萨斯的法庭。

《冷血》无论在主题上还是形式上都是不同寻常的。卡波特称之为"非小说类小说"，因为它涉及两个看似矛盾的阶层的真实报道和一些情节的虚构描写，如逃跑、追击、被捕及法庭场景。因此，该小说对当代美国和欧洲的纪实小说产生了深远影响，受到读者及评论界广泛的欢迎。《冷血》这部小说可以从不同的侧面进行解读：可以象征美国生活中的暴力和美国梦的失败，或作为对犯罪行为的研究，这是目前为止卡波特对当代美国小说最大的贡献。卡波特不仅在国内，而且在国际上也同样享有盛誉。

菲利普·罗斯是美国犹太籍重要作家。罗斯往往在他的作品里集中多个犹太人的经历。罗斯在新泽西州纽瓦克度过童年，他的大学学习、参军经历、婚姻、大学教书生涯、精神分析以及旅行都在其作品中有所体现。罗斯因首部作品《再见了，哥伦布》而获得盛誉，《五个短篇故事》为他赢得了美国国家图书奖并被广泛认为是他最优秀的作品。创造了这么多作品，罗斯兑现了他早期的诺言。他的巨著《波特诺的诉怨》使他成为当代最具有争议的作家之一。

《再见了，哥伦布》中的故事都是关于犹太人及他们之间冲突的。在第一个故事中，年轻的犹太人尼尔·克鲁克曼和近郊富裕的犹太组织（为首的是有钱的帕蒂姆金斯一家）发生冲突，他发现自己很难向他们妥协，根本无法适应周围的环境。冲突继续成为下一个故事《犹太人的转变》的主题：一方面，一个好奇的犹太小学生奥齐·弗里德曼威胁要从顶楼跳下以宣扬自己的信仰；另一方面，他的母亲、博学的拉比·班德和犹太教组织不得不对上帝和基督做出妥协。《捍卫信仰》讲述的是一个犹太军士和他培训的学员中的三个犹太人的故事。他发现他们对自己的诚信造成了严重威胁，并且还发现他们中的一个故意在制造麻烦，因此必须对他们采取报复行动。故事集的最后一篇《狂热的艾莉》中，居住在伍德顿近郊的犹太人已经融入主流文化，但对居住区新建的寄宿学校并不满意。他们找来律师争取让学校迁走，或听取他们的建议将该学校修整一新使之紧跟时代的现代化步伐，并保证对他们公平对待。自然，这部作品触怒了犹太居民，他们认为作者是反犹太分子。罗斯写了大量的作品来自卫，反复声明很高兴自己是犹太人，在他写了两部用于抚慰大众的毫无争议的小说后，大众的愤怒仍持续了很长一段时间。

沮丧的作家于是决定写点别的东西。《波特诺的怨诉》就是在人们的怨声载道中出版的。这是关于一个叫亚历山大·波特诺的病人在医生的长沙发上倾诉的故事。亚历山大33岁时在纽约市人力资源部担任副部长，然而过着充满负罪感的生活。他摆脱不了母亲对自己生活造成的阴影，同家庭、情人及朋友也相处得很糟糕。他控制不了自己急迫的性需求，也无法从享乐主义中解脱。母亲根本无法理解儿子的行为，她对儿子的关怀和爱几乎令他窒息。亚历山大用最恶毒的话来诅咒他专横的母亲。他的情人们，从他第一次发生性关系的丽塔·芭布尔斯·吉拉蒂到真正爱他的玛丽·简·里德，再到完美的美国女人凯·卡姆贝尔，没有一个能充分意识到他的问题。就在他引诱内奥米的时候，亚历山大发现自己阳痿了，最后不得不去精神病医生那里寻求帮助。人们指责《波特诺的怨诉》过于淫秽，并伤害了犹太母亲。作品对手淫及性爱过程的真实描写以及语言上的粗俗和亵渎可以说是对品位和庄重的冒犯。特别考虑到犹太母亲们对孩子信仰上的影响重大，因此小说对母亲的残酷描写对很多人来说是不能想象的。然而《波特诺的怨诉》仍是一部优秀的作品，它语言幽默、对话精彩，而且形式优美。

历经多年，罗斯在主题和风格上显得越来越成熟。在内容上他仍多用自传体，并反复写着同样的主题，包括自我和社会准则的对抗、对性的渴望和失败等，这些主题在种族及人际关系的大背景下反复出现。他越来越自信。从写作技巧上来说，罗斯在语言表达和文体风格上异常熟练，并且幽默一直贯穿作品。作为一个现实主义者和小说家，他著有作品超过20部，对当代美国思想观念产生的影响是巨大的。

另一个当代作家乔伊斯·卡洛尔·奥兹是个天才且多产的作家，她出版了30多部短篇故事集、小说、诗歌、戏剧和散文。奥兹的一些作品广受读者欢迎，如《他们》《奇境》和《和我一起实现你的心愿》；并且她还荣获过很多奖项，如美国国家图书奖、古亘海姆基金奖、欧·亨利特别贡献奖及莲光俱乐部奖。1978年，奥兹入选国家艺术文学学院。

奥兹是社会小说家，她以现实主义传统手法进行着创作。奥兹从普通人中选取角色，并以他们的生活作为创作题材。在她的作品中有学生、商人、教师、牧师和工人，以及他们的害怕、担忧、不幸和快乐欢笑。奥兹擅长通过描写他们因社会、命运或情感缺陷的压力而表现出的内心的复杂和痛苦。他们可怕、荒诞、"哥特式"的世界充满暴力、谋杀、自杀、强暴和纵火罪，有时这会让人想起埃德加·爱伦·坡、弗兰纳里·奥康纳和威廉·福克纳。奥兹认为她的作品真实地展示了当代生活，作品中人物阴郁的性格使奥兹赢得了"美国文学界的黑色夫人"之称。很长一段时间，奥兹都没有得到评论界足够的重视，但近几十年中还是出现了少许关于奥兹的重要评论书集。

获奖小说《他们》是奥兹最好的作品之一。故事以底特律为背景，讲述的是在1937到1967年间一个贫穷的家庭的两代人的悲剧故事。三个主要人物：母亲洛雷塔、儿子朱尔斯和女儿莫林的生活交织在一起，错综复杂。本书一开始呈现的是20世纪30年代底特律贫穷、充满暴力的贫民窟，年轻的洛雷塔爱上了一个年轻人，但她愤怒的哥哥却杀死了那个年轻人后逃跑了，于是绝望而惊恐的洛雷塔嫁给了一个警察。战争爆发时，丈夫应征入伍，于是洛雷塔便带着孩子去了乡下。后来，她返回城里，企图靠出卖肉体维生，然而却被警察逮捕了。战争结束后，她的酒鬼丈夫回来了，经常殴打她。一次车祸酒鬼丈夫丧生了，洛雷塔也再次嫁人。这时洛雷塔已经变成了故事的配角，但在孩子们游戏人生的时候，她却总是会重新出现。莫林正值花季，憎恶和继父住在同一屋檐下。为了逃跑，她做了雏妓以此赚钱。继父的毒打让她陷入了长时间的昏迷，愤怒的母亲因此和丈夫离了婚。莫林恢复后，进入一所夜校学习，不可救药地爱上了她的老师，不久老师便为了她和妻子离了婚。

小说的主要情节是儿子朱尔斯的故事，因为其荒诞性和波动起伏而显得更有戏剧性。这个年轻人和一个黑社会分子交上了朋友，并爱上了他的侄女娜蒂恩，于是他们俩私奔去了南方。受到天气炎热和贫穷之苦，朱尔斯不得不去偷窃，并不幸染上流感而陷入昏迷。娜蒂恩跑回家乡后嫁给了一个富有的律师。死里逃生的朱尔斯也回到了北方并巧遇了娜蒂恩，两人同意在酒店见面。然而重修于好后，娜蒂恩先开枪打死了朱尔斯然后自杀，因为这样两个人死后就能永远在一起。可朱尔斯又一次从噩梦中逃脱了，却昏迷了很长一段时间。朱尔斯曾和一个女人一起生活过，还强暴过一个女孩并戕了这个女孩的皮条客。后来，城市中发生了暴乱，这将朱尔斯从恍惚中唤醒，他拿起枪杀掉了一个追捕的警察，然后便和激进派一起去了加州。

这部小说讲述了一个令人震惊的悲剧故事，描述了一个充满混乱和绝望的世界。接二连三的悲惨生活场景和城市贫民、抛弃、妓女、暴乱、欺骗和死亡等反复出现在作品中，撞击着读者的心灵，令他们恐惧甚至窒息。该作品揭露了当代美国生活中的情感和心理危机，其描述自然真实，给人强烈的危机感，效果异常显著。

主角的三种不同命运之间的相互交织和影响值得我们注意。洛雷塔是一个善良、无趣的女人，接受生活给予的一切。她在自然主义的环境中长大，过着普遍人的生活，并无意去改变或改善它。她从小到大的生活都很简单，以一个普通人眼光看待周围发生的一切，没有大喜大悲。整体而言，洛雷塔属于庸人，有着普通的生活常识，代表着最普通的人群。而莫林天生是一个生长在单调世界里的浪漫主义者，很像詹姆斯·乔伊斯笔下的"埃拉比（Araby）"。因感觉压抑和苦闷，她常做白日梦，希望摆脱现实的乏味与无奈，然而梦的结果却不过是一个不确定的祝福。而对朱尔斯而言，他的所作所为则都是出于本能。他毫无目标，被本能所左右，常常随心所欲。如果说在感情生活中娜蒂恩和朱丽叶有所相似的话，那么朱尔斯则绝不是罗密欧，他是那种从不过正常理性生活的人。对这三个人物性格的塑造表明作者对人类和生活有着过人的洞察力。

另外，乔伊斯·卡洛尔·奥兹还写下了极为优秀的短篇故事，并常被编选进教科书里。总之，奥兹给当代美国小说界留下了难以磨灭的印象。

现在我们将介绍两位年轻作家以结束这个部分的讨论，安妮·贝迪和约翰·格里沙姆。近几十年来，安妮·贝迪一直活跃在写作领域，并且已经赢得了不错的声誉。贝迪出生在华盛顿，在动荡的 20 世纪 60 年代的生育高峰期中成长起来。贝迪在康涅狄格大学从事英语语言研究工作，并先后在哈佛大学以及弗吉尼亚大学任教。20 世纪 70 年代早期，贝迪开始在一些有影响力的杂志报纸上发表文章，如《大西洋月报》和《纽约客》，并获得了读者的认可。她的第一部小说《冬日寒景》一经出版就马上引起了评论界的注意。接着贝迪又出版了一系列短篇故事集，如《扭曲》和《秘密与惊喜》，这两部作品都最高程度地展现了贝迪的写作水平，从而奠定了她在当代美国文学史上的地位。贝迪敏锐的洞察力以及独特的散文写作风格都给人以深刻的印象，《华盛顿邮报》称她为新一代中唯一的一个著名作家，《波士顿环球报》也认为《秘密与惊喜》是近代美国小说史上最著名的著作。贝迪一直都在不间断地写作和发表文章，最近出版的小说有《衰落》《永远爱》《写遗嘱》《另外一个你》以及《我的一生》、短篇故事集《燃烧的房子》《你将在哪找到我》《什么是我的》以及《公园城市：新旧文摘》。

总体而言，安妮·贝迪的著作是对生活的观察与深思，其书中的人物大部分属于中产阶级，他们富裕并且受过良好的教育，然而在面对大的变革和道德的败坏时却无能为力；他们在令人窒息的残缺的生活中生活着，并且感到迷茫；他们不是为人类的短暂存在而感到痛苦，就是沉溺于过去的回忆之中；他们不想工作，只图享乐，把对生活和大众的冷嘲热讽当成乐趣。因此，贝迪所描写的世界充满了欲望和性的堕落。人们面对挫折与逆境，感到被动与无助，不知道该如何回应。生活在 20 世纪 70 年代的他们有着一种深深的失落感，根本不能与几十年前的努力进取并获得成就的人们相提并论。这是这个时代的普通却又特别的世界，而作家则观察身旁的生活并尽力理解它。在这个时代，生活水平有了极大的改善，价值观也发生了实质的转变，生活中充满着荒谬的行为以及支离破碎的家庭，人们需要深思来适应他们所面临的混乱状况。《冬日寒景》对这一现象做出了很好的阐释。小说讲述了一个20来岁的年轻人虽然渴望爱情却求爱受挫，因而感到孤独和失落的故事。这部小说非常接近社会现实，呈现了一幅20世纪60年代物质与精神生活特征的真实画卷。从某种意义上来说，这部作品就像是现实和作者生活的那个时代的一面镜子。这部作品后来被拍成了电影，同样也受到了大众的一致好评。总之，安妮·贝迪被看作是20世纪60年代的社会特征的见证人。

同雷蒙德·卡弗等作家一样，安妮·贝迪被人们称作最低限要求者，这主要是因为她的作品严格局限在现象的表面。贝迪把生活抽象化、简单化，从而使得社会现实看起来像是一个多余的、甚至是无聊的框架。贝迪说海明威对她的写作风格有很大影响，因此就像海明威一样，她的语言简略、具有启发性，句子简单、带陈述性，散文中没有强烈的情感和矫饰性的修辞，因而所产生的效果非常类似照相写实主义或是抽象印象派，一切都流于表面，却又具有隐含意义，留给读者以极大的想象空间。贝迪的小说表面看起来属于现实主义流派，但实际上却完全不是，她已经形成了自己独特的写作风格。

另一位20世纪末极受欢迎的小说家就是约翰·格里沙姆，他的作品常常出现在畅销书的书单上。格里沙姆在大学的专业为法律和会计，毕业后的10年里一直从事法律工作，专攻刑事防卫和个人诉讼。1983年他被选为国会议员并一直工作到1990年。格里沙姆于20世纪80年代开始写作，并于1988年出版了第一部小说《杀戮时刻》，自那之后，他著有多部作品，几乎一年写一本书：《律师事务所》《塘鹅暗杀令》《客户》《密室》和《造雨人》一部接一部地出版。近些年来格里沙姆的作品包括《合作者》《街头律师》《遗嘱》和《教友》，这些作品中有许多已被拍成了成功的影片。格里沙姆的稿费可能已远远超过10亿美元，远远高过最畅销书的作家如丹尼尔·斯蒂尔和史蒂芬·金的稿费。格里沙姆的作品因复杂的情节和逻辑的推理而扣人心弦、激动人心。

格里沙姆大部分作品的主题都集中在法律事件上，如谋杀、叛国、逃税和有组织犯罪，《律师事务所》就是一个典型的例子。小说讲述的是关于一个英俊而野心勃勃的年轻律师米切尔·麦克迪尔的故事。麦克迪尔进入了一个声望极高的法律事务所，他工作出色，收获了大量的酬金和礼物，如一辆新车、低利息抵押借款。这位公司的新员工看起来前程无量。作为一个典型的工作狂，米切尔经常每天都工作超过16小时，几乎没有时间陪伴妻子艾比。后来米切尔开始意识到这个公司并不是他的理想的工作地点，两个同事被离奇杀害后，他发现了事件背后的异样，于是把妻子送到安全的地方并开始调查此事。在发现公司一直在帮助犯罪组织头目逃避税收和逃脱法律的制裁后，麦克迪尔陷入两难境地，开始了强烈的思想斗争，最后麦克迪尔还是做出了合乎道德的决定，协助联邦调查局将犯罪分子绳之以法。

涉及道德抉择的特征在麦克迪尔的另外一部小说《街头律师》里也有出现。年轻的律师在一所薪酬很高的律师事务所工作，并在那里建立了良好的合作关系。然而他的妻子却深感被冷落。后来律师事务所出事，一个无家可归的枪手被杀。律师幸免于难，并查明该律师事务所曾错办过一件房产争夺案，而枪手正是这个案件的受害人。于是律师插手此案，并发现这场争夺案使得许多穷人无家可归。一个强权的承包商想把这个地方开发成时尚盈利的房地产，而律师事务所处理的正是该承包商的法律事务。为了那些无家可归的人，律师和司法机构合作，偷偷溜进事务所偷出了举证该案违法的关键文件。律师被公司开除，于是加入了司法机关为无家可归的人开设的服务机构。其中一个被驱除的家庭是一个带着三个年幼孩子的年轻黑人母亲，律师在决定抽时间去一个慈善机构帮助那些无家可归的人的那一晚碰到这家人。律师开始关心他们的境遇并希望能继续帮助他们。但在经历了一个暴风雪的夜晚后，当律师从温暖的床上起来时，他得知那家人因寒冷挤在狭窄的车里窒息而死。虽然极度愤怒，但律师仍十分谨慎，他控告了律师事务所并赢了该案。最后，年轻的母亲和孩子们得到了体面的安葬，受害者们也得到了相应的赔偿。

格里沙姆的缺陷是他的情节经常超出现实的界限。对他而言，情节是最重要的，事件最能抓住人们的心。这种手法有利又有弊，因为在抓住读者并赢得他们的赞赏时，作者却会被严肃的评论界所忽视。约翰·格里沙姆是个正在冉冉升起的新星，一些人也已经把他和福克纳相提并论。然而时间将决定他是否在"与福克纳一样伟大的作家之列"中占有一席之地。

参 考 文 献

[1] 安东尼·伯吉斯. 英国文学 [M]. 伦敦：朗文出版社，1974：224.

[2] 常耀信. 精编美国文学教程 [M]. 天津：南开大学出版社，2005.

[3] 常耀信. 英国文学通史 [M]. 天津：南开大学出版社，2011.

[4] 陈红薇，王岚. 中心与边缘：当代英国戏剧家汤姆·斯托帕德 [M]. 北京：北京大学出版社，2013.

[5] 陈乃新. 品英国诗歌鉴英国精神：从文艺复兴到浪漫主义 [M]. 广州：中山大学出版社，2016.

[6] 陈启杰，曹泽洲，孟慧霞. 口国后工业社会消费结构研究 [M]. 上海：上海财经大学出版社，2011.

[7] 陈世丹. 美国后现代主义小说详解 [M]. 天津：南开大学出版社，2010.

[8] 陈滋意，霍桑. 对爱默生超验主义的认同与批判 [D]. 上海：华东师范大学，2006.

[9] 程爱民. 20世纪美国华裔小说研究 [M]. 南京：南京大学出版社，2010.

[10] 丹尼斯·博所德. 美国文学 [M]. 杨林贵，译. 长春：东北师范大学出版社，2015.

[11] 董洪川，庞德. 与英美现代主义诗歌的形成 [J]. 外语与外语教学，2006.

[12] E.M. 福斯特. 小说的几个方面 [M]. 伦敦，1927：8.

[13] 郭继德. 美国文学研究 [M]. 济南：山东大学出版社，2018.

[14] 侯维瑞. 英国文学通史 [M]. 上海：上海外语教育出版社，2006.

[15] 金斯堡. 卡第绪：母亲挽歌 [M]. 张少雄，译. 广州：花城出版社，1991：17.

[16] 雷蒙德·威廉斯. 我要说的话 [M]. 伦敦：哈钦森出版社，1989：61-62.

[17] 刘佳. 多元文学运动影响下的美国文学研究 [M]. 北京：中国水利水电出版社，2017.

[18] 刘文荣. 当代英国小说史 [M]. 上海：文汇出版社，2010.

[19] 马克思，恩格斯．马克思恩格斯全集：第 2 卷 [M]．北京：人民出版社，1965：380-381．

[20] 阮伟．20 世纪英国文学史 [M]．青岛：青岛出版社，2004．

[21] 塞夫顿·德尔默．英国文学史 [M]．林蕙元，译．郑州：河南人民出版社，2016．

[22] 沈雁，威廉．戈尔丁小说研究 [M]．苏州：苏州大学出版社，2014．

[23] 王琼．19 世纪英国女性小说研究 [M]．合肥：安徽文艺出版社，2014．

[24] 王守仁，方杰．英国文学简史 [M]．上海：上海外语教育出版社，2006．

[25] 王守仁，何宁．20 世纪英国文学史 [M]．北京：北京大学出版社，2006．

[26] 王雅华．不断延伸的思想图像：塞缪尔·贝克特的美学思想与创作实践 [M]．北京：北京大学出版社，2013．

[27] 王佐良，周珏良．英国 20 世纪文学史 [M]．北京：外语教学与研究出版社，2018．

[28] 杨友玉．英美小说与诗歌的创作发展历程透视 [M]．北京：中国水利水电出版社，2015．

[29] 杨周翰．十七世纪英国文学 [M]．上海：上海人民出版社，2016．

[30] 于娜，唐忠江．英国文学创作研究 [M]．北京：中国纺织出版社，2019．

[31] 袁可嘉．外国现代派作品选（C 卷）[M]．北京：燕山出版社，2006：310-311．

[32] 赵红英．美国文学简史 [M]．成都：西南交通大学出版社，2013．

[33] 朱琳．英国文学发展研究 [M]．北京：国家图书馆出版社，2017．